Pour l'amour d'un mercenaire

J'AI LU

Jill Gregory

Pour l'amour d'un mercenaire

Traduit de l'américain
par Elizabeth Clarens

Éditions J'ai lu

Titre original :

JUST THIS ONCE
Published by Dell Publishing, a division of Bantam Doubleday Dell Publishing Group, Inc.

1

Abilene, Kansas

« C'est lui qu'il me faut… »

Dissimulée dans un recoin du saloon, Jody étudiait depuis un bon moment le cow-boy vêtu de noir de la tête aux pieds. L'homme repoussa sa chaise, déploya sa silhouette élancée et ramassa les gains qu'il avait remportés au poker. Il fourra quelques billets dans la poche de sa chemise, rangea soigneusement les autres dans un portefeuille en cuir qu'il glissa dans son veston. La jeune femme admira en passant ses gestes fluides, mais elle était surtout hypnotisée par la somme d'argent.

Elle frémit en regardant la poche légèrement gonflée du veston.

« Bon sang ! pensa-t-elle en s'humectant les lèvres. Je pourrais en faire des choses, avec cet argent ! »

Pour commencer, elle s'achèterait un billet de train pour New York City, peut-être même en première classe, puis une place sur un transatlantique en partance pour l'Angleterre… Et il lui resterait même assez d'argent pour en envoyer aux religieuses de l'orphelinat à Savannah.

Hélas, il y avait un léger problème… Cet homme imposant, solide, au torse puissant, avec sa belle boucle de ceinturon en argent, était sans doute très habile avec un revolver. C'était sûrement l'un de ces bandits à moitié fous qui sillonnaient l'Ouest.

Elle continua à l'étudier avec attention, inquiète et désolée, se demandant si elle aurait le courage de lui dérober son portefeuille.

« Il le faut ! s'admonesta-t-elle. Tu as besoin de cet argent pour quitter ce trou à rats et t'éloigner de Snake. »

Tu n'y arriveras jamais, répliqua la petite voix de sa raison. *Un homme comme lui ne baisse jamais sa garde…*

L'inconnu jeta un coup d'œil sévère aux hommes assis autour de la table de jeu. On devinait chez lui une animosité, comme une rancœur, et quelque chose de redoutable. Il avait des joues brunies par le soleil, un visage arrogant, des vêtements sombres sans prétention. Il bougeait avec la grâce d'un félin, d'un prédateur, et il portait ses revolvers avec une aisance évidente, comme s'il était venu au monde armé.

C'était sans aucun doute un bandit très dangereux.

De plus en plus incertaine, Jody pesa le pour et le contre…

Le mineur à la table avait encore quelques pièces à jouer, mais ce n'était pas son soir de chance, et la conscience de la jeune femme lui interdisait de voler un homme dans le besoin.

Le bandit, en revanche, se débrouillerait toujours. Même après la disparition de son portefeuille, il aurait encore ses revolvers. Il pourrait accepter un travail, ou s'asseoir à nouveau à une table de poker et remporter une partie…

« Alors, qu'est-ce que tu attends ? Suis-le et vole-lui son argent ! »

Elle descendit l'escalier à pas de loup alors qu'il quittait le saloon par la porte à double battant et sortait sous le soleil éclatant du Kansas.

Jody se dit qu'il allait enfin se reposer, après une longue nuit de jeu. À moins qu'il ne voulût assister à la pendaison, comme les autres habitants de la ville. De toute façon, elle devait le surveiller et attendre le moment opportun pour agir.

— Jody, non !… Je devine ce que tu veux faire. C'est une très mauvaise idée !

Elle se retourna. Rose MacEwen la retenait par la manche. Elle affichait un air à la fois furieux et désespéré.

— Je sais que tu veux quitter la ville mais tu vas te faire prendre. Tu finiras en prison. Tu ne peux pas…

— Chut ! Lâche-moi, Rose.

— Mais, écoute…

— Je dois le faire !

— Pas du tout !

Elle avait rencontré Rose quinze jours auparavant, à son arrivée à Abilene, lorsqu'elle avait accepté ce travail de cuisinière au Golden Pistol. La gentille Rose, renvoyée de la ferme familiale à l'âge de treize ans, avait eu une vie difficile, presque aussi difficile que la sienne. D'emblée, elles étaient devenues amies.

— Son portefeuille est plein à craquer. C'est tout ce qui m'importe, murmura Jody, agacée. Tout se passera bien. Lâche-moi.

Mais la danseuse, affublée d'une robe rose vulgaire au décolleté plongeant, la retint encore plus fermement.

— Je te donnerai toutes mes économies ! Six dollars, peut-être même sept... Et je suis sûre que Liza pourra aussi t'aider.

— Je n'accepte pas d'argent de mes amies, Rose. Ne t'inquiète pas. J'ai besoin de peu. Juste de quoi quitter la ville.

— Mais pourquoi dois-tu partir ? gémit la jeune fille blonde. D'abord Penny, et maintenant toi... Est-ce que tu ne peux pas rester encore un peu ? Je sais que Judd ne paye pas beaucoup, mais il n'a jamais eu une cuisinière comme toi. De plus en plus de gens viennent prendre leurs repas au saloon. C'est un travail sérieux. Et puis, il y a beaucoup d'hommes qui passent par ici, insista-t-elle alors que Jody secouait la tête. Si tu dansais un peu plus souvent avec nous, au lieu de faire seulement des remplacements, tu trouverais peut-être quelqu'un pour t'épouser.

— J'ai déjà été mariée, et ça m'a suffi pour toute ma vie, crois-moi ! s'impatienta Jody. Écoute, il vaut mieux pour toi que tu en saches le moins possible sur mon départ. Si quelqu'un te pose des questions, tu ne m'as jamais vue. Je viendrai te dire au revoir avant de partir. Mais pour le moment, je dois m'occuper de ce... *hombre*.

Son amie était si déterminée que la malheureuse Rose dut abandonner la partie.

Une fois dehors, Jody se hâta le long de la ruelle. Elle déboucha dans la rue principale. Une foule agitée s'y pressait. Des hommes, des femmes et même des enfants étaient venus assister à la pendaison. Elle aperçut la haute silhouette du bandit. Il patientait un peu à l'écart de la foule, l'air hautain.

« Très bien, monsieur, songea-t-elle. Votre tour est venu. Vous ne vous en tirerez pas aussi facilement. Sachez que Joséphine Cooper ne rate jamais sa cible ! »

Un sourire crispé aux lèvres, elle s'avança dans la lumière ensoleillée, sa jupe en coton à carreaux frôlant le sol. Pour l'occasion, elle s'était habillée en dame respectable. Sa robe bleue était boutonnée jusqu'au cou, elle portait de fines boucles d'oreilles, et pas une mèche ne s'échappait de son chignon. Elle avait enfilé des chaussures solides, délaissant les escarpins semés d'éclats de verre colorés qu'elle portait sur scène lorsqu'une des danseuses était souffrante. Grâce à cette tenue discrète, elle était certaine que personne ne reconnaîtrait la cuisinière du saloon, ou la danseuse aux boucles brunes échevelées.

Elle devait absolument quitter Abilene le lendemain. Son instinct lui disait que Snake et ses hommes se rapprochaient. Toute la journée, elle avait eu la chair de poule à chaque fois qu'elle avait regardé par la fenêtre. Son intuition ne lui avait jamais fait défaut : Snake n'allait pas tarder. Si elle restait en ville, il ne manquerait pas de la trouver, et alors…

Autant mourir tout de suite. Si son mari hors la loi et sa bande de tueurs l'attrapaient, ils ne seraient pas plus compatissants que les citadins envers celui qu'ils avaient condamné à la potence. Mais Rusty Innes, lui, était coupable. Il avait tué un caissier et un client en attaquant la banque. Désormais, il allait payer pour ses crimes.

« Si Snake et ses gars me trouvent, ils me feront payer aussi, pensa Jody, ravalant sa peur. Ils me feront payer chèrement ce que je leur ai fait... »

Pourtant, elle ne regrettait rien.

Toute la ville d'Abilene semblait s'être donné rendez-vous. Fermiers, commerçants, joueurs de cartes, mineurs et vagabonds se pressaient les uns contre les autres. Des femmes s'interpellaient, des hommes fumaient leurs cigares en plissant les yeux sous le soleil, des chiens aboyaient. Attachés à leurs poteaux, les chevaux s'ébrouaient.

C'était une journée magnifique pour une pendaison.

L'étranger restait légèrement à l'écart de la foule. Une impression de puissance émanait de lui. Sous le soleil impitoyable de juillet, des femmes agitaient des éventails improvisés pour se rafraîchir, mais il ne semblait pas souffrir de la chaleur.

Jody sentait les gouttes de sueur lui perler sur le front. Elle contourna un fermier vêtu d'une chemise à carreaux rouges, deux garçons qui se disputaient un bâton de réglisse, et une femme imposante qui essayait d'avoir une meilleure vue. Elle vit Judd Stickley, le propriétaire moustachu du Golden Pistol, consulter sa montre de gousset. Lorsqu'il leva la tête, elle se faufila parmi les badauds.

Elle devait éviter d'être repérée par son patron. Il voyait déjà d'un mauvais œil son amitié avec Penny Callahan, une autre danseuse qu'elle avait rencontrée en arrivant à Abilene. Il n'aimait pas l'opiniâtreté de Jody, ni qu'elle eût pris Penny sous son aile. Stickley aurait voulu garder la malheureuse danseuse dans son lit. Il savait comment intimider les plus faibles, et Penny le craignait beaucoup trop pour se refuser à lui.

Ne supportant pas de voir Stickley abuser de la jeune femme, Jody l'avait convaincue d'accepter ses maigres économies. Quelques heures plus tôt, elle l'avait fait monter en cachette dans la diligence pour le Missouri. Stickley serait fou de rage lorsqu'il apprendrait le départ de Penny.

Mais Jody n'allait pas faire de vieux os non plus dans cette ville. Elle redoutait beaucoup moins Stickley que Snake. Bien qu'elle détestât jouer à la pickpocket, elle devait s'y résoudre afin de réunir assez d'argent pour s'enfuir.

Elle détourna le visage en reconnaissant Elmer Mills qui possédait le magasin le plus important de la ville, et Sally Klemp, la propriétaire enjouée de la pharmacie.

C'était dommage qu'il ne restât rien de l'argent qu'elle avait dérobé à Snake. Bien sûr, elle avait encore son précieux trésor, mais celui-là, elle ne le vendrait jamais. Jamais ! Hélas, l'argent lui filait toujours entre les doigts. Elle n'avait jamais possédé plus d'un dollar ou deux, jusqu'au jour où elle avait quitté Snake Barker, lors de cette terrible nuit où il l'avait battue comme plâtre.

Quand elle avait repris connaissance, elle était allongée par terre, couverte d'ecchymoses, le visage en sang. Son corps était si douloureux qu'elle avait eu l'impression d'être tombée du haut d'une falaise. Elle avait observé Snake, évanoui près du poêle, une bouteille de whisky vide à son côté.

Profondément choquée, la nausée au bord des lèvres, elle s'était mise à ramper vers la porte.

Snake l'avait forcée à l'épouser, un jour où il avait trop bu, prétendant qu'il voulait s'enraciner quelque part, élever des enfants, avoir une gentille épouse pour lui faire la cuisine quand il n'était pas en train d'attaquer des banques ou des diligences. Mais cette nuit-là, il avait failli la tuer. S'il ne s'était pas évanoui, il l'aurait probablement battue à mort.

Elle s'était lentement relevée, vacillant sur ses jambes. Elle avait pris la sacoche de selle qui contenait le butin de la dernière attaque de diligence, elle avait choisi le cheval le plus rapide, et elle était partie sans demander son reste.

Depuis, Snake et sa bande la pourchassaient sans relâche...

La foule à Abilene commençait à s'impatienter :

— Qu'on l'amène, shérif!

— Il est midi. Pendons-le! On a du travail qui nous attend!

Jody regarda l'homme blafard que le shérif traînait vers la potence. Ce criminel méritait son châtiment, mais elle n'avait pas l'intention de s'en délecter. Pendant que la foule fascinée assisterait au spectacle, elle glisserait les doigts dans la poche du bandit pour le délester de son argent, avant de s'acheter un billet pour le train du lendemain.

L'inconnu se trouvait à deux mètres d'elle, son chapeau planté sur ses yeux afin de se protéger du soleil. Jody s'approcha subrepticement, ignorant les papillons dans son estomac.

Au cours de son enfance passée dans les orphelinats et les familles d'adoption, la jeune femme avait appris à veiller sur elle-même. Bien qu'elle fût seule dans la vie, elle s'était toujours inquiétée pour ceux qu'elle jugeait encore plus malheureux qu'elle, les filles perdues comme Penny Callahan ou les enfants de l'orphelinat de Savannah, ceux qui faisaient des cauchemars, ou qui peinaient pour apprendre leur alphabet.

Le vieux Pete Thompson et sa femme avaient tenté de la guérir de cette mauvaise habitude, lorsqu'ils l'avaient adoptée à l'âge de douze ans. Ils l'avaient adoptée non parce qu'ils désiraient choyer une enfant abandonnée, mais parce qu'il leur fallait quelqu'un pour s'occuper des corvées dans leur ferme du Kansas.

Ils l'avaient grondée quand elle donnait des restes aux chiens, ou étendait une couverture dans la grange pour les chats en hiver.

— Aide-toi et le Ciel t'aidera ! disaient-ils en lui tapant sur les doigts, lui pinçant méchamment les bras avant de l'envoyer se coucher, le ventre vide.

Mais Jody n'avait pas retenu la leçon.

Les Thompson, qui s'acharnaient sur leurs lopins de terre, ne souriaient jamais, ne disaient jamais une parole aimable, fréquentaient l'église mais volaient en cachette une pièce dans le panier de la quête : ils étaient mal placés pour parler du Ciel.

De toute manière, c'était plus fort qu'elle. À l'orphelinat, les jeunes enfants dont elle avait séché les larmes et reprisé les vêtements l'appelaient « maman ». Elle en avait été touchée, car elle ne se souvenait pas de sa propre mère, qui était probablement morte à sa naissance.

Jody ne savait presque rien sur sa famille. Mais comme l'orphelinat des Magnolias, tenu par les sœurs de Savannah, était le premier lieu dont elle se souvînt, elle en avait déduit qu'elle était originaire du Sud. Elle savait seulement qu'elle avait été déposée chez les religieuses, enveloppée dans une couverture en satin. Et surtout, elle possédait la broche.

Celle-ci avait été accrochée à ses habits de bébé, accompagnée d'un mot où l'on avait griffonné : *Bébé Joséphine.* Le reste du papier avait été arraché et perdu à jamais. Mme Gunderson, l'honnête et aimable femme qui dirigeait l'orphelinat des Magnolias, où Jody avait vécu jusqu'à l'âge de sept ans, les lui avait remis lorsqu'elle avait été adoptée par sa première famille d'accueil, les Cooper. Ce jour-là, Mme Gunderson lui avait conseillé de conserver précieusement le bijou.

Jody ne s'en était jamais séparée. C'était son seul et unique lien avec le passé, la clé qui lui permettrait peut-être de découvrir un jour son vrai nom. La broche était ravissante, une magnifique opale aux reflets bleutés, entourée de quatre perles blanches.

Elle avait grandi en se demandant qui l'avait accrochée à sa couverture de nouveau-née. Les membres de sa famille étaient-ils tous morts ? À moins qu'ils n'aient pas voulu d'elle, l'abandonnant à des étrangers... Seraient-ils furieux si le hasard lui permettait de les retrouver ?

Souvent, elle serrait l'objet entre ses mains, essayant de deviner des bribes de son passé. Même si la réponse était terrible, elle voulait connaître la vérité.

Depuis des années, elle essayait de découvrir qui l'avait amenée à l'orphelinat, d'où venait sa famille, et pourquoi on l'avait reniée. Elle avait écrit des lettres, posé des questions, étudié les visages et les bijoux de dizaines d'inconnus, à la recherche d'une ressemblance, se demandant si elle reconnaîtrait son père ou sa mère si un jour ils se croisaient par hasard, et rêvant d'une réconciliation heureuse.

En vain.

Mais désormais, grâce à Snake, elle possédait aussi une bague. Celle-ci lui avait redonné de l'espoir, car elle avait un endroit où continuer ses recherches.

L'Angleterre…

« Ne te laisse pas effrayer par la mine de cet homme », s'encouragea-t-elle. Elle rejeta les épaules en arrière. Au moins, Pop Watson lui avait appris comment voler une bourse ou un portefeuille sans se faire prendre.

La foule s'agitait. Parfait ! Elle se faufila derrière le bandit, se tourna en direction de la potence, mais garda les yeux baissés pour ne pas voir le condamné sur l'estrade en bois, ni le nœud coulant de la corde.

L'inconnu était si grand ! Elle lui arrivait à peine à l'épaule. Ses cheveux étaient d'un noir de jais. Il les portait un peu longs, sous un chapeau noir couvert de poussière. Il ne s'était pas rasé depuis plusieurs jours. L'ombre sur ses joues lui donnait un air féroce. Il avait un visage viril, acéré, celui d'un homme dangereux.

La foule se mit à crier. À se moquer. Ils étaient probablement en train de passer la corde au cou du condamné. Puis vint le moment qu'elle attendait. La foule oscilla vers l'avant, les gens se bousculèrent.

— Oh… murmura-t-elle, comme si elle était soudain prise d'un malaise.

Une main lui saisit le coude. Elle s'inclina vers

l'homme. Un court instant, leurs corps furent l'un contre l'autre. De sa main libre, elle lui effleura le torse, feignant de prendre appui sur lui pour se redresser.

— Pardonnez-moi, bredouilla-t-elle. Je... je me suis sentie mal...

Elle chancela légèrement. Elle avait réussi ! Le portefeuille se trouvait désormais dans sa poche. Mais l'homme réagit avec une rapidité foudroyante : d'une poigne de fer, il lui saisit le poignet et la força à retirer sa main de sa poche, le portefeuille toujours entre les doigts.

— Aïe ! s'écria Jody.

La foule retint son souffle. Puis les spectateurs se mirent à crier de joie : la pendaison commençait. Jody avait oublié le destin du voleur et la présence des badauds. Elle était clouée sur place par les yeux gris les plus redoutables, les plus cruels qu'elle eût jamais vus.

— Lâchez-moi, monsieur ! exigea-t-elle d'un ton ferme, bien qu'elle fût terrifiée.

— Pas question.

— Comment osez-vous ? Lâchez-moi, je vous dis !

Elle voulut lui arracher son poignet, mais il la retint encore plus fermement.

— Vous me faites mal !

— C'est un risque à courir, quand on fouille les poches des autres.

— Ce n'est pas vrai... je n'ai pas...

— Alors pourquoi tenez-vous encore mon portefeuille entre vos jolis petits doigts ?

— Votre portefeuille ?

Autour d'eux, la foule se dispersait en bavardant.

L'heure était venue pour chacun de retourner à ses occupations. Personne ne leur prêtait attention, mais la jeune femme savait que cela ne durerait pas.

— Votre portefeuille ? répéta-t-elle d'un air désespéré.

Malgré son poignet prisonnier, elle parvint à ouvrir les doigts. Le portefeuille tomba dans la poussière.

— Vous parlez de cette chose-là, par terre ?

— Jolie tentative.

Il l'attira à lui, encerclant sa taille d'un bras, lui tenant toujours le poignet. Avec le sentiment d'être plaquée contre un mur de briques, elle aperçut par-dessus l'épaule de l'inconnu le cadavre qui oscillait au bout de la corde.

— Oh... ! murmura-t-elle, et cette fois-ci, son malaise n'était pas feint.

Elle ferma les yeux pour ravaler un haut-le-cœur. Son visage prit une teinte verdâtre. Le bandit fit une grimace.

— Les femmes ! marmonna-t-il en pivotant, afin qu'elle regardât dans une autre direction. Cessez vos simagrées ! s'énerva-t-il. Vous avez essayé de voler mon portefeuille.

Les yeux fermés, Jody secoua la tête.

— Vous êtes fou, monsieur. Il est tombé de votre poche, c'est tout... Je vous en prie, je me sens mal.

— On le dirait, en effet, se moqua-t-il. Mais cela ne change rien : vous êtes une sale petite voleuse.

Elle ouvrit les yeux, ravala sa salive. Ce goujat la retenait prisonnière de manière parfaitement indécente. Brusquement, elle réalisa la gravité de la situation : cet homme au regard impitoyable, au visage si séduisant qu'il lui serrait le cœur, n'hésiterait sûrement pas à la remettre à la justice.

— Ce n'est pas vrai.

— Allons demander l'avis du shérif.

Elle se débattit.

— Non !... Ce n'est pas ma faute si vous êtes un homme distrait !

— Rassurez-vous ! railla-t-il. Je vais garder un œil sur vous jusqu'à ce que vous soyez enfermée derrière les barreaux.

Sans la lâcher, il ramassa le portefeuille, puis il l'entraîna dans une ruelle à l'abri des regards indiscrets.

2

Le bandit plaqua Jody contre le mur, lui emprisonnant les poignets au-dessus de la tête.

— Avouez-le ! Vous n'êtes qu'une misérable petite voleuse…

Elle s'efforça de ne pas paniquer. La ruelle était déserte, mis à part un chat errant qui reniflait les poubelles. En entendant la voix rauque du bandit, l'animal détala.

— Savez-vous que certaines villes de cette région condamnent les voleurs comme vous à la pendaison ? insista-t-il, tandis que la peur, l'affolement et la détresse se succédaient sur le visage de la jeune femme. Ou alors, on se contente de les envoyer en prison. Mais parfois, les prisonniers se demandent ce qui est pire…

— Je ne suis pas une voleuse ! Vous n'avez pas de preuves !

— Je vous ai prise la main dans le sac.

— Ce n'est pas vrai ! Vous êtes fou. Je vais appeler au secours si vous ne me lâchez pas tout de suite !

— Vous pouvez crier autant que vous voulez, ça ne me dérange nullement.

Jody ouvrit la bouche, la referma aussitôt. Elle ne pouvait courir le risque d'attirer l'attention des passants ou du shérif. Elle devait à tout prix éviter les complications.

Et l'homme qui la dévisageait d'un air triomphant le savait.

Il éclata de rire lorsqu'il la vit se renfrogner. C'était un rire cynique et sans joie, songea Jody en essayant en vain de se libérer de son emprise. Elle le détestait. Elle le haïssait ! Il n'y avait aucune lueur de compassion dans son regard gris, glacial. Aucune douceur, aucune pitié. Elle savait qu'il avait passé la nuit à jouer au poker, mais il ne semblait pas fatigué.

Maudit soit-il ! Avec sa beauté du diable et son intransigeance… Elle s'en voulait amèrement de ne pas avoir choisi une cible plus facile.

Lorsqu'elle se mit à parler, sa voix tremblait.

— Écoutez, je suis… désolée. J'ai essayé de prendre votre portefeuille, c'est vrai. C'était bête, et j'ai eu tort. Mais… mon père est malade. Il doit partir au plus vite pour un hôpital dans l'Est. Nous sommes sur le point de perdre notre ferme. J'avais besoin d'argent, pour acheter deux billets de train.

L'inconnu retroussa les lèvres. Elle aperçut ses dents blanches.

— J'ai envie de vous remettre séance tenante au shérif. Je ne crois pas un mot de vos sornettes.

— C'est pourtant la vérité !

— Et moi, je suis président du pays.

— Je vous en prie, laissez-moi partir…

Autant le supplier, se dit Jody, retenant un sanglot car il lui meurtrissait les poignets. La situation ne pouvait pas empirer…

Et puis, soudain, la situation empira.

Du coin de l'œil, elle aperçut un cavalier qui passait dans la rue. Une silhouette familière... Terriblement familière. Elle se pencha en avant pour vérifier, puis se rejeta contre le mur, si violemment qu'elle se heurta la tête. Des étoiles rouges explosèrent derrière ses paupières.

Snake !

Elle essaya de disparaître, de se fondre dans le mur. Pourvu que Snake ne tourne pas la tête dans sa direction !

— Qu'est-ce qui vous arrive ? s'étonna l'inconnu en la dévisageant.

— Rien, murmura-t-elle d'une voix enrouée.

— Quelque chose vous a fait rudement peur, à l'instant. Qu'est-ce que c'était ? (Il regarda vers la rue désormais déserte.) Quelqu'un vous cherche ? Un chasseur de primes ? Un homme de loi ?

« Non. Un mari qui est un hors-la-loi et qui me tuera, parce que je lui ai volé son butin avant de m'enfuir... » songea-t-elle, luttant contre la terreur.

Interpellant cet inconnu aux muscles de fer et aux cheveux noirs, qui n'avait probablement jamais connu un instant de peur de sa vie, elle essaya de se montrer calme et décidée.

— Je vous en supplie, laissez-moi partir. Je ne vous dérangerai plus jamais. Ni personne d'autre. Mais on ne doit pas me trouver ici. Je dois quitter la ville...

— Arrêtez cette comédie !

Il la lâcha et recula d'un pas. Elle frotta ses poignets endoloris. Le visage fermé, il l'observait avec mépris. Il toisait sûrement ses adversaires de la même manière. Ce regard impitoyable devait suffire pour terrasser ses victimes.

— Vos histoires ne m'intéressent pas, dit-il en repoussant son chapeau d'un doigt. Heureusement pour vous, je ne descends pas les femmes. Mais sachez-le : femme ou non, vous êtes une voleuse, et je déteste les voleurs. Si jamais vous essayez encore de me dépouiller, vous finirez en prison. C'est clair ?

Elle hocha la tête. Elle se tourna pour s'enfuir, mais il la saisit une nouvelle fois et la plaqua contre lui. Jody retint son souffle.

— Je suis dans un bon jour, alors je vous laisse une chance. Mais c'est la dernière fois.

— J'ai bien compris, bafouilla-t-elle, alors qu'il la dévorait des yeux.

Comment se comportait-il les mauvais jours ? Elle ne voulait surtout pas le savoir. Serrée contre lui, elle était impressionnée par la force qui émanait de cet homme. Mais il y avait autre chose. Une chaleur intense, derrière la façade impassible. Une sombre puissance, menaçante. Or, après avoir été l'épouse de Snake, Jody en avait assez du danger.

Mais alors, pourquoi le regard de cet inconnu la fascinait-il autant qu'il l'effrayait ? D'où venait ce feu étrange qui la consumait de l'intérieur ?

Curieusement, l'homme aux cheveux noirs semblait attiser quelque chose dans le tréfonds de son âme. La gorge nouée, elle lutta de toutes ses forces contre cette attirance.

Pourquoi avait-elle pris le risque de s'attaquer à un type comme lui ? Avait-elle perdu la tête ?

— Je ne vous ennuierai plus, jura-t-elle.

Il la lâcha. Sa peau la brûlait encore, où il l'avait touchée.

— Fichez le camp !

Jody prit ses jambes à son cou.

Elle courut le long des maisons, suppliant le Ciel de ne pas croiser Snake. Son cœur battait la chamade. Elle renversa une poubelle, trébucha plusieurs fois, mais ne ralentit pas sa course. Ses pensées filaient encore plus vite que ses pieds. Elle se concentrait sur son mari, essayant d'oublier sa mésaventure avec l'inconnu.

Snake était-il seul ? Ou toute la bande l'avait-elle accompagné : Spooner, Deck, et Noah ? Savaient-ils déjà qu'elle se trouvait en ville ?

Les nerfs à vif, elle se faufila jusqu'à la porte arrière du saloon, grimpa les marches deux par deux.

Elle referma la porte de sa chambre avec un claquement sec, la verrouilla, et s'adossa au battant. C'est seulement alors qu'elle se mit à trembler.

Les frissons la parcouraient de la tête aux pieds, ses genoux s'entrechoquaient. Peu à peu, elle reprit le contrôle de ses émotions. Domina sa peur.

Elle s'allongea sur le lit. Ses doigts fouillèrent la poche de sa jupe. Elle en retira le portefeuille du bandit.

Ainsi qu'une belle montre de gousset en or. Elle esquissa un sourire fragile. Ce qui restait de sa peur s'évanouit.

Jody posa le butin sur le lit. Bien joué ! songea-t-elle, ramenant ses genoux sous son menton. Bien qu'elle lui eût laissé les billets qu'il avait fourrés dans sa chemise après le poker, c'était une très bonne prise. Pop Watson aurait été fier d'elle.

Maintenant, il suffisait de rester en vie. Et de trouver le moyen de quitter cette ville avant qu'on ne lui tire dessus, qu'on ne la jette en prison ou qu'on ne la pende…

Se levant d'un bond, elle attrapa sa petite valise. Elle n'avait pas une seconde à perdre.

3

Pendant l'après-midi, Ethan Savage ne dormit que trois heures, bien qu'il eût passé toute la nuit précédente à jouer au poker. Puis il prit un bain, un repas chaud dans un restaurant qui sentait le graillon, et revint au Golden Pistol pour s'asseoir à une table de poker avec une bouteille de whisky.

Il observait d'un air distrait les danseuses qui s'agitaient sur la scène. Lorsqu'elles parvenaient à accrocher son regard, leurs sourires se faisaient plus éclatants, elles levaient leurs jambes plus haut, dévoilant chevilles et genoux sous les frous-frous de leurs jupes. Elles cherchaient à le tenter, mais il n'était pas intéressé.

Peut-être plus tard.

Le whisky était bon. Il n'avait jamais été un grand buveur, mais depuis quelque temps, la boisson l'attirait de plus en plus. Elle aidait à apaiser la fébrilité qui le taraudait, et que même la beauté des canyons et des plaines sauvages ne parvenait plus à calmer.

Ce soir, sa concentration le fuyait. Au fil des années, il avait développé une sorte de sixième sens, qui lui permettait de deviner une embuscade d'ennemis sur un col de montagne, une foulure de son cheval en plein désert, ou un adversaire aux cartes doté d'un flush royal.

L'intuition d'Ethan Savage était de notoriété publique. Et elle lui disait clairement que quelque chose allait bientôt perturber sa vie tranquille...

Peut-être allait-il se faire descendre ?

Pendant toutes ces années de chevauchées et de poursuites, de combats et de poker, alors qu'il menait une vie solitaire dans ce pays farouche, il n'avait jamais été blessé. Mais il y avait toujours une première fois.

« Au moins, ça me changera », se dit-il, réprimant un sourire alors qu'il étudiait ses cartes.

Peu de personnes auraient jugé sa vie ennuyeuse. Il se déplaçait librement dans tout l'Ouest. Quand il avait besoin d'argent, il louait ses talents de tireur, traquait des criminels pour empocher l'argent de la récompense. À ses yeux, toutes les villes se ressemblaient : Deadwood, Abilene, Tucson, Laramie, Fort Worth, Dodge... En dix ans d'errance, il avait découvert les endroits les plus sauvages. Dans certains lieux, il s'était attardé, il en avait quitté d'autres après une journée, et il lui semblait que l'Ouest mythique mourait peu à peu. Les gens devenaient civilisés, ils élevaient des barrières, et clôturaient la frontière.

Bien sûr, il y avait encore des terres à perte de vue, un ciel infini, mais cette liberté ne durerait pas. Il le regrettait, lui qui avait élu cette région comme nouvelle patrie, lorsqu'il avait quitté l'Angleterre des années auparavant.

L'Angleterre... Pourquoi y pensait-il soudain ? Cela faisait des mois qu'il n'avait pas songé à sa terre natale. Il avait presque réussi à l'extirper complètement de ses rêves, tout comme il avait corrigé son accent, et enterré ses souvenirs.

Il ne poserait plus jamais le pied sur le sol britannique. Désormais, il était devenu américain.

Le vieux mineur en face de lui lança des jetons sur la table avec une grimace, tandis qu'une serveuse remplissait les verres. Les yeux plissés à cause de la fumée des cigares, il demanda à Ethan de combien il augmentait la mise.

Mais avant qu'Ethan pût répondre, les portes du saloon s'ouvrirent d'un seul coup. Un petit homme maigre et presque chauve, au visage rond, fit son apparition. Il portait un élégant costume sombre et un chapeau melon gris. Derrière des lunettes cerclées d'or, ses yeux bleus balayèrent la salle. Son regard intelligent se fixa sur Ethan. Il s'avança sans hésiter vers la table de jeu.

— Monsieur le comte, un mot je vous prie, dit-il à mi-voix avec un accent anglais.

L'accent et la tenue vestimentaire de l'inconnu détonnaient dans le saloon sordide. Avec un juron, Ethan lui jeta un regard mauvais. Ce regard impitoyable en avait effrayé plus d'un. Certains bandits avaient déposé les armes avant même d'avoir tiré un coup de feu. Or l'Anglais ne cilla pas.

— C'est lui qui vous envoie, n'est-ce pas ? grogna Ethan en abattant une carte. Après toutes ces années ?... De toute façon, je ne suis pas intéressé.

— Monsieur, nous devons parler en privé. C'est urgent.

— Tire-toi, l'emmerdeur ! bougonna le mineur. Tu vois pas qu'on joue au poker !

— Chez nous, les crétins qui interrompent une partie de cartes finissent plus tôt que prévu au cimetière, ajouta un cow-boy à côté du mineur. Fiche le camp, mauviette !

Le petit homme tamponnait avec son mouchoir les gouttes de sueur qui lui perlaient sur le front.

— Je vous attends au bar, monsieur le comte, persista-t-il.

— Allez au diable.

Ethan regarda ses cartes, mais les couleurs se brouillaient. C'était probablement le whisky qui lui jouait des tours, bien qu'il n'eût avalé que deux verres.

Il avait pris l'habitude de rester toujours impassible, de dissimuler ses émotions, mais les paroles de l'inconnu l'avaient fait blêmir. Son regard se mit à luire avec une intensité dangereuse.

« Au diable tout ça ! » se dit-il, essayant de se concentrer.

Mais il perdit la partie. Il poussa une grande quantité de jetons vers le gagnant et se leva.

— Je reviens dans un instant. Continuez sans moi.

Assis au bar, l'Anglais ne buvait pas. Il regardait tout ce qui se passait dans la salle bondée.

— Monsieur le comte…

— Ne m'appelez pas comme ça ! Je suis Ethan Savage, c'est compris ?

L'homme se racla la gorge d'un air gêné.

— Y a-t-il un endroit où nous pourrions parler en privé ?

Ethan lança un coup d'œil à la table de jeu. Il n'avait pas envie d'abandonner la partie, pour accompagner cet énergumène en chapeau melon jusqu'à sa chambre d'hôtel. Il voulait se débarrasser de ce problème aussi vite que possible.

— Patron ! fit-il en interpellant Stickley, le propriétaire du Golden Pistol, qui déambulait dans la salle. Vous auriez une pièce où je pourrais être tranquille quelques minutes ?

Une lueur calculatrice passa dans le regard de Stickley. Ce client n'était en ville que depuis quelques jours, mais il avait déjà dépensé beaucoup d'argent en alcool, il avait joué de grosses sommes aux tables de jeu, et il avait fait le spectacle en attirant des spectateurs qui appréciaient le poker. C'était un joueur aux nerfs d'acier, avec un regard perçant et une intelligence remarquable. Stickley était heureux de pouvoir lui rendre service.

— Au premier étage, l'ami. J'ai un bureau au fond du corridor. Dernière porte sur votre droite.

Le remerciant, Ethan se dirigea vers l'escalier. L'Anglais le suivit.

Ils gravirent les marches étroites, puis avancèrent le long du corridor mal éclairé. Une porte sur la gauche était restée entrouverte. Ils entendirent une voix de femme :

— Stickley est furieux que tu n'aies pas dansé ce soir, Jody. Il ne croit pas que tu sois malade. Il dit qu'il va te renvoyer demain matin. Mais je crois qu'il est surtout en colère parce qu'il te soupçonne d'avoir aidé Penny.

— Stickley est le cadet de mes soucis.

En entendant la voix musicale de la deuxième femme, Ethan s'arrêta net. L'Anglais faillit lui rentrer dedans. C'était elle ! La voleuse qui avait essayé de lui dérober son portefeuille.

C'était une danseuse de saloon.

Il tendit l'oreille pour mieux entendre.

— Qu'est-ce que tu vas faire, Jody ? s'inquiéta la première fille.

— Je quitte la ville avec le premier train demain matin. Si quelqu'un te pose des questions, Rose, tu ne dois rien dire. Je t'en prie...

— Ne t'en fais pas, je ne te trahirai jamais. Mais où vas-tu aller ? Ça m'inquiète que tu aies des embrouilles. Peut-être que les filles et moi, on peut t'aider, comme tu as aidé Penny ?

— Hélas, personne ne peut m'aider...

Ethan s'approcha de la porte entrebâillée, pour jeter un coup d'œil dans la chambre. C'était bien la petite voleuse au regard lumineux... Comme elle avait changé ! Elle portait encore la robe en coton, mais ses cheveux se répandaient en boucles brunes sur ses épaules. Penchée sur une valise, elle ne le remarqua pas.

Vêtue d'une robe de danseuse échancrée, l'autre jeune femme l'aperçut et lui claqua la porte au nez.

Ethan continua le long du corridor. Il se fichait des malheurs de la voleuse. Si elle avait des ennuis, elle les avait sûrement mérités. Elle était probablement recherchée par la loi. De toute façon, sa vie ne le concernait pas.

Il poussa la porte du bureau de Stickley, et fit signe à l'Anglais de s'asseoir.

La pièce était encombrée de papiers et de cartons. Des bouteilles de whisky s'alignaient sur les étagères. Un tapis élimé recouvrait le sol. Il y avait un fauteuil et un canapé en velours troué. Des peintures de femmes nues aux couleurs criardes se succédaient sur les murs tendus de tissu rouge.

Il faisait chaud, la pièce sentait le renfermé et le

tabac froid. Ethan se retint de déboutonner son col de chemise.

— Je vous écoute, lança-t-il d'un ton sévère. Comment m'avez-vous trouvé, et que diable me veut mon père après toutes ces années ?

— Si vous le permettez, monsieur, je vais commencer par le début. Cette conversation ne va pas être facile... Peut-être désirez-vous vous asseoir ?

— Comment vous appelez-vous ?

— Latherby, monsieur. Lucas Latherby. Je suis un associé du notaire de votre père, M. Edmund Grismore.

Grismore. Il se souvenait de Grismore. Un homme déplaisant, prétentieux, tout à fait du genre à travailler pour son père.

Le regard d'Ethan transperça Latherby, qui s'empressa d'ajouter :

— Hélas, je vous apporte de mauvaises nouvelles. Votre père, le comte de Stonecliff, est décédé.

Ethan serra si fort le dossier de la chaise que ses jointures blanchirent. Son visage, en revanche, resta de marbre.

— Il était en mauvaise santé. Il a attrapé un rhume de cerveau. Après une semaine, il a succombé à la fièvre.

— Et alors ?

— M. Grismore m'a envoyé à votre recherche, monsieur. Je dois avouer que ce ne fut pas une tâche facile. J'ai des nouvelles à vous transmettre, et je pense qu'elles vous seront agréables.

Ethan s'approcha d'une étagère où s'empilaient des verres. Il se versa une bonne dose de cognac, et en proposa à Latherby qui refusa.

— Dans ce cas, j'espère que vous en aurez bientôt terminé, et que vous allez me laisser retourner tranquillement à ma partie de poker.

— La situation est un peu plus complexe, monsieur. Selon le testament de votre père, et si certaines conditions sont remplies, il est de mon devoir de vous informer…

Latherby avala sa salive, impressionné par la silhouette imposante de son client, sa bouche sévère, sa franchise. Et par la présence menaçante des revolvers à sa ceinture.

— Je vous écoute, misérable petit fouineur ! vitupéra Ethan en vidant son verre d'une lampée.

— Vous êtes l'héritier de la fortune et du titre de votre père, feu lord Stonecliff, énonça Latherby en inclinant respectueusement la tête. Monsieur le comte, ajouta-t-il.

Abasourdi, Ethan le dévisagea quelques instants, avant d'éclater de rire.

— Foutaises !

4

— Je ne suis pas plus l'héritier de lord Stonecliff que vous, mon cher Latherby, ironisa Ethan. C'est mon frère estimé, Hugh, qui possède ce triste privilège. Grismore devait être ivre pour l'oublier ! Je suis seulement le fils cadet de feu le comte de Stonecliff, et comme mon père et mon frère me l'ont souvent répété avant mon départ d'Angleterre, c'est une chance pour la famille ! Si Stonecliff avait dû par malheur revenir à ma pauvre personne, nos ancêtres se seraient retournés dans leurs tombes.

— Je crains que ce ne soit le cas, monsieur le comte, car vous êtes bien l'héritier de la propriété et du titre. Votre frère est mort il y a six mois, lors d'un accident de chasse à courre. Vous êtes le seul fils survivant. Je suis désolé d'avoir à vous apprendre ces deux nouvelles tragiques…

Un frisson parcourut l'échine d'Ethan. Hugh, mort… Et son père aussi… Il s'efforçait de ne rien laisser paraître de son trouble, mais ses jambes n'avaient jamais eu autant de mal à le porter, même lorsqu'il avait affronté Billy Laredo en duel, ou quand il avait été attaqué par une bande de Cheyennes en plein désert.

Il se détourna, se versa un autre cognac qu'il avala d'un trait. Par la fenêtre, il contempla la rue.

La foule de l'après-midi avait disparu. Les ombres du crépuscule recouvraient doucement Abilene. Les hommes, les femmes et les enfants avaient rejoint leurs cuisines ou leurs salons. Ils se racontaient les événements de la journée, discutaient du travail à accomplir le lendemain, et des milliers de petits détails qui tissent une vie...

Tandis que lui se trouvait dans le bureau d'un inconnu au-dessus d'un saloon, et venait d'apprendre que les deux personnes de sa famille les plus proches avaient quitté cette terre.

Bon débarras.

Il ferma les yeux. La pensée lui fit honte. Mais à peine... Il n'y avait jamais eu d'atomes crochus entre son père, son frère et lui. Le comte de Stonecliff avait été une personnalité respectée de la société anglaise. Il avait fréquenté les milieux les plus huppés, assisté aux fêtes les plus somptueuses. Hugh, de six ans son aîné, séduisant et prétentieux, la copie conforme de leur père, avec ses fins cheveux noirs, son nez aristocratique et ses manières raffinées, avait toujours été le fils préféré.

Ethan les avait à peine connus. Il avait passé la première partie de sa vie avec des gouvernantes, des précepteurs et des palefreniers, se promenant dans la propriété de Stonecliff Park, jouissant d'une liberté presque absolue alors que son père et son frère résidaient dans l'une ou l'autre de leurs propriétés. Quand ils venaient à Stonecliff Park pour y recevoir leurs invités, Ethan était confiné à l'étage, trop jeune pour participer à la fête, et n'intéressant personne excepté Ham, le palefrenier en chef qui lui avait tout appris du monde étrange et merveilleux de la nature et des chevaux.

Lorsqu'il était devenu trop âgé pour être caché à la campagne, la relation avec son père avait empiré...

Avec une grimace, Ethan cessa de penser au passé.

Il aurait dû être affligé par la nouvelle, mais il ne l'était pas.

Quant à Stonecliff Park...

— Je n'en veux pas. Vous avez perdu votre temps, Latherby. Je ne remettrai plus jamais les pieds en Angleterre.

— Mais, monsieur le comte...

— Appelez-moi M. Savage. Je ne suis pas un lord anglais.

— Mais vous allez le devenir ! Il le faut. Il suffit de vous marier et le titre est à vous.

— Me marier ?

— Je vous en conjure, réfléchissez ! Le domaine a besoin d'un maître. Pensez aux fermiers, aux domestiques, aux employés de votre père. Vous avez un devoir envers ces gens, ainsi qu'envers vos ancêtres...

— Au diable mes ancêtres ! Je n'en veux pas, vous m'entendez ? Je ne veux pas un penny, pas un brin d'herbe de la propriété, pas une lampe ou un tapis ou un fauteuil de cette fichue maison – d'aucune des maisons. Et je n'ai nullement l'intention de me marier. Je crois me souvenir que j'ai un cousin appelé Winthrop. Il sera sûrement enchanté d'hériter. Donnez-lui Stonecliff, Latherby !

Ethan quitta la pièce sans un dernier regard pour le notaire, qui resta bouche bée.

Dévalant l'escalier, il pénétra en coup de vent dans le saloon, faillit renverser l'une des danseuses qui s'agrippa à lui pour ne pas tomber. Il marmonna quelques mots d'excuse, et retourna à la table de jeu.

Les joueurs finissaient une partie.

— Je suis revenu, grogna-t-il en s'asseyant.

Tous remarquèrent ses yeux fiévreux, son visage fermé. Ils n'émirent pourtant aucune remarque, comprenant instinctivement qu'il valait mieux se tenir à carreau.

Ethan Savage était de mauvaise humeur.

Deux heures plus tard, il avait perdu beaucoup d'argent. Il était ivre. Il n'avait pas été aussi ivre depuis qu'il avait remporté un concours de beuverie devant cinq camarades au collège d'Eton. À l'époque, il ne refusait jamais un défi. C'était une des raisons qui expliquaient le dédain de son père et de son frère à son égard.

Depuis cette nuit mémorable, il avait appris à surveiller sa consommation d'alcool. Or ce soir-là, à la table de poker, la fumée des cigares se mêlant aux parfums bon marché des filles, cerné par les rires et les éclats de voix, transpirant dans la chaleur étouffante, il avait vidé sa bouteille de whisky, tandis que ses pertes s'accumulaient.

Le père et le frère qui l'avaient ignoré et méprisé toute sa vie étaient morts. Morts et enterrés. Et ils avaient emporté leur haine dans la tombe.

Désormais, tout était fini.

Quelle ironie du sort ! Lui, le mouton noir de la famille, qui n'avait pas hésité à se lier d'amitié avec des gens d'origine modeste, qui avait été dénigré par les siens parce qu'il avait refusé de se marier selon leurs goûts, lui qui avait choisi une existence sans entraves dans l'Ouest américain, était devenu l'héritier de l'immense fortune des Stonecliff.

C'était à se plier de rire !

— Whisky ! cria-t-il en reposant violemment la bouteille vide sur la table.

Les cartes se mélangeaient devant ses yeux. Les autres joueurs commençaient à se lever de table.

— C'était la dernière partie, Savage, le jeu est fini, décréta un cow-boy d'un air satisfait, vacillant sous les effets de l'alcool. Vous me devez… cent dix dollars, mon vieux. C'est l'heure de payer et de rentrer à la maison.

À la maison… Bonté divine ! songea Ethan. Il n'avait pas de maison. Il n'en avait jamais eu. Il ne possédait qu'une selle, un cheval, et le ciel étoilé en guise de toit.

— Cent dix dollars, c'est exact, acquiesça-t-il en fouillant dans la poche de sa chemise.

Elle était vide. Il se rappela vaguement avoir payé pour un bain, un repas, son whisky et les jetons de poker. Agacé, il porta la main à la poche de son veston pour sortir son portefeuille.

Vide, elle aussi.

Que diable… !

Le portefeuille avait disparu. Il fouilla toutes ses poches, regarda sous la table. Envolé. Avec ce qui restait des trois cents dollars qu'il avait gagnés la veille…

— La sale petite menteuse ! cria-t-il.

Un silence se fit dans la salle. Tous les regards se fixèrent sur lui. Le cow-boy fronça les sourcils.

— Vous allez me payer ou quoi ?

— Non ! Pas avant d'avoir mis la main sur cette voleuse. Je reviens.

Ethan se dirigea vers l'escalier. Bon sang ! Il allait lui tordre le cou !

— Hé, pas si vite ! s'énerva le cow-boy en lui saisissant brusquement le bras. Qu'est-ce qui me dit que vous n'allez pas... ?

Il n'eut pas le temps de finir sa phrase. Le poing d'Ethan l'atteignit au menton. Le cow-boy tomba en arrière et fracassa la table où se trouvait la roulette. Trois hommes s'écartèrent d'un bond.

— Pour qui vous prenez-vous ? s'écria l'un d'eux, furibond.

Stickley avança d'un pas pour s'interposer, mais trop tard. Ethan, qui était reparti vers l'escalier, fut intercepté par le cow-boy qui se jeta sur lui. Ethan lui décocha un deuxième coup de poing. Puis, pour faire bonne mesure, il s'attaqua à l'homme qui se tenait à côté du cow-boy et qui avait essayé de retenir son bras.

Cet homme trapu, à la moustache fournie, n'était autre que le shérif Mills. Il tomba dans les bras d'un groupe de joueurs de cartes.

Comme si l'on venait d'allumer un bâton de dynamite, le saloon explosa en un tourbillon de coups de poing, de chaises renversées, de verres brisés, de cris et grognements. Quelqu'un jeta une chaise sur quelqu'un d'autre, mais la victime désignée s'accroupit à temps, et la chaise fit voler en éclats le miroir derrière le bar. Le pianiste courut se mettre à l'abri, le barman essaya de sauver quelques verres, les filles se précipitèrent vers l'escalier. Deux hommes, bataillant ferme, tombèrent à travers la fenêtre du saloon et se retrouvèrent dans la rue.

Le shérif tira en l'air pour ramener le calme.

— Ça suffit ! Ça suffit ! hurla-t-il, mais sa voix fut couverte par le fracas infernal de la bagarre.

Une demi-heure plus tard, le Golden Pistol était en ruine. Les filles du saloon, réfugiées au premier étage, contemplaient le désastre en secouant la tête.

— Les hommes… Pourquoi doivent-ils tout le temps se battre ? demanda Rose d'un air dégoûté.

— Je crois que ce type est blessé, marmonna Jody en regardant le shérif passer les menottes à l'homme qu'elle avait volé dans l'après-midi.

Le cœur serré, elle vit que l'inconnu avait perdu connaissance. Il avait une coupure au-dessus de la tempe. Le sang coulait sur son beau visage…

— Je porte plainte, shérif ! Je veux que cet homme soit jeté en prison, jusqu'à ce qu'il ait payé pour tous les dommages que j'ai subis ce soir.

Stickley était si furieux qu'il tenait à peine en place. Le shérif et son adjoint transportèrent tant bien que mal Ethan vers la porte.

— Il va cuver son whisky en prison, grogna le shérif. Et il aura de la veine si je ne perds pas la clé !

La porte à double battant se referma derrière eux.

Personne ne remarqua le petit homme chauve qui s'était dissimulé derrière le bar. Il se redressa, s'épousseta, et suivit le shérif.

Jody retourna dans sa chambre. On lui avait dit que la bagarre avait commencé parce que l'homme en noir n'avait pas pu régler ses dettes de jeu. Elle avait mauvaise conscience, elle se sentait fautive.

Mais l'inconnu saurait se débrouiller, se dit-elle en fermant sa porte à clé et en terminant de préparer ses affaires. À en juger par la manière dont il avait utilisé ses poings, il était de taille à se défendre. Pour en venir à bout, quelqu'un avait été forcé de l'assommer par-derrière avec une bouteille.

Pourvu qu'il ne fût pas grièvement blessé !

« Ne t'en fais pas pour lui. Pense à toi ! » s'ordonna-t-elle. Heureusement, ni Snake ni sa bande n'étaient venus au Golden Pistol. Ils s'étaient sûrement rendus au bordel de Maizey, quelques rues plus loin. C'était le genre d'endroits qu'ils affectionnaient, songea-t-elle en frissonnant.

Elle déboutonna sa robe. Elle s'était procuré l'horaire des trains. Il ne lui restait plus qu'à acheter son billet le lendemain matin, à l'ouverture des guichets.

Elle plia avec soin la robe en coton bleu, sa plus jolie tenue, celle qu'elle avait portée pour son mariage avec Snake, et la rangea dans sa valise avec son costume de danseuse, une chemisette et sa chemise de nuit blanche. Elle enfila un pantalon, une chemise en flanelle et une veste en daim trop grande pour elle. Avant de quitter sa chambre, elle ramènerait ses cheveux sous son chapeau, glisserait un cigare entre ses lèvres, et sortirait en imitant la démarche d'un garçon. Il fallait éviter que Snake reconnût sa femme en cavale, si par malheur leurs chemins se croisaient.

Les derniers objets qu'elle rangea dans la petite valise en paille tressée étaient les plus précieux : un morceau de lettre et un ravissant réticule en soie, ainsi qu'une bourse en velours élimé qui contenait ses deux trésors.

Désormais, elle avait une vraie piste. La bague de cette malheureuse Anglaise agressée et détroussée par Snake, était la copie conforme de la broche qui avait été accrochée à ses vêtements de bébé.

Si les deux bijoux appartenaient à la même parure… s'il s'agissait de bijoux de famille…

Peut-être que cette Alicia Denby appartenait à sa famille ?

Elle n'oublierait jamais cette nuit dans la cabane, quand elle avait aperçu la bague pour la première fois. Lorsque Snake avait renversé sur la table le butin de l'attaque de la diligence, elle était restée pétrifiée. Elle n'avait prêté aucune attention à la pile de billets de banque, aux montres de gousset, aux boucles d'oreilles et au bracelet en grenats, au peigne en ivoire, au morceau de papier et au mouchoir de dentelle déchiré. D'une main tremblante, elle avait saisi la ravissante bague.

Sur un lourd anneau d'or, quatre perles encadraient une opale translucide d'une rare beauté. Sa main avait commencé à la picoter.

— Elle te plaît, hein ? s'était amusé Snake en lui arrachant la bague. C'est pas la peine de t'y attacher, Jody. Je vais la vendre. Elle vaut probablement autant que tout l'argent qu'on a récolté aujourd'hui. T'aurais dû voir la jolie p'tite Anglaise à qui elle appartenait. Elle a retiré ses boucles d'oreilles et son bracelet sans protester, mais elle m'a supplié de lui laisser la bague. Comme si j'allais laisser m'échapper quelque chose d'aussi précieux pour quelques larmes !

— La bague avait probablement une valeur affective pour elle, avait murmuré Jody. Tu ne lui as pas fait mal, hein, Snake ?

Derrière elle, Spooner et Noah avaient éclaté de rire.

— C'était pas nécessaire, avait répliqué Noah en triturant sa moustache rousse. Dès que Deck a planté son revolver dans les côtes du vieux en menaçant de tirer, elle s'est dépêchée de nous la donner.

Deck, le cousin de Snake, grand et mince, avec des cheveux presque aussi blonds que lui, s'était mis à rigoler.

— J'aurais bien aimé l'amener avec nous… Toi, tu t'es dégoté une jolie fille, Snake. Nous, on n'a personne.

— Si tu l'avais emmenée, son vieux débris de grand-père nous aurait fait pourchasser comme des chiens.

Snake avait saisi une poignée de pièces d'or qu'il avait jetées à chacun de ses compères.

— Avec ça, les gars, vous pourrez vous acheter un peu de bon temps quand nous irons en ville.

— Comment était-elle ? avait demandé Jody, essayant de prendre un air détaché, sans quitter des yeux la bague.

— Qui ? avait grommelé Snake, triant le butin pour en déterminer la valeur.

— L'Anglaise.

Il avait haussé les épaules.

— J'ai jamais vu une fille aussi fragile. On aurait dit qu'elle allait se casser en deux si on la touchait ! Des cheveux jaunes comme des jonquilles. Maigre et pâle… Pourquoi toutes ces questions ? (Il lui avait donné une claque sur les fesses.) Va préparer le dîner. J'ai envie de poulet frit et d'une tarte aux pêches. Dépêche-toi ! Moi et les garçons, on meurt de faim…

Dans sa chambre du Golden Pistol, Jody déplia la lettre qu'elle avait trouvée dans le réticule de l'Anglaise, cette même lettre qu'elle avait lue en secret la nuit du vol.

Chère mademoiselle Alicia Denby,

Nous sommes au regret de vous annoncer que l'examen de nos dossiers s'est révélé infructueux. Nous sommes incapables de vous donner des renseignements concernant la personne que vous recherchez, mais vous pourriez vous adresser à l'orphelinat Margaret Mapleson de Charlotte, en Caroline du Nord. Pendant les mois qui ont suivi la fin de la guerre, à cause de leur nombre très élevé, nous avons dû envoyer dans cet établissement beaucoup d'enfants orphelins qui nous avaient été confiés.

La fin de la lettre avait été arrachée.

En lisant, Jody avait été parcourue de frissons. Cette demoiselle Denby avait été à la recherche d'un enfant orphelin né pendant la guerre. Et elle possédait une bague qui ressemblait étrangement à la broche de Jody. La broche dont tout le monde ignorait l'existence, aussi bien Snake que Rose et Penny, les filles du saloon.

Que se passerait-il si elle découvrait qu'elle était liée à cette Mlle Denby ? Bien sûr, la jeune Anglaise était blonde, alors qu'elle-même était brune, mais elles étaient peut-être cousines, ou même... sœurs !

Non. Jody secoua la tête. Inutile d'espérer l'impossible. Lorsqu'elle était enfant, chaque fois qu'elle s'était retrouvée dans une nouvelle famille, elle espérait trouver un véritable foyer, et pas seulement une ferme où il fallait travailler dur, servir les repas, repriser les ourlets et les chaussettes, nourrir les animaux. Elle rêvait d'une vraie maison, d'embrassades, de tendresse, de joies et de peines à partager. À chaque fois, elle avait été déçue.

Pop Watson avait été celui qui avait été le plus proche de son rêve. Cet ancien vendeur ambulant, aboyeur de carnaval et pickpocket, avait épousé une veuve austère du Montana qui avait écrit à l'orphelinat, car elle cherchait un garçon pour l'aider à s'occuper de son petit ranch au pied des montagnes Beartooth.

Tous les garçons étant déjà pris, Emmie Lou Dunner n'avait pas été heureuse de devoir se contenter d'une fillette de quatorze ans, petite pour son âge. Mais la situation s'était améliorée pour Jody lorsque Pop était venu habiter le ranch, deux ans plus tard. Contrairement à Emmie Lou, il l'avait traitée comme un membre de la famille. Il lui avait raconté des histoires drôles, l'avait complimentée sur sa cuisine, aidée lors des corvées interminables que lui infligeait sa patronne en échange du logement et de la nourriture. Lors de leurs visites en ville, il lui avait appris à dérober des portefeuilles et à tricher aux cartes. Jody était persuadée qu'à sa manière, Pop Watson l'avait aimée.

Mais, après la mort d'Emmie Lou, il avait laissé le ranch aller à vau-l'eau. Il avait commencé à passer ses nuits en ville à jouer et à boire, ne rentrant qu'au petit matin.

Il avait rencontré Snake Barker dans un saloon miteux en bordure de la ville, et n'avait pas hésité longtemps avant de rejoindre la petite bande de hors-la-loi. Durant les trois ans qui avaient suivi, il s'était absenté pendant des mois, laissant Jody se débrouiller seule alors que le ranch tombait en ruine.

À chacun de ses retours, Pop avait rapporté de l'argent. La situation avait déplu à Jody, mais elle n'avait pu le raisonner. Il conduisait le chariot en ville et le remplissait de marchandises, qui permettaient à la jeune fille de survivre quelque temps. Il n'oubliait pas de lui rapporter des bonbons et des rubans pour ses cheveux, comme lorsqu'elle avait seize ans. Et il lui disait qu'il économisait pour lui acheter la plus jolie robe rose du monde…

Il ne lui avait jamais acheté cette robe. Mais un soir, il avait ramené Snake Barker pour dîner à la maison. Il avait permis à Snake et sa bande de se cacher sur le ranch.

Il avait suffi que Snake rencontre Jody Cooper pour qu'il décide de l'épouser.

Lorsqu'elle avait repoussé les avances de ce jeune hors-la-loi, en dépit de son allure séduisante et de ses compliments osés, Snake lui avait fait comprendre que Pop Watson n'était plus si jeune. Il ne tirait plus aussi bien que les années précédentes, pire : il devenait inutile. Si elle refusait de l'épouser, Pop risquait d'avoir un accident mortel…

« Tout cela, c'est du passé ! » se dit Jody. Elle s'était enfuie, emportant le butin, la lettre et la bague d'Alicia Denby.

Elle ferma les yeux, serra les mains comme pour une prière.

« J'ai cherché si longtemps. Maintenant, enfin, je vais peut-être découvrir qui je suis. Les réponses m'attendent peut-être… en Angleterre. »

5

Étendu sur la banquette de la prison, Ethan gardait les yeux fermés. Une atroce douleur lui vrillait la tête. Des lumières rouges martelaient ses paupières. Il avait la bouche pâteuse. Même si on le lui avait demandé, il aurait été incapable de bouger. Il doutait même de pouvoir ouvrir les yeux.

Il aurait aimé s'évanouir à nouveau pour ne plus avoir mal, pour tout oublier. Il gémit doucement.

— Réveillé, Savage ?

Une voix rauque l'interpellait. Qui était-ce ? Qui diable pouvait s'intéresser à lui ?

— Savage ! Réveille-toi, espèce de crétin. Quelqu'un veut te parler. Je me demande bien pourquoi…

Lorsqu'il entendit la seconde voix, la mémoire lui revint, et avec elle de bien mauvais souvenirs.

— Monsieur le comte, on dirait que c'est un moment propice pour poursuivre notre conversation, déclara Lucas Latherby sur un ton précis et mesuré.

— Allez au diable, grommela Ethan.

— Si vous désirez vraiment que je vous abandonne dans cette cellule, je vous obéirai. Mais d'après le shérif Mills et M. Stickley dont vous avez détruit le saloon, vous risquez d'y rester longtemps... À moins, bien entendu, d'accepter mon aide.

Ethan fit un effort pour ouvrir les yeux. Ses paupières lui donnaient l'impression d'avoir été brûlées. Il sentit un liquide tiède couler sur son visage. Il leva lentement une main.

Du sang... Son propre sang.

Lorsqu'il regarda autour de lui, son ventre se noua.

— Laissez-moi sortir d'ici...

— Quand les poules auront des dents ! bougonna le shérif.

Avec un gémissement de douleur, Ethan se redressa. La tête lui tournait. De méchante humeur, le shérif le regardait d'un œil noir, les pouces passés dans sa ceinture. Lucas Latherby le dévisageait à travers ses lunettes rondes, avec le regard intéressé d'un hibou.

— Je vais rembourser Stickley, shérif, dit Ethan. Ouvrez cette fichue porte.

— T'as pas un cent, Savage. C'est ce qui a tout déclenché, tu te rappelles ? Tu as perdu aux cartes en jouant avec Jake Coombs, et tu as essayé de filer sans payer tes dettes. Tu as de la chance qu'il ne t'ait pas descendu.

— Je ne voulais pas m'enfuir... Je voulais retrouver la fille...

— Quelle fille, monsieur ? demanda Latherby.

— Celle qui m'a volé mon portefeuille. Je l'avais récupéré, mais elle me l'a dérobé une deuxième fois.

Il retourna ses poches. Sa chemise était couverte de sang.

— Nom d'un chien ! Elle m'a aussi pris ma montre.

Il se leva et tituba. Il s'agrippa aux barreaux pour ne pas tomber. Il était encore ivre. Il lui faudrait une bonne journée pour cuver son alcool.

Lorsque la pièce eut cessé de tourner autour de lui, il fixa Latherby d'un air furibond.

— Trouvez-la ! Elle a mon portefeuille et ma montre. Allez la chercher…

— Je ne suis pas en mesure de vous obéir, monsieur. Je suis employé pour servir les intérêts de lord Stonecliff. D'après notre dernière conversation, vous n'êtes pas cette personne, et vous n'avez aucune intention de le devenir.

Ethan poussa un grognement.

— Vous, Mills… allez chercher cette fille. Elle est de taille moyenne, maigre comme un chat écorché, avec des cheveux bruns bouclés… Je ne me souviens pas de la couleur de ses yeux mais…

— T'es dingue si tu crois que je vais partir à la recherche d'une inconnue en pleine nuit, mon gars. Écoute-moi bien : c'est toi qui es responsable de la bagarre chez Stickley, et c'est toi qui vas croupir en prison. Ma femme m'attend à la maison et je vais laisser mon adjoint prendre la relève. (Il se tourna vers Latherby.) Vous devez partir. Il est minuit passé et je ferme pour la nuit.

Ethan eut un sursaut.

— Latherby ! Sortez-moi d'ici tout de suite ou je vous tords le cou !

— Je suis désolé de ne pouvoir vous aider, monsieur. Puisque vous avez refusé le titre de comte de

Stonecliff, je ne peux pas utiliser des fonds qui appartiennent à votre cousin.

Ethan pensa à son cousin maniéré, à son regard pâle et avide. Oliver Winthrop avait passé son temps à lécher les bottes de son père et de son frère, ravi de déblatérer sur les exploits du fils indigne. C'était Winthrop qui avait été le premier à leur parler de Molly...

Ethan secoua les barreaux :

— Cette vermine ne mérite pas d'hériter de Stonecliff !

— Si vous refusez les conditions du testament de votre père, il devient l'héritier.

— Je me fiche de la succession !

Les yeux d'Ethan lançaient des flammes. Il n'avait pas ressenti une rage aussi intense depuis une éternité. La sueur coulait sur son visage tuméfié. Il avait mal à la tête, il avait mal partout... il voulait s'en aller !

Ethan Savage détestait être enfermé. Depuis toujours, cela lui soulevait le cœur. Sous le regard méprisant du shérif, il contempla la petite cellule. Il se sentait ballotté par une vague de colère et de frustration.

Avec un léger haussement d'épaules, Latherby se détourna pour suivre le shérif.

— Latherby !

— Je suis vraiment navré, monsieur, mais je ne peux vous aider.

— Mills !

— Cuve ton alcool, imbécile !

Le tonnerre augmentait dans sa tête. Les quatre murs se rapprochaient... Ils allaient l'étouffer... Il devait sortir de là...

— Latherby… espèce de misérable gredin… J'accepte les conditions du testament. Revenez ici, sinon je jure de vous abattre comme un lapin dès que je serai libre !

Avec un sourire, Latherby fit volte-face et revint vers lui.

— Je suis enchanté, monsieur, enchanté que vous…

— La ferme ! Débrouillez-vous avec Mills et sortez-moi de là.

— Attendez une seconde, s'offusqua le shérif. On ne procède pas comme ça, d'habitude. Les réparations du Golden Pistol coûteront déjà deux cents dollars. Il y a aussi plusieurs amendes à régler : comportement désordonné en état d'ivresse, incitation à la bagarre, dommages matériels… énuméra-t-il en comptant sur ses doigts.

— En effet, shérif, coupa Latherby d'une voix doucereuse. Tout cela va constituer une somme importante. Veuillez me dire votre prix…

Ethan tournait comme un lion en cage, lorsque le shérif déverrouilla la serrure.

— Il est grand temps que je rentre à la maison, grommela Mills.

— Pas question, shérif. Je viens de me souvenir que la voleuse se trouvait au saloon ce soir. Elle faisait sa valise dans l'une des chambres au premier. Elle se prépare sûrement à quitter la ville. Il faut l'arrêter sur-le-champ.

— Le seul endroit où je vais « sur-le-champ », jeune homme, c'est rejoindre mon lit !

— Latherby ! ordonna Ethan en ouvrant la main.

Le notaire comprit ce qu'il désirait. Il donna cent

dollars à Ethan, qui agita le billet vert sous le nez de l'homme de loi.

— Mills, vous n'avez jamais gagné de l'argent aussi facilement. Il vous suffit d'enfermer cette femme dans une cellule et le billet est à vous.

Le shérif attrapa le billet. Il l'étudia un bon moment, avant de hocher la tête.

— Justice doit être rendue, conclut-il.

Ethan Savage eut un sourire goguenard. Il se dirigea vers la porte, Latherby et Mills sur les talons. Brusquement, il se retourna.

— Latherby, j'ai oublié quelque chose...

— Lord Stonecliff ?

— En remerciement pour tous les ennuis que vous m'avez causés...

Ethan donna un coup de poing au notaire, qui tomba à la renverse. Puis il secoua sa main endolorie, une lueur froide dans le regard.

— Ne me remerciez pas, Latherby. Ce fut un plaisir.

Jody venait de s'assoupir sur son lit, déjà habillée pour être prête à se lever à l'aube.

Elle faisait un rêve merveilleux...

Elle se trouvait dans un champ magnifique, sous un soleil radieux, vêtue d'une jolie robe couleur lavande. Elle dénouait les cordons de la vieille bourse qui contenait sa broche et la bague, mais soudain, elle s'aperçut avec horreur que les bijoux avaient disparu. Levant les yeux, elle remarqua Snake, debout à côté d'elle. Il ricanait, agitant les bijoux dans sa main sale au-dessus d'un puits sans fond.

— Tu m'as trompé, Jody. Tu peux leur dire adieu, à tes babioles. Et tu vas les suivre dans le puits...

Son cœur battait si fort qu'elle avait de la peine à respirer. Il tambourinait dans sa poitrine...

Elle ouvrit les yeux. Ce n'était pas son cœur qui tambourinait. Un poing martelait la porte d'entrée.

— C'est le shérif Mills ! Ouvrez, au nom de la loi !

Se redressant dans l'autre lit, Rose regarda Jody avec effroi.

— Le shérif ! Qu'est-ce qu'il nous veut ?

— C'est moi qu'il cherche, murmura Jody.

Tremblante, elle porta une main à sa gorge. Elle devait réfléchir. Et vite !

— C'est le joueur de poker qui a dû l'envoyer... Rose, attends ! N'ouvre pas tout de suite. Il faut gagner du temps.

Rose hocha la tête. Elle enfila sa robe de chambre rapiécée. Jody avait déjà mis ses bottes.

— Ouvrez la porte ou je l'enfonce !

— Un instant, shérif ! cria Rose. Est-ce qu'une femme n'a pas le droit d'être décente ?

Jody empoigna sa valise et courut vers la fenêtre. Elle prit le temps de serrer Rose dans ses bras, tandis que le shérif continuait à crier. Le cœur battant, elle passa une jambe par l'ouverture. Elle laissa tomber sa valise dans la ruelle. Si elle s'agrippait au rebord de la fenêtre et se laissait pendre avant de sauter, elle éviterait peut-être de se casser une cheville.

Elle entendit le shérif pénétrer de force dans une pièce voisine. Les mains moites, elle étouffa un cri de panique en lâchant prise.

Mais au lieu de tomber sur le sol, elle fut rattrapée par deux bras vigoureux.

— Oh ! s'écria-t-elle.

Elle était prisonnière d'un étau, transpercée par le regard furibond de l'homme dont elle avait dérobé par deux fois le portefeuille…

— Mademoiselle, me ferez-vous l'honneur de cette danse ? ironisa-t-il avec un sourire démoniaque qui lui glaça le sang dans les veines.

— Lâchez-moi ! cria-t-elle en lui donnant des coups de poing sur la tête.

Elle évita de justesse la blessure qui continuait à suinter.

— Petit monstre ! grommela-t-il, la reposant par terre si violemment qu'elle sentit ses dents s'entrechoquer.

Il la tint fermement contre lui et d'une main saisit ses poignets. Elle se débattit en vain. Elle respirait des relents d'alcool, une odeur virile. Le regard impitoyable l'effrayait, mais elle se serait fait couper la langue plutôt que de l'avouer.

— Mills ! appela-t-il. Par ici, je la tiens !

Elle tressaillit.

— Non ! Vous ne pouvez pas le laisser m'enfermer. Ce serait signer mon arrêt de mort… Vous ne comprenez pas !

— C'est vous qui ne comprenez pas, jolie demoiselle. Vous m'avez causé de sacrés ennuis. C'est votre tour de vous retrouver derrière les barreaux.

— Je connais les ennuis mieux que quiconque, monsieur, je vous assure. C'est pourquoi j'ai dû dérober votre argent.

— Savage, tu la tiens ? demanda le shérif en se penchant à la fenêtre. Bon travail ! Je descends.

— Je vous en supplie ! s'écria Jody.

La lune éclairait son visage. Il ne faisait pas froid, mais elle frissonnait. Ethan était conscient de la douceur de ce corps qu'il retenait prisonnier, des petits seins haut placés, des longues cuisses fuselées. Elle semblait si fragile... Mais il savait qu'elle était rusée comme le diable.

Pourtant, l'expression désespérée de son visage ne le laissait pas indifférent. Le cœur d'Ethan se serra, mais il refusa de céder à la compassion.

— Vous allez payer, petite dame, siffla-t-il entre ses dents, lui saisissant les cheveux et lui tirant la tête en arrière.

Son cou blanc s'offrait à lui, vulnérable.

— Où sont mon portefeuille et ma montre ?

— Dans ma valise. Prenez-les.

— J'en ai bien l'intention.

— Prenez tout ce que vous voulez... Je ferai n'importe quoi... je vous rembourserai le double de ce que je vous ai pris... mais je vous en supplie, ne laissez pas le shérif m'enfermer !

— Pourquoi ? Qui vous pourchasse ?

Elle ne répondit pas, humecta ses lèvres desséchées. Elle avait une bouche pulpeuse, sensuelle, de la couleur des roses en été. Il se dit que, sans doute, un chasseur de primes la recherchait. Quelqu'un de plus intimidant que le vieux Mills. Les larmes aux yeux, elle tremblait de tous ses membres depuis qu'il lui avait posé la question. Il s'aperçut qu'elle avait des yeux extraordinaires, d'un violet éclatant et limpide, comme les fleurs sauvages qui poussaient autour de l'étang de Stonecliff Park.

— Je suis prête à tout, murmura-t-elle, défaite,

alors que le shérif approchait de son pas lourd.

Brusquement, une idée saugrenue traversa l'esprit embrumé d'Ethan. Il se mit à rire.

— Prête à tout, vraiment ?

Jody le dévisagea d'un air effrayé. On aurait dit un fou furieux.

— Oui, jura-t-elle, se demandant si elle ne commettait pas une terrible erreur.

— Dans ce cas, vous allez m'épouser. Cette nuit.

Il était complètement fou ! Elle voulut s'échapper, mais il la retenait toujours. Le shérif avait sorti ses menottes qui luisaient sous la lumière froide de la lune. Tandis que Mills tendait la main vers elle, Ethan l'arrêta d'un geste.

— Un moment, shérif.

Les jambes de Jody menaçaient de se dérober sous elle.

Mills attrapa son chapeau qui avait failli s'envoler alors qu'un coup de vent s'engouffrait dans la ruelle.

— Les menottes peuvent patienter pendant que je discute avec la dame, ajouta Ethan.

— Alors maintenant c'est une dame ! ironisa Mills. Tu l'as traitée de sale petite voleuse, Savage. C'est elle qui t'a volé ton argent et ta montre, oui ou non ?

Ethan la considéra un instant, de la pointe de ses bottes éculées à sa chevelure en bataille. Il hocha la tête, le visage impassible.

— C'est bien elle, mais je ne vais peut-être pas porter plainte. Attendez une seconde et je vais vous le faire savoir, lança-t-il au shérif abasourdi.

Il entraîna Jody un peu plus loin dans la ruelle.

La jeune femme surveillait sa valise, à quelques mètres d'elle. Elle n'aimait pas ne pas l'avoir sous la main. À dire vrai, elle n'aimait rien de ce qui lui arrivait.

— Vous ne voulez sûrement pas m'épouser, dit-elle en essayant de se ressaisir.

— Vous vous trompez. J'ai besoin d'une épouse. Et rapidement.

— Pourquoi moi ?

— Vous n'êtes pas plus mal qu'une autre... Mieux que les autres, je dirais. Grâce à vous, mon cher père va se retourner dans sa tombe.

Il éclata d'un rire bref et amer, et passa une main dans ses cheveux. Il semblait épuisé et dévoré de colère. À moins que ce ne fût de détresse ? Jody était troublée.

Alors qu'elle reculait de quelques pas, se disant qu'il était vraiment trop fou, il lui saisit le bras.

— Pas si vite, ma beauté. Si vous venez en Angleterre avec moi comme une gentille petite épouse, vous ne manquerez de rien. Vous mènerez la belle vie, vous aurez des domestiques, de beaux vêtements, et toutes les fanfreluches que vous voudrez. N'est-ce pas ce dont rêvent toutes les femmes comme vous ? Vous n'aurez plus à voler et vous aurez de l'argent à dépenser. Mais...

Sa voix se fit plus sévère.

— Après six mois, *adios* ! Vous disparaîtrez de ma vie. Je vous donnerai une somme d'argent appréciable, pour que vous n'ayez à voler personne pendant longtemps. Nous divorcerons à l'amiable, et vous quitterez l'Angleterre et ma vie pour toujours.

— Comme c'est romantique ! ironisa Jody.

C'était sûrement l'alcool qui le faisait divaguer. Pourquoi un homme voudrait-il épouser la femme qui lui avait volé son argent ?

— Il s'agit d'une relation d'affaires, un point c'est tout. Quelque chose me dit que vous n'êtes pas du genre romantique, de toute façon. Vous aimez l'argent, j'en possède... Je vous paierai pour être ma femme pendant six mois. Oui ou non ?

Il chancela et Jody, instinctivement, le retint pour qu'il ne tombe pas.

— Vous délirez.

— J'ai besoin d'une épouse et je vous ai choisie. Je vais ramener une vulgaire pickpocket de saloon en Angleterre, et la présenter à tous les grands de ce monde. C'est à mourir de rire ! J'avais juré de ne jamais y remettre les pieds, de ne jamais me marier, mais puisqu'il le faut...

Quand il se rembrunit, Jody comprit qu'il n'avait pas eu l'intention de lui révéler autant de secrets.

— Puisqu'il le faut, vous êtes prêt à épouser une sale voleuse, poursuivit-elle. Mais pour prouver quoi ? Et à qui ?

— Ça ne vous regarde pas. Vous m'épousez maintenant, ce soir, ou je vous remets au shérif. Vous croupirez en prison. (Il la toisa d'un regard méprisant.) Choisissez, mademoiselle : moi ou les barreaux.

Mills s'approcha, le visage sombre.

— Alors ? grogna-t-il, impatient.

— Laissez-la, shérif. Cette dame me fait l'honneur de devenir mon épouse.

Son rire était si cynique et désespéré, que Jody en eut la chair de poule.

— Je n'ai pas dit... commença-t-elle, mais elle se ravisa lorsqu'il tourna son regard gris vers elle.

— Prenez vite votre décision, petite catin, susurra-t-il.

Il était fou, mais elle devait dire quelque chose avant que Mills ne lui passe les menottes !

— Je vais l'épouser, murmura-t-elle.

« Tant pis si j'ai déjà un mari qui me pourchasse comme si j'étais un vulgaire lapin, pensa-t-elle. À partir de maintenant, j'aurai deux maris. Et aucun des deux ne vaut la corde pour le pendre… »

Le shérif les considérait d'un air exaspéré.

— Je ne comprends rien à tes histoires, Savage, alors je rentre chez moi. À moins que tu n'aies besoin d'un autre service ce soir, se moqua-t-il.

Ethan ramassa la valise et quitta la ruelle en entraînant Jody.

— En effet, répliqua-t-il. Vous allez me dire où je peux trouver un juge de paix.

Le marié grimaçait d'un air narquois. La mariée était en pantalon. Le juge de paix, à moitié réveillé, ses bottes, son pantalon et son gilet enfilés sur sa chemise de nuit, marmonnait les paroles requises. Son épouse, enrôlée comme témoin, avait saisi à la dernière minute des fleurs fanées dans un vase qu'elle avait données à Jody comme bouquet de mariée.

La jeune femme fixait les fleurs d'un air hagard. Elle leva les yeux sur les joues flasques de James Ezekiel Collins, le juge de paix. Ses paroles résonnaient à ses oreilles. Elle avait l'impression de flotter dans un rêve étrange. Il faisait chaud dans le petit salon. Des dentelles au crochet recouvraient les fauteuils, les tables et le piano. Des coussins à franges s'empilaient sur le canapé. On discernait à peine le papier peint à grosses fleurs sous les nombreuses aquarelles accrochées aux murs. Les guéridons et les étagères étaient encombrés de fleurs séchées, d'animaux en porcelaine et d'assiettes chinoises.

Elle étouffait. Il faisait si chaud ! Elle respirait encore le poulet frit aux oignons que Mme Collins avait dû cuire pour le dîner. Mais elle se consola à la pensée que Snake ne viendrait jamais la chercher dans la maison d'un juge de paix. Pour le moment, elle était en sécurité.

La lumière dorée des lampes à pétrole éclairait le visage sévère de son nouvel époux. Son regard perdait peu à peu sa brillance dangereuse et son corps semblait se détendre, mais il émanait de lui une sorte de sauvagerie, encore plus palpable que dans l'après-midi. C'était normal. Il n'était pas ivre lorsqu'elle lui avait fait les poches. Il n'avait pas d'ecchymoses sur le visage, de sang sur sa chemise.

Jody planifiait déjà sa fuite. Il allait sûrement bientôt s'évanouir, et elle prendrait ses jambes à son cou. Pourquoi respecterait-elle sa promesse alors que cet homme l'avait forcée à l'épouser, tout comme Snake autrefois ?

Au moins, elle était légalement mariée à Snake. Cette cérémonie n'était qu'une plaisanterie.

« Dès qu'il se sera assoupi, je partirai. »

La voix ronronnante du juge Collins – lui demandant si elle acceptait de prendre cet homme pour époux – fut interrompue par quelqu'un qui frappait à la porte. Tandis que le cœur de Jody s'affolait, la femme du juge fit entrer un petit homme échevelé avec un grand bleu sur le menton.

— Personne ne vous a invité, marmonna le marié.

— Monsieur le comte, vous ne devriez pas faire cette erreur.

— Vous avez dit que j'avais besoin d'une épouse. Je m'en suis procuré une. Poursuivez, monsieur le juge !

Le malheureux juge Collins eut un regard consterné pour Jody, blême et dépenaillée dans ses vêtements poussiéreux, puis pour l'homme qui se tenait à son côté. Il semblait si perturbé que la jeune femme eut pitié de lui.

— Vous êtes certaine que c'est ce que vous voulez, petite ? demanda-t-il.

— Oui.

— Voilà. Elle l'a dit. C'est fait, conclut Ethan en lui prenant le coude pour l'entraîner vers la porte.

— Monsieur, vous n'avez pas encore prononcé *vos* vœux ! s'écria le juge.

Ethan s'immobilisa.

— Vraiment ? Alors dépêchez-vous, sinon je vais me mettre en colère, vieux croûton !

La femme du juge poussa un cri effrayé.

— Pardonnez-moi, madame, je n'ai pas l'habitude d'être grossier devant les dames, s'excusa Ethan en souriant.

Jody aurait mis sa main au feu que ce sourire séducteur pouvait faire fondre du métal. Rougissante, Mme Collins se laissa choir dans un fauteuil.

— Continue, James, dit-elle à son mari en s'éventant.

— Monsieur le comte, c'est une terrible erreur, insista le petit homme chauve.

Le temps d'un battement de cils, Savage dégaina son colt et le pointa sur lui.

— Un seul mot, Latherby, et ce sera votre dernier. C'est compris ?

La gorge nouée, l'Anglais hocha la tête.

Ethan rangea son pistolet et se tourna vers le juge empourpré.

— Euh… monsieur, est-ce que vous acceptez de prendre cette femme… Comment vous appelez-vous déjà, mon enfant ?

— Jody. Joséphine Cooper.

— Joséphine Cooper, pour être votre épouse, pour la garder et la chérir, dans les épreuves comme dans les joies, pour le meilleur et pour le pire, jusqu'à ce que la mort vous sépare ?

— C'est pour ça que je suis là, non ? répliqua Ethan en haussant les épaules.

— Monsieur !

— Bien sûr que oui, marmonna-t-il. Satisfait ? Bon, on s'en va…

— La bague, monsieur ! Vous ne lui avez pas donné d'alliance.

Ethan regarda la bague qu'il portait. C'était la dernière relique qu'il conservait de son passé. Elle avait appartenu à son grand-père. Il s'en souvenait vaguement comme d'un vieux monsieur gentil au regard très bleu, qui un jour lui avait offert un chiot. À sa mort, son grand-père lui avait transmis cette bague, une lourde chevalière en or avec une émeraude carrée.

— Vous devez lui passer une bague au doigt, insista Collins.

— Pas celle-ci, grommela Ethan avec un regard mauvais pour la voleuse. Latherby, vous avez une bague ? Retirez-la.

L'Anglais ouvrit la bouche pour protester, mais le

visage déterminé d'Ethan Savage le fit réfléchir. Il retira une bague en or de son annulaire et la lui remit.

Ethan la glissa au doigt fin de Jody.

— Je vous déclare mari et femme… Vous pouvez embrasser la mariée, conclut le juge d'un air dubitatif.

— Je ne crois pas… commença Jody en reculant de quelques pas.

Elle heurta une chaise, mais Ethan l'empêcha de tomber à la renverse en la retenant d'une main de fer. Il la plaqua contre son torse.

— Il faut que ce soit officiel, marmonna-t-il avant de poser ses lèvres sur les siennes.

Elle ferma les yeux, horrifiée, priant pour que le baiser fût bref. Devant toutes ces personnes…

Mais la présence de témoins ne semblait pas troubler son nouveau mari. Il s'empara de ses lèvres avec cette détermination arrogante qu'il affichait en permanence. Ce fut un baiser avide, et curieusement passionné. Il avait un goût de colère, d'ironie amère… et de désir physique. Ethan garda sa bouche prisonnière pendant une éternité. Et Jody oublia de résister…

Le dernier homme à l'avoir embrassée était Snake. Snake, avec son cruel visage, sa barbe blonde râpeuse, ses mains impatientes qui lui avaient déchiré sa robe.

Elle fut tétanisée par ce souvenir terrifiant. Son mari, sentant qu'elle se raidissait, leva la tête et la regarda d'un air moqueur.

— Ça suffira pour le moment.

On n'aurait pas dit qu'il était ivre. Il semblait épuisé. Et très mécontent. Il la repoussa, tituba.

— Latherby, il faut surveiller mon épouse. Ne la quittez pas des yeux…

Sa voix était pâteuse. Jody reprit espoir en le voyant si fatigué.

— Je dois… me reposer, balbutia-t-il.

Le notaire allait parler quand Ethan s'écroula, se cognant la tête contre le pied du canapé.

Jody avait essayé en vain de le retenir dans sa chute. Elle contempla la silhouette inerte. Du sang s'écoulait de la plaie qui venait de se rouvrir.

— Bon sang de bonsoir ! Qu'allons-nous faire ? s'écria le juge.

— Ne vous en faites pas, je m'occupe de tout, dit Latherby, alors que Jody s'agenouillait près d'Ethan.

— Mais il est en train de saigner sur le nouveau tapis de ma femme !

— Seigneur ! s'affola Mme Collins.

— Apportez-moi un linge, ordonna Jody.

Inquiète, elle défit le col de chemise d'Ethan. Elle ne songeait plus à s'enfuir.

Il respirait faiblement. Le sang se répandait sur le tapis.

— Vite ! appela-t-elle. Il me faut ce linge !

Mais les trois autres la contemplaient d'un air effaré. Même Latherby était cloué sur place.

— Ne restez pas plantés là comme des imbéciles ! cria-t-elle. Sa blessure s'est rouverte. Je dois arrêter l'hémorragie… Dépêchez-vous ! À moins que vous ne vouliez qu'il se vide de tout son sang et qu'il meure !

— Non ! Seigneur Dieu, non ! paniqua Latherby.

Jody saisit une étoffe sur une table et la déchira,

faisant tomber les bibelots. Elle la roula en boule et la pressa contre la tempe de son mari.

— Trouvez-moi de l'eau, des linges, et un médecin… Vite !

6

Le train filait sur les rails. De part et d'autre, une profusion de fleurs sauvages s'épanouissaient dans la campagne du Missouri.

Jody se cala dans le fauteuil de première classe et regarda droit devant elle. D'un doigt, elle jouait avec la manche élimée de sa robe en coton bleu. Posée sur le siège voisin se trouvait la valise, avec ses trésors et la lettre déchirée.

La veille, à la même heure, elle n'avait eu qu'une idée en tête : trouver assez d'argent pour acheter un billet de seconde classe vers l'est, puis rejoindre l'Angleterre. En évitant surtout de croiser Snake.

Aujourd'hui...

Aujourd'hui, elle était mariée à un étranger, elle voyageait en première classe vers New York d'où elle embarquerait pour Londres. Elle secoua la tête. Sa vie avait été bouleversée. Son avenir transformé.

La veille au soir, l'efficace M. Latherby avait tout pris en main. Tandis que Jody essayait de stopper l'hémorragie, il avait appelé un médecin au milieu de la nuit. Il avait fait installer Ethan Savage dans la chambre d'invités du juge, en donnant des ordres d'une voix autoritaire. Il avait gardé un œil attentif sur la jeune femme, comme s'il craignait qu'elle n'en profite pour disparaître, mais elle avait été trop préoccupée pour y songer. Avec l'aide de Mme Collins, Latherby avait acheté trois billets pour le train de huit heures et quart, et il avait réussi à les faire monter à bord.

Quand le train avait lentement quitté la gare, Jody avait ressenti un soulagement intense. Elle n'avait pas revu Snake. Elle ne pensait pas qu'il aurait l'idée de la chercher dans l'est du pays...

Maintenant qu'elle se sentait un peu plus en sécurité, elle aurait dû pouvoir se détendre, mais elle était à bout de nerfs, épuisée par le manque de nourriture et de sommeil. Assise dans son confortable fauteuil, elle songea à l'homme qu'elle avait épousé. Les effets de l'alcool devaient commencer à se dissiper. Lorsqu'il aurait retrouvé sa lucidité, que penserait Ethan Savage de cette nouvelle situation ?

Elle n'avait pas bien compris les raisons de ce mariage, ni du ressentiment qu'il semblait éprouver pour son père, et pourtant, elle avait deviné une profonde détresse sous sa colère et son cynisme. Une détresse cachée, mais bien réelle.

Qui était Ethan Savage ? se demandait-elle. Et pourquoi avait-il insisté pour l'épouser ?

« Ne t'inquiète pas pour lui. Il n'est pas un petit orphelin, ni un chaton abandonné, ni une danseuse de saloon maltraitée par son patron. Il est parfaitement capable de se défendre... »

Quoi qu'il en soit, une chose était certaine : son nouveau mari – supposé mari – qui cuvait son alcool dans le lit du compartiment voisin, était immensément riche. Il suffisait de voir tout ce luxe, et les efforts déployés par Latherby pour le servir. Il était beaucoup plus riche qu'elle ne l'avait pensé quand elle avait essayé de lui voler son portefeuille.

Mais l'argent n'intéressait pas Jody. Aucune fortune au monde ne pourrait acheter ce qu'elle désirait. Elle voulait seulement se rendre en Angleterre et trouver une jeune femme qu'elle n'avait jamais rencontrée, mais qui l'aiderait peut-être à donner un sens à sa vie.

Elle devinait que ses espoirs laisseraient Ethan Savage indifférent. Il n'avait que ses propres besoins en tête. Exactement comme Snake, songea-t-elle, le cœur serré. Tous les hommes étaient comme Snake : prêts à n'importe quoi pour obtenir ce qu'ils voulaient. Prêts à écraser les autres, à les menacer, à les battre ou les tuer.

Ethan Savage était aussi impitoyable que son premier mari. Il était encore plus grand et plus musclé, et il maniait ses pistolets avec une aisance remarquable. Elle l'avait vu se battre au saloon. Il se débrouillait très bien.

Elle frissonna. Elle avait connu, hélas, les coups de poing de Snake.

Elle eut l'impression de ressentir à nouveau les douleurs physiques qu'il lui avait infligées, mais elle se força à penser au présent. Bien qu'Ethan Savage fût un homme déterminé et sans merci, pour l'instant, il lui rendait plutôt service. Si ce mariage lui donnait l'occasion de trouver sa famille en Angleterre, tant mieux. D'ailleurs, il avait promis de lui rendre sa liberté.

« Il faut que je lui fasse clairement comprendre qu'il s'agit d'un mariage blanc ! » se dit-elle en tournant la bague de Latherby autour de son doigt.

D'autant que ce mariage n'était même pas légal. Mais ça, Ethan Savage ne l'apprendrait jamais, se rassura-t-elle. À moins que Snake ne vienne dévoiler le pot aux roses, mais c'était improbable. Elle pria pour que Snake ne retrouve jamais sa trace. Elle se mordilla la lèvre, n'osant imaginer la réaction d'Ethan Savage s'il apprenait que la cérémonie de la veille avait été une mascarade.

Heureusement que ce mariage ne comptait pas. Un mari brutal, ça lui avait suffi pour toute une vie !

Ethan l'avait embrassée après la cérémonie, mais leur intimité s'arrêterait là.

Se rappelant ce baiser, elle sentit ses joues s'empourprer. Elle déboutonna le col de sa robe. Quel ivrogne arrogant ! Mais pourquoi ce baiser ne l'avait-il pas dégoûtée, comme ceux de Snake ? Probablement parce que Savage l'avait embrassée par surprise. Elle devait veiller à ce que cela ne se reproduise plus. S'il acceptait quelques principes de base, ils s'en tireraient très bien, jusqu'à ce que cette parodie de vie commune fût terminée.

« Qu'est-ce que tu attends ? songea-t-elle. Tu veux lui dire deux mots afin d'éviter les malentendus ? Autant ne pas perdre de temps. »

Elle se leva d'un air déterminé et prit sa valise. Elle ne savait pas si Ethan se trouvait dans son compartiment ou dans la voiture-salon, et elle ignorait où était passé Latherby.

En avançant vers le salon, elle prit une autre décision : si Ethan Savage ne promettait pas de garder ses distances, elle partirait. Elle quitterait ce mari, comme elle avait fui le précédent. À New York, ce serait un jeu d'enfant de disparaître parmi la foule.

La voiture-salon était décorée dans des teintes marron et or. Elle s'arrêta un instant près de la porte, derrière une tenture. Savage était affalé dans un fauteuil. Curieusement, malgré ses vêtements poussiéreux et le pansement autour de sa tête, il semblait à son aise dans cet environnement luxueux. Latherby se tenait debout, à son côté. Aucun des deux hommes ne la remarqua. Elle entendait distinctement leur conversation.

— Ça ne marchera jamais, lord Stonecliff. J'ai essayé en vain de vous l'expliquer hier soir. Le testament de votre père stipule clairement que vous devez épouser une « dame de qualité ». Cette fille n'est pas… veuillez m'excuser… elle n'est même pas une dame, sans parler d'être une lady. Ce n'est pas du tout ce que voulait votre père…

Un rire caustique l'interrompit.

— Que mon père aille au diable ! Ça lui apprendra. Je l'ai épousée, point final. Qui va s'en plaindre, Latherby ? Vous ?

— Non, monsieur. Cependant, M. Grismore, mon directeur, est chargé de veiller au respect scrupuleux du testament. Il viendra certainement vous rendre visite à Londres, et en apprenant votre mariage, il voudra des précisions.

Jody avait enfin compris ! Ethan Savage souhaitait mettre la main sur un héritage. Pour l'obtenir, il lui fallait une épouse, mais quelqu'un de très différent de la jeune femme qu'il avait choisie, alors qu'il était ivre mort.

Il ne lui fallait pas une orpheline, une voleuse, une fille prête à se marier pour éviter la prison… Il avait besoin d'une lady, une dame respectable qui prenait des bains parfumés, portait des robes de satin et de soie, changeait de coiffure tous les matins. Quelqu'un avec des manières, qui savait diriger les domestiques, faire du point de croix, jouer au piano, mener une conversation intelligente et policée avec des personnes de qualité, sans renverser son potage sur ses genoux ou laisser tomber sa fourchette en argent.

« Ce n'est pas moi... se dit-elle avec une grimace. Ce n'est pas moi du tout. Dès notre arrivée à New York, ce sera fini. Il voudra annuler le mariage. Nous irons chacun de notre côté. »

Elle fut étonnée d'éprouver un léger regret. Bien que ce mariage eût été une idée saugrenue, il lui rendait service. Un court instant, elle avait eu le sentiment d'être quelqu'un d'important dont on avait besoin. Désormais, Ethan Savage ne songerait qu'au moyen le plus expéditif de se débarrasser d'elle.

Elle s'accrocha à une poignée de fenêtre pour ne pas tomber, tandis que le train oscillait sur les rails. Elle serait obligée de se débrouiller seule pour rejoindre l'Angleterre, mais elle avait l'habitude. L'essentiel, c'était d'avoir quitté Abilene sans alerter Snake.

— Je devrais vous étrangler, espèce de crétin, s'énerva Ethan. Pourquoi ne me l'avez-vous pas dit plus tôt ?

— Vous ne m'en avez pas laissé le temps, monsieur !

— Bon sang ! La petite catin ne convient pas du tout. Elle volera le portefeuille de Grismore et me mettra dans de beaux draps.

Ethan se mit à arpenter le salon.

À l'abri de sa tenture, Jody se dit qu'il allait

envoyer Latherby la chercher d'une minute à l'autre. S'il la trouvait maintenant, il l'accuserait de les espionner. Il fallait qu'elle retourne à sa place sans se faire remarquer. Mais alors qu'elle reculait, le train prit un virage et elle perdit l'équilibre. Sa valise lui échappa des mains. Elle se retrouva au beau milieu du salon, allongée par terre.

Ethan se retourna. En voyant son épouse à ses pieds, son visage se durcit.

— Que faites-vous ici ? demanda-t-il en l'aidant à se relever.

— Je ne me suis pas fait mal, merci de votre sollicitude, ironisa Jody, le souffle court.

— Répondez à ma question.

— Je vous cherchais.

— Pour écouter aux portes ?

— Pas du tout !

— Vous êtes non seulement une voleuse, mais aussi une fieffée menteuse.

La tenant par le poignet, il la força à avancer vers Latherby qui les observait avec inquiétude.

— Vous voyez bien ce que je veux dire, lord Stonecliff.

— J'ai parfaitement compris, grommela Ethan en poussant Jody dans un fauteuil. Pas un mot. Ne dites pas un mot !

Il leur tourna le dos et regarda par la fenêtre.

La jeune femme se frottait le poignet. Elle était furieuse et se sentait humiliée. Elle aurait aimé saisir Ethan Savage par les cheveux, le traîner jusqu'à l'une des passerelles qui reliaient les wagons et le pousser dehors dans une fosse à serpents !

Cette idée la rasséréna. Elle esquissa un rapide sourire.

Elle ne pouvait leur en vouloir de penser du mal d'elle. Toutes les explications de la terre ne parviendraient pas à les convaincre qu'elle n'était pas une maudite petite voleuse. Elle avait seulement volé pour échapper à Snake, et n'aurait jamais pris un dollar à quelqu'un dans le besoin, mais Ethan Savage ne la croirait jamais...

Et alors ? Elle se fichait de ce qu'il pensait d'elle... non ?

La mâchoire crispée, Ethan bouillonnait de colère. Il détestait se sentir prisonnier, à la merci de quelqu'un. Or, il était prisonnier du testament de son père.

Le mariage... Dix ans plus tôt, il avait juré devant toute la société londonienne qu'il ne se marierait jamais. Et voilà qu'il se retrouvait lié à une pickpocket, une menteuse, avec une bouche de courtisane, des yeux d'une beauté lumineuse, et un cœur noir comme la suie.

Elle était le contraire de la femme dont il avait besoin. Et en plus, elle était maladroite. Il l'imagina ratant une marche du grand escalier de l'opéra et s'affalant de tout son long...

Ethan regarda défiler le paysage, pensant aux Rocheuses, à la Sierra Nevada, à ce pays sauvage et libre de canyons, de forêts de pins et de déserts. Il n'arrivait pas à croire qu'il quittait ce magnifique paysage pour retrouver la foule de Londres, sa société corsetée de conventions rigides, les souvenirs d'un passé qu'il fuyait depuis dix ans.

Mais il pouvait encore tout laisser tomber, déclarer forfait. Au diable Stonecliff Park ! Au diable l'héritage ! Il pouvait rendre sa liberté à la petite voleuse, descendre de ce train et partir… Pour où ? Silver City ? San Francisco ? Denver ?

Comme s'il lisait dans les pensées de son maître, Latherby toussota. Il parla à mi-voix afin que la jeune femme ne l'entende pas :

— Je crois deviner vos réflexions, monsieur le comte. Hier soir, vous avez commis une erreur. Mais il est encore temps de la rectifier. Vous pourriez laisser cette fille au prochain arrêt et trouver une autre épouse. Une dame, digne de la situation.

— Je le pourrais, en effet, fit Ethan en tournant son regard pâle vers Latherby.

Plusieurs hommes avaient croisé ce regard implacable, mais aucun n'avait survécu pour le raconter. Latherby rassembla tout son courage pour poursuivre.

— Songez, monsieur, que M. Winthrop votre cousin se promène probablement dans Stonecliff, au moment où nous parlons, examinant chacune des pièces et chaque meuble qui deviendra le sien, si vous ne respectez pas le testament…

— Qu'il les garde s'il les veut ! Vous savez quoi, Latherby ? Vous êtes d'une parfaite insolence.

Mais les paroles du notaire l'avaient touché. Il n'avait pas envie de laisser Oliver Winthrop, cette vermine responsable des malheurs de Molly, mettre la main sur la propriété.

Et il y avait aussi autre chose.

Stonecliff Park n'était pas seulement constitué de terres, de jardins, de peintures ancestrales, de blasons, d'argenteries armoriées et d'anciennes tapisseries remontant à l'époque de Guillaume le Conquérant. Des dizaines de personnes vivaient grâce à la propriété, des servantes, valets, palefreniers, jardiniers, cuisinières, femmes de chambre, cochers, métayers... Leurs vies avaient été affectées par la mort de son père. Parmi ces fidèles serviteurs, certains lui avaient été plus proches que sa propre famille. Désormais, ils dépendaient tous de lui...

Ethan savait qu'ils auraient un meilleur avenir s'il veillait sur eux, plutôt que ce nigaud d'Oliver Winthrop, un homme cupide et égoïste.

Comme il était le fils cadet, il n'avait jamais pensé assumer une telle responsabilité. La vie lui faisait un joli pied de nez.

En dépit de son envie de tout envoyer promener, il ne le pouvait pas...

Il donna un coup de poing dans le panneau en bois, faisant sursauter Jody et Latherby.

Il vint se planter devant la jeune femme, qui se recroquevilla instinctivement dans le fauteuil. Puis elle se força à se redresser et le toisa d'un air hautain.

Il devait reconnaître qu'elle ne manquait pas de courage. Contrairement à son habitude, il avait agi la veille dans la précipitation, et désormais, bien des choses dépendaient de cette inconnue, cette voleuse au regard captivant qui lui avait dérobé deux fois son argent, qui dansait au Golden Pistol, dévoilant ses jambes à tous les rustres d'Abilene.

Le contraire d'une lady, en somme.

Heureusement, rien n'était perdu. Avec une autre femme, il aurait été prisonnier pour la vie. Une jeune fille honorable n'aurait jamais accepté un mariage de quelques mois, le temps de profiter d'un héritage. Mais cette voleuse n'avait pas hésité.

Étudiant son visage aux traits délicats, ses yeux

violets, Ethan réfléchissait. Avec des vêtements appropriés, quelques leçons de diction et de maintien…

Puisqu'elle était déjà une voleuse et une danseuse, peut-être ferait-elle une actrice convaincante ? Suffisamment douée pour duper Grismore et la haute société de Londres pendant quelques mois.

Mais il lui faudrait obéir.

— Je veux parler à ma femme, décréta Ethan sans la quitter des yeux. Laissez-nous seuls, Latherby.

La bouche de la jeune femme s'arrondit de surprise, mais elle resta silencieuse.

Pourtant, Ethan percevait son inquiétude.

7

La porte se referma derrière le notaire. Ils étaient seuls.

— N'ayez pas l'air aussi terrifié, ironisa Ethan. Je ne vais pas vous abattre d'un coup de revolver.

— Je sais ! rétorqua Jody, trop orgueilleuse pour lui laisser croire qu'elle était une mauviette. Vous ne me faites pas peur.

— Ce qui prouve que vous êtes idiote.

Jody sentit son sang se figer dans ses veines. Elle se força à demeurer impassible, les mains serrées sur son giron.

— Vous avez faim ? demanda-t-il en indiquant les plats en argent posés sur une table.

Elle secoua la tête.

— Vous voulez du café ?

— Pourquoi est-ce que vous ne dites pas ce que vous avez sur le cœur, monsieur Savage, et qu'on en finisse ?

Il sembla amusé.

— Votre franchise n'est pas très féminine, mademoiselle…

— *Madame*. Mme Ethan Savage… À moins que vous n'ayez oublié ?

— Hélas, non.

— C'était votre idée, pas la mienne, dit-elle en se levant. Je sais que vous regrettez de m'avoir épousée, et je n'en suis pas heureuse moi-même, mais il est hors de question que je me laisse insulter.

Il l'attrapa alors qu'elle passait près de lui.

— Pas si vite !

— Lâchez-moi, malotrus !

— Je ne voulais pas vous insulter. Ne soyez pas aussi susceptible. Mais j'avoue que je n'avais pas les idées très claires, quand j'ai décidé d'épouser une voleuse.

— Je ne suis pas... (Elle se mordit la langue.) Bon, j'admets avoir pris votre argent.

Comme elle avait honte, les mots s'étranglèrent dans sa gorge.

— Pas seulement mon argent.

Elle soupira.

— J'ai pris aussi votre montre de gousset.

— Vous m'auriez dépouillé de mon pantalon si j'avais cligné des yeux. Inutile de protester ! Rendez-moi ce qui m'appartient.

— Je veux bien, mais il faudra me lâcher, grommela-t-elle, les dents serrées.

Il la lâcha comme si elle l'avait brûlé.

Jody ouvrit sa valise. Sous ses vêtements propres, sa brosse à cheveux et le sac en velours, elle trouva le mouchoir dans lequel elle avait enveloppé les biens de Savage. Elle le lui donna.

— Avez-vous autre chose à me dire ? lança-t-elle, essayant de dissimuler son embarras sous un ton péremptoire.

Il compta les billets de banque, glissa la montre dans sa poche. Son visage était sévère.

Cette petite danseuse ne semblait rien regretter. On devinait un certain dépit à sa voix, mais Ethan doutait que ce fût un sentiment de honte. Elle regrettait probablement de ne pas avoir réussi son coup.

Tendue et fatiguée, son épouse n'en menait pas large. Sa peau était translucide, et elle avait des ombres violettes sous les yeux. Il devina qu'elle n'avait pas dormi ni mangé depuis la veille.

« Ce n'est pas mon problème, se dit-il. Le bien-être de cette fille ne me regarde pas. Je veux seulement l'utiliser pendant quelque temps avant de m'en débarrasser. Elle sera bien rémunérée pour ses efforts. »

Comme s'il discutait affaires, il attaqua :

— J'ai beaucoup de choses à vous dire. Mais d'abord, ceci : Latherby m'a appris que vous aviez soigné ma blessure hier soir. Il m'a dit que vous aviez agi avec rapidité et efficacité. Je vous en remercie.

Surprise, Jody hocha la tête. Elle sentit son visage s'enflammer. Elle détestait rougir, mais n'avait jamais pu maîtriser cette malheureuse habitude.

— Je n'ai rien fait d'exceptionnel, murmura-t-elle. N'importe qui aurait fait pareil. J'ai appris certaines choses chez les Beckers. (Comme elle était nerveuse parce qu'il l'étudiait attentivement, elle parla de plus en plus vite.) J'ai habité chez eux quelque temps. La mère de Mme Beckers avait soigné des soldats pendant la guerre de Sécession, alors les gens venaient la voir quand ils étaient souffrants et…

— Je me fiche des Beckers, coupa-t-il en posant les mains sur ses épaules.

La jeune femme savait qu'elle avait tendance à babiller quand elle était nerveuse. Ce défaut avait exaspéré toutes les personnes chez qui elle avait vécu, excepté Pop Watson.

— Je vous écoute, reprit-elle.

Ethan esquissa une grimace quand elle abaissa les cils sur ses yeux magnifiques. C'était drôle comme elle pouvait paraître douce et candide... alors qu'elle ne l'était pas. Les yeux baissés, les joues roses, elle semblait aussi innocente qu'une fille de fermiers. Sa voix mélodieuse avait le don de lui serrer le cœur...

« Tu as trop d'expérience pour tomber dans le piège, se dit-il, agacé. Reste concentré. Fais ton devoir. Il faut lui faire peur. »

Il l'attira si brusquement à lui qu'elle poussa un cri de surprise.

— Voici la deuxième chose que j'ai à vous dire : si vous me créez le moindre petit ennui quand nous serons en Angleterre, je ferai de votre vie un enfer. Vous finirez dans les geôles de Newgate et croyez-moi, elles sont pires que la prison d'Abilene.

Jody ne doutait pas une seconde qu'il disait la vérité. D'un seul coup, le wagon n'était plus assez grand pour les contenir tous les deux. Il lui entourait la taille de ses bras, la retenant prisonnière contre son torse. Elle aurait voulu fuir, échapper à ce regard glacial... à ce plaisir étrange qu'elle ressentait lorsqu'elle était près de lui, un plaisir qui l'effrayait et la perturbait. Mais elle se contenta de réagir comme elle avait appris à le faire à l'orphelinat, quand une brute la persécutait : elle se jeta dans la bataille.

— Écoutez-moi bien, Ethan Savage. Si vous me créez le moindre petit ennui à Londres, je dirai à tout le monde que vous avez épousé une inconnue pour mettre la main sur un héritage...

Il lui saisit brutalement le menton.

— Vous vous y connaissez en argent, hein ? Comment vous appelez-vous déjà ?

— Jody, souffla-t-elle, refoulant des larmes de douleur car il la pinçait sans merci. Joséphine. Je l'ai dit quand on s'est mariés. Vous ne vous rappelez pas, *chéri* ?

Il eut un sourire mauvais.

— Je ne me souviens que d'une seule chose. Vous voulez savoir quoi ?

Elle secoua la tête et il ajouta :

— Ceci.

Il abaissa son visage vers le sien. Le cœur de Jody fit un bond dans sa poitrine. Il allait l'embrasser...

Il sentait le savon, et une odeur virile qui n'était pas désagréable. Mais il était trop fort, trop proche, et il la retenait prisonnière. Elle se sentait oppressée. Elle repensa à Snake, à sa sauvagerie, à ses mains brutales. La nuit où elle s'était enfuie, elle s'était juré de ne plus jamais laisser un homme la dominer.

— J'étais ivre, mais comment oublier des lèvres comme les vôtres, mon ange ?

— Lâchez-moi.

Leurs bouches se frôlaient.

— Ne jouez pas à l'effarouchée. Vous avez dansé devant un saloon rempli d'hommes. Vous n'allez pas me faire croire que vous ne couchiez pas avec les clients.

— Comment osez-vous… ?

Il attrapa son poignet alors qu'elle allait le gifler.

— Désormais, vous êtes ma gentille petite épouse. Légalement, vous m'appartenez. Je peux vous embrasser, je peux vous toucher, je peux vous mettre dans mon lit.

Jody fut prise de panique… Elle revit Snake qui la renversait par terre, l'immobilisait, retroussait sa robe…

Se débattant comme une furie, elle décocha un coup de pied à Ethan, essaya de le mordre et le repoussa de toutes ses forces. Il continuait à la retenir, mais il avait perdu son air moqueur.

— Que diable vous arrive-t-il ? demanda-t-il, perplexe.

— Je ne vous appartiens pas ! Je n'appartiens à personne ! Je ne vous ai jamais permis de… Nous n'avons pas parlé de…

— Relations conjugales ? suggéra-t-il.

— Oui ! Non ! Il n'y aura pas de relations conjugales entre nous. Si vous me touchez, ce mariage est terminé.

Elle tremblait de la tête aux pieds. Ses yeux brillaient avec une terreur qu'Ethan avait vue chez des animaux sauvages pris au piège.

— Vous semblez très décidée, railla-t-il.

Alors qu'il détaillait son visage blême, il se demanda de quoi elle avait si peur.

— Ce mariage est une plaisanterie. Je l'ai accepté uniquement pour éviter la prison. Si vous essayez de profiter de moi, je m'enfuirai. Est-ce clair ? Vous aurez à expliquer la disparition de votre femme. Je ne pense pas que ce soit ce que vous désirez.

— Vous savez très bien que cela me créerait des ennuis.

— Parfait. Alors nous sommes d'accord.

Ethan ne comprenait rien à cette ravissante pick-pocket qui avait épousé un inconnu pour éviter la prison, qui avait porté des décolletés osés et montré ses jambes à une salle remplie d'hommes, mais qui refusait d'être touchée. Était-elle encore vierge ? Ou seulement pudique ? À moins qu'il ne fût pas à son goût ?

Il étouffa un rire. En général, les femmes semblaient l'apprécier, même s'il n'était pas un coureur de jupons. Non, décidément, cette fille cachait quelque chose.

— À votre guise, dit-il à regret en reculant de quelques pas. De toute façon, je ne suis pas intéressé.

— Tant mieux !

— Latherby nous a procuré des compartiments séparés sur ce train, et je lui demanderai de faire de même sur le bateau. À Stonecliff Park, la maison est assez grande pour loger vingt personnes sans qu'elles se croisent. Mais pendant quelques mois, vous et moi serons obligés de nous montrer ensemble.

— Tant que c'est seulement en public… Vous acceptez mes conditions ?

— Avec plaisir, madame, répliqua-t-il d'un air moqueur.

— Il reste quelques détails à régler. Quand ce soi-disant mariage sera-t-il officiellement terminé ?

— Dans six mois. Ensuite, vous partirez et je ne vous reverrai plus jamais…

— Avec plaisir, monsieur, rétorqua Jody en imitant son attitude dédaigneuse.

Six mois. Le temps d'entamer discrètement ses recherches. À la fin du délai imparti, elle aurait peut-être trouvé la clé de son passé.

— Ne voulez-vous pas savoir combien d'argent je vous donnerai, quand toute cette histoire sera finie ?

Elle leva la tête, surprise.

— Ça m'est égal. De toute façon, ce sera plus que ce que j'ai en poche aujourd'hui… Et maintenant, j'aimerais aller me reposer, conclut-elle alors qu'il la dévisageait, étonné.

— Je n'ai pas fini.

Elle se raidit, craignant le pire. Elle venait de réaliser que pendant six mois, elle serait à la merci de cet étranger. Excepté pour la seule condition qu'elle avait exigée, il pourrait contrôler ses allées et venues, sa tenue vestimentaire… En un mot, toute sa vie.

Quel genre d'homme était-il ?

Elle n'en avait qu'une très vague idée. Quelque chose l'intriguait chez lui. Il possédait une force primitive, singulière, une grande arrogance, une colère à fleur de peau…

Mais elle devinait que sa personnalité était plus complexe. Elle l'avait compris lorsqu'il avait parlé de son père. Et elle savait qu'il cherchait autre chose dans cette affaire qu'un gain matériel.

À force de vivre dans des endroits différents, entourée de personnalités variées, Jody avait appris à se méfier des premières impressions.

— Quand nous serons en Angleterre, si vous volez même un bouton de redingote…

— Je ne le ferai pas.

— Je vous le conseille vivement. Parce que si vous ne respectez pas votre clause du contrat, je serai capable de faire de même.

Jody se demanda s'il faisait allusion à la somme d'argent qu'il prévoyait de lui remettre à la fin des six mois, ou s'il pensait aux devoirs conjugaux.

Ce fut le moment que le notaire choisit pour revenir dans le salon.

— Latherby, vous êtes sur le point de devenir quelqu'un de très occupé…

— Monsieur ?

— Nous n'allons pas abandonner la belle Jody au prochain arrêt. Mon épouse va nous accompagner en Angleterre. Mais elle va avoir besoin de quelques leçons.

— Monsieur le comte, vous ne songez pas…

— Est-ce que vous me refusez votre aide ? interrogea froidement Ethan.

— Bien sûr que non… Mais c'est une tâche presque impossible, lord Stonecliff. Nous aurons à peine le temps… Il faudrait commencer tout de suite. Si cette fille doit passer pour une dame de qualité et être crédible pour quelqu'un d'aussi pointilleux que M. Grismore, nous avons du pain sur la planche !

— *Vous* avez du pain sur la planche, rectifia Ethan. Vous m'avez déjà confié une pile de documents légaux et financiers à lire et à signer. À partir de maintenant, ma femme est sous votre responsabilité.

Latherby blêmit.

— Mais je ne sais pas comment faire !

— Vous en savez déjà plus que moi, rétorqua

Ethan en retournant s'asseoir devant une pile de papiers. Elle est à vous ! ajouta-t-il, non sans plaisir.

Il regarda la jeune femme, son visage plein de défi, sa robe froissée et ses cheveux défaits.

— Prenez cette gitane et faites-en une comtesse.

— Une comtesse ?

Jody faillit s'étrangler. Ethan s'amusa de la voir aussi stupéfaite.

Elle eut un vertige. Probablement parce qu'elle n'avait pas mangé depuis la veille.

— Très bien, soupira Latherby. Venez, mademoiselle... euh, madame... je veux dire, madame la comtesse. Nous avons beaucoup à faire. Et à apprendre. Hier soir, vous avez épousé lord Stonecliff. Ce qui fait de vous, pour le moment – et que Dieu préserve l'Angleterre ! – son épouse la comtesse de Stonecliff.

Une comtesse ? Les jambes de Jody se dérobèrent. Elle voulut se retenir à une chaise, mais le train prit un virage et elle tomba en avant. Elle atterrit sur les genoux d'Ethan Savage.

Celui-ci poussa un grognement.

— Vous voyez, Latherby, il vaut mieux vous y atteler sans tarder. Ce n'est pas le travail qui manque !

8

— Nous sommes presque arrivés... Êtes-vous prête, Joséphine ? demanda Latherby d'une voix acerbe, alors qu'il l'étudiait à la lumière des lanternes. Vous allez affronter votre première véritable épreuve.

L'attelage ralentit avant d'emprunter une allée bordée d'arbres, qu'on discernait à peine dans le brouillard.

« Prête ? se dit-elle. Je ne serai jamais prête !... »

Affolée, elle se retint d'ouvrir la portière et de s'enfuir dans la nuit. Mais elle ne le pouvait pas. Ethan Savage chevauchait à côté de l'attelage, monté sur un magnifique étalon blanc qui ressemblait à Pégase.

« Il me rattraperait avec un lasso et me traînerait jusqu'à la porte d'entrée », se désola-t-elle.

Même si Ethan n'avait pas de lasso sous la main. Il ne portait plus son ceinturon avec ses cartouches et ses deux colts. Pendant le voyage, il avait abandonné ces signes distinctifs de l'Ouest américain. Sa voix avait même perdu son intonation américaine. Il portait désormais un manteau anglais à carreaux noirs et gris, sur un pantalon gris foncé.

Avec ses bottes en cuir noir, son haut-de-forme et ses gants, il avait tout du parfait gentleman.

Quant à elle…

Elle baissa les yeux sur la cape en fine laine écarlate que Latherby lui avait achetée à New York, les gants et les bottines en agneau couleur lavande. À première vue, elle ressemblait à une dame élégante.

— Madame la comtesse, vous devez répondre quand on vous parle. C'est mal élevé d'être dans la lune.

— Je m'excuse, monsieur Latherby… Je veux dire, veuillez m'excuser… Mince ! Je n'y arriverai jamais. Même les domestiques devineront qu'on essaye de les berner.

Le notaire essuya ses lunettes avec son mouchoir.

— Calmez-vous, je vous prie. Songez à l'importance de l'enjeu. Si cette mascarade était dévoilée, lord Stonecliff perdrait tout. Et surtout, il perdrait la face.

— Il vous tient à cœur, n'est-ce pas, Latherby ?

Elle n'avait jamais vu le petit homme aussi agité.

— Bien sûr. Il est mon client. Je suis responsable de lui.

— Il y a autre chose, murmura-t-elle. Vous l'appréciez.

— C'est vrai…

— Même s'il est malpoli, arrogant, odieux et autoritaire ?

— Nous sommes arrivés, lady Stonecliff.

Le ventre noué, elle regarda par la fenêtre. Les chevaux avançaient rapidement sur une large allée de gravier. La demeure apparut, voilée par des écharpes de brouillard. Sa nouvelle maison… pour quelques mois. De toute façon, elle n'avait jamais connu que des maisons temporaires.

C'était une immense et belle demeure en pierre blonde, qui luisait d'une clarté chaleureuse dans la nuit. La jeune femme discerna des colonnes gracieuses et de hautes fenêtres arquées. À travers la brume, elle devina les grands arbres fantomatiques, les pelouses humides, les arbustes, les plantations de fleurs et les statues de marbre. Au loin, dans ce magnifique parc dont Latherby lui avait parlé pendant le voyage, elle crut distinguer le miroitement du lac.

Bien qu'elle n'en eût qu'un aperçu, la demeure lui sembla plus imposante que ce qu'elle avait imaginé. Comme sortie d'un conte de fées…

Impatient, Ethan ouvrit la portière et l'aida à descendre en la prenant fermement par la taille. Puis il lui saisit le bras, comme s'il redoutait qu'elle ne partît en courant, et l'entraîna vers le bataillon de domestiques qui étaient sortis de la maison pour les accueillir.

L'air du Sussex dégageait un parfum de roses, de terre fertile et d'herbe fraîche. Jody leva la tête, et l'humidité apaisa ses joues empourprées. En dépit de la cape chaude, elle était aussi glacée que l'océan qu'ils venaient de traverser.

D'un bref hochement de tête, Ethan Savage salua ses domestiques. Son séduisant visage était figé dans une expression de civilité hautaine. Il leur présenta son épouse. Jody salua Perkins, le majordome, dont le regard la transperça jusqu'à l'âme. Son mince sourire semblait indiquer qu'il avait d'emblée compris la supercherie. La gorge sèche, elle murmura quelques mots à Mme Fielding, la gouvernante, qui lui adressa un chaleureux sourire. Bien qu'elle se sentît mal à l'aise, la jeune femme lui rendit son sourire.

Et c'est alors que le désastre arriva ! Bercée par un sentiment de sécurité illusoire parce qu'elle avait franchi l'obstacle des deux premiers domestiques, Jody répondit à la révérence de la cuisinière par une profonde révérence. Choqués, les serviteurs retinrent leur souffle. Ils n'avaient jamais rien vu de semblable !

Ethan lui saisit brutalement le coude.

Jody se redressa aussitôt, réalisant l'énormité de son erreur. Elle devint rouge comme une pivoine. Les yeux de la cuisinière reflétaient la même stupéfaction que tous les autres domestiques.

— Je... je... bafouilla-t-elle.

Ethan la força à avancer. Il était tout aussi inconvenant de s'expliquer devant un serviteur que de lui faire une révérence.

— Mon épouse, la comtesse de Stonecliff, marmonna-t-il alors qu'ils s'arrêtaient devant un petit homme aux jambes arquées. Ostley, le jardinier en chef.

— Comment allez... ? commença-t-elle.

Mais Ethan l'avait déjà entraînée vers deux palefreniers. Jody comprit qu'il ne voulait surtout pas qu'elle parle, craignant une nouvelle bêtise.

Elle eut à peine le temps de hocher la tête et de sourire alors qu'il lui présentait les divers valets, femmes de chambre, servantes de cuisine, jardiniers qui s'inclinaient ou faisaient une révérence, et dont les noms et les visages se confondaient dans son esprit. Lorsqu'ils atteignirent la fin de la ligne, elle poussa un soupir de soulagement. Ethan lui fit monter presque en courant les marches qui menaient à la porte d'entrée.

Elle se retrouva dans un magnifique vestibule au sol de marbre, aussi vaste que la salle du Golden Pistol, décoré d'un superbe chandelier en cristal et d'élégantes moulures.

Ethan retira son manteau et son chapeau, qu'il donna à un valet, avant de se diriger avec Latherby vers un salon voisin.

— Madame Fielding, veuillez avoir l'obligeance de vous occuper de mon épouse.

— Certainement, monsieur le comte, répondit la gouvernante. Veuillez me suivre, lady Stonecliff. Je vais vous montrer vos appartements.

Tétanisée, Jody suivit Mme Fielding qui gravit l'escalier principal. Elles empruntèrent une galerie où étaient accrochés des portraits d'ancêtres, longèrent des corridors éclairés par des lampes à gaz. Disposés avec goût, une plante verte, une chaise dorée, un guéridon en acajou rompaient la monotonie des murs gris perle et des tapis soyeux.

Enfin, Mme Fielding la fit entrer dans une grande chambre aux ravissantes teintes d'ivoire et de jaune pâle. La pièce s'ouvrait sur un salon tout aussi charmant. Jody resta bouche bée. Bien que ce fût l'été, un feu de cheminée crépitait dans l'âtre, chassant les relents d'humidité du brouillard.

— Vous souhaiterez sûrement qu'on vous monte un plateau avec du thé et des biscuits après ce long voyage, lady Stonecliff, dit gentiment Mme Fielding. C'est terrible de devoir voyager par un temps pareil. Surtout qu'il se passe des choses tellement affreuses en ce moment, ajouta-t-elle en approchant un fauteuil de la cheminée. Vous avez dû entendre parler de Pete le Pirate et sa bande de voyous ? Il paraît que son grand-père était un corsaire, d'où ce surnom. Ces bandits ont commencé par quitter les taudis de Londres pour voler d'honnêtes citoyens, et maintenant on raconte qu'ils s'aventurent jusqu'aux demeures à la campagne. Moi, je ne voudrais pas me promener sur les routes en pleine nuit, sachant qu'il y a des malfaiteurs qui rôdent.

Elle se tut en remarquant l'étonnement de Jody.

— Pardonnez-moi, madame. Je bavarde... je bavarde...

— Les routes ne sont pas sûres ? questionna Jody, qui pensait que l'Angleterre était un pays paisible comparé à l'Ouest américain avec ses maraudeurs, ses Indiens et ses villes dangereuses.

— Très sûres, la rassura Mme Fielding. Surtout ici, dans le Sussex. Nous n'avons jamais eu de problèmes... Ah, voici la jeune Devon qui vient chercher votre cape. (Elle aida Jody à retirer sa cape de voyage et la tendit à la servante.) Lord Stonecliff ne nous a même pas donné le temps de vous en débarrasser, à votre arrivée ! ajouta-t-elle, amusée. Asseyez-vous près du feu, vous êtes transie. Je vais chercher un peu de potage. Si vous avez besoin de quelque chose, lady Stonecliff, tirez sur ce cordon. En attendant, Devon est là pour vous servir. Je monterai moi-même votre plateau.

Jody resta debout, les bras ballants, comme clouée au sol. Mme Fielding et Devon semblaient attendre quelque chose.

« Parle ! » s'ordonna-t-elle.

— Merci, madame Fielding, mais hum... je ne voudrais pas déranger...

— Bien sûr que non ! s'exclama la gouvernante.

Elle ne semblait pas étonnée de voir la comtesse frissonner dans sa robe en faille grise soulignée d'une dentelle noire. Jody eut un sourire reconnaissant et se laissa guider vers le fauteuil. Elle songea qu'en attendant de se sentir plus sûre d'elle, il valait mieux parler le moins possible.

La gouvernante s'était déjà fait une opinion favorable de leur nouvelle maîtresse. La généreuse Mme Fielding comprenait qu'une jeune épouse pût être impressionnée, en découvrant pour la première fois la demeure de son mari. Surtout après un long voyage fatigant. Par ailleurs, elle avait probablement effrayé la malheureuse avec son histoire de Pete le Pirate !

— Reposez-vous, madame la comtesse, soufflat-elle. Je reviens dans un instant.

Elle quitta le salon, ravie que le château eût retrouvé un maître et une maîtresse. Elle imaginait déjà leurs enfants gambadant dans l'aile de la nursery, et jouant à cache-cache dans le parc…

Pendant l'heure qui suivit, la gouvernante et la jeune servante s'occupèrent de leur maîtresse, à l'affût pour combler le moindre de ses souhaits. À vrai dire, Jody aurait surtout souhaité rester seule. Elle avait besoin de solitude pour s'habituer à ce qui lui arrivait.

D'abord, il y avait la maison. Confrontée à un luxe auquel Latherby ne l'avait pas préparée et qu'elle n'aurait même pas pu imaginer, elle se sentait prise à la gorge. L'immense lit à baldaquin était tendu de tissu jaune, et des coussins frangés d'or s'amoncelaient sur le couvre-lit. Elle examina la délicate coiffeuse en ivoire, les hautes fenêtres à meneaux drapées de soie à fleurs jaunes et blanches. Elle admira le canapé en soie dans le salon attenant à sa chambre, les fauteuils confortables, les tableaux et les vases remplis de roses et de lys.

Puis, il y avait les domestiques.

Quelques semaines plus tôt, Jody récurait encore les casseroles dans la cuisine du Golden Pistol. Elle faisait frire des œufs, préparait du café, des potages, des steaks et du pain pour des clients inconnus – elle avait été elle-même une domestique. Avant d'arriver à Abilene, elle avait travaillé comme servante dans un hôtel miteux du Kansas, changeant les draps, balayant le sol, époussetant de vieux meubles dans des chambres qui sentaient le moisi.

Désormais, on lui brossait les cheveux, on lui présentait une robe de chambre en soie lavande. Elle avait de la peine à s'habituer à ces bouleversements...

Elle comprit soudain qu'on la préparait pour son mari. C'était la première nuit que le nouveau maître allait passer avec son épouse à Stonecliff Park.

La délicieuse senteur des roses parfumait la pièce, mais la tension nerveuse lui nouait l'estomac.

— Il se fait tard, madame Fielding, dit-elle en se levant. Je suis sûre que Devon et vous avez besoin de vous reposer.

Devon sourit en esquissant une révérence. Mme Fielding déplaça un coussin de quelques centimètres, et lui souhaita une bonne nuit.

La gouvernante pensait avoir deviné ce qui rendait la jeune femme nerveuse. Son mari lui manquait.

Elle était impatiente qu'il vînt la rejoindre. Elle voulait être prise dans ses bras et emportée dans l'une de leurs chambres qui s'ouvraient sur le salon. Décidément, il était grand temps que le comte vînt officiellement souhaiter la bienvenue à son épouse dans leur nouvelle demeure !

Veuve depuis neuf ans, la romantique Mme Fielding soupira en refermant la porte du salon.

Le comte et sa femme étaient faits l'un pour l'autre, c'était évident. Avec les années, celui que les domestiques avaient connu enfant était devenu un homme magnifique. Son côté affûté, presque menaçant, le rendait encore plus attirant.

Quant à son épouse… Comme elle était belle avec ses cheveux soyeux, ses traits distingués, ses yeux captivants !

Mme Fielding fut parcourue d'un frisson en imaginant la nuit merveilleuse qui attendait ces deux tourtereaux…

La jeune épouse frissonnait aussi. Mais pas d'excitation. Elle avait peur.

Ethan Savage oserait-il venir la déranger pendant la nuit ? Maintenant qu'ils se trouvaient dans sa maison ancestrale, dans ce monde qui lui était familier et dont elle ignorait tout, où chacun se pliait à ses ordres, respecterait-il son engagement de la laisser tranquille ?

Elle l'avait à peine vu à New York. Pendant la traversée de l'Atlantique, Latherby leur avait procuré deux cabines. Et ils n'avaient même pas partagé leurs repas, car Ethan avait ordonné que sa femme prît les siens dans sa cabine, la tenant à l'écart des autres passagers. Lorsqu'elle avait eu le droit de se promener sur le pont, Latherby ne l'avait pas quittée d'une semelle, profitant de chaque instant pour lui enseigner l'étiquette.

— Ne dévisagez pas les gens, Joséphine, c'est impoli. Vulgaire.

— Tenez-vous droite, Joséphine. Les comtesses ont un port de tête altier.

— N'utilisez jamais une cuillère pour manger vos petits pois, Joséphine… Brisez votre pain avant de le mordre. Non, il ne faut jamais tremper le pain dans la sauce ! Et ne jamais se lécher les doigts !

— Mettez la main devant la bouche quand vous bâillez, Joséphine. Mieux encore : évitez de bâiller.

— Cessez de gigoter, Joséphine. Une dame doit toujours avoir l'air digne. Une comtesse n'est jamais décontenancée…

Décontenancée… Le mot était bien trop faible, songea Jody, agitée.

Pourquoi était-elle si réceptive à cet homme ? Ethan Savage l'avait troublée dès leur première rencontre, lorsque ses yeux gris et froids s'étaient posés sur elle. Il avait allumé un feu en elle. Et la flamme ne s'était toujours pas éteinte. Elle s'était même renforcée depuis ce moment dans le train, quand il avait failli l'embrasser une seconde fois.

Sur le bateau, elle avait nourri le secret espoir de le croiser lors de ses promenades. Mais il l'avait soigneusement évitée. Il ne voulait pas la voir. Il la détestait.

Elle était probablement en sécurité pour cette nuit. Comme elle le serait les nuits à venir. Ethan Savage était un homme compliqué, secret, et tourmenté. D'emblée, il lui avait fait comprendre qu'il se contentait de l'utiliser, qu'il ne voulait pas se préoccuper d'elle. Il n'aurait aucun égard pour la voleuse et la menteuse avec qui il avait été contraint de s'allier.

Elle aurait dû en être soulagée...

Jody versa un peu d'eau dans la cuvette posée sur la table de toilette et s'aspergea le visage. Elle se séchait avec un linge lorsqu'elle entendit des pas dans le corridor. Effrayée, elle lâcha le linge, porta les mains à sa gorge.

Mais les pas continuèrent sans s'arrêter. Elle courut presser son oreille contre la porte : plus aucun bruit. S'il s'agissait d'Ethan Savage, il était parti se coucher sans la déranger.

Alors qu'elle ressentait un étrange regret, elle se mordit la lèvre et se demanda, non sans crainte, quel serait son avenir.

Elle avait tout abandonné. Même si, en vérité, elle n'avait pas eu grand-chose à abandonner... Les réponses à ses interrogations se trouvant en Angleterre, elle avait fait le voyage, mais pas de la manière qu'elle avait envisagée en dérobant les bijoux et la lettre que Snake avait volés à Alicia Denby.

Qui aurait pu penser qu'elle arriverait en Angleterre avec le titre de comtesse de Stonecliff ?

« Tout se passera bien », se dit Jody, comme elle se l'était souvent répété dans sa vie lorsqu'elle avait eu peur de l'avenir, ne sachant quand serait son prochain repas, ne sachant où dormir, ne sachant si elle s'habituerait à une nouvelle famille...

Elle arpenta la pièce élégante, pieds nus, sa robe de chambre flottant autour de ses chevilles. Elle se recroquevilla sur la banquette de la fenêtre, scrutant l'obscurité qui cachait le parc, alors que le brouillard se dissipait lentement. Elle repensa à chaque mot de la lettre d'Alicia Denby. Dès le lendemain, elle commencerait son enquête pour la retrouver…

— Vous ne songez pas au meilleur moyen de vous enfuir avec l'argenterie de famille, j'espère ?

Le cœur de Jody fit un bond dans sa poitrine, elle se leva comme si une détonation venait d'éclater. Elle n'avait rien entendu. Pas un pas. Pas une poignée de porte qui grince… Et pourtant, Ethan Savage se dressait devant elle, aussi sombre et puissant qu'à son habitude. Il semblait seulement un peu fatigué.

Il avança de quelques pas, les mains enfoncées dans ses poches, le col défait.

— Je me trompe ? Mais alors, à quoi pensiez-vous avec tellement d'intensité ? Regrettez-vous que notre mariage ne soit qu'un mariage blanc ?

Il esquissa un sourire avant d'ajouter :

— Dans ce cas, je pourrais peut-être me laisser convaincre d'être votre obligé…

9

— N'approchez pas ! s'écria Jody. Si vous me touchez ou si vous essayez de m'embrasser, je hurle ! Que penseront vos domestiques ? ajouta-t-elle d'un air de défi.

— Cela leur sera parfaitement indifférent. Les domestiques savent qu'il s'est passé déjà beaucoup de choses entre ces murs élégants, ironisa-t-il en s'affalant dans un fauteuil. Mais je n'ai pas l'intention de vous toucher. À moins que vous ne recommenciez à voler... Alors, Jody, si ce n'était pas à un vol ou à un vice que vous pensiez, ni à une soirée passionnée avec moi, à quoi réfléchissiez-vous à l'instant ?

Elle ne comprenait pas ce qu'il lui voulait. Elle haussa les épaules.

— Mes pensées m'appartiennent. Notre contrat ne stipule pas que je doive vous les faire partager.

Il éclata de rire. Mais derrière ce rire moqueur, elle décela une douleur presque sauvage. Il passa une main dans ses cheveux. Son regard trahissait un désespoir féroce.

— Qu'est-ce qu'il y a ? demanda-t-elle, bouleversée par cette détresse.

Elle vint s'agenouiller près de lui et posa une main sur son bras. Ses yeux froids se fixèrent sur elle.

— Qu'est-ce qui ne va pas ? insista-t-elle.

Elle continuait à le dévisager, plus émue qu'elle ne l'aurait souhaité.

— Vous voulez vraiment le savoir, Jody ? C'est de me retrouver dans cette maison… Voilà mon problème.

— Mais… pourquoi ? Vous êtes chez vous.

— Je n'ai jamais été chez moi ici, lâcha-t-il avec un rire amer.

Elle fut soulagée de voir qu'il n'avait pas bu. Ses yeux brillaient, mais pas à cause de l'alcool. Ils brillaient de désarroi et de haine. Des émotions intenses et terribles qui le déchiraient comme des griffes.

— Toutes les personnes que vous avez rencontrées ce soir dépendent de moi. Sans parler des métayers et des fermiers… Ils dépendent de vous aussi. Il ne faudra pas les laisser tomber.

Elle acquiesça.

— Je ferai de mon mieux. Je vous le promets.

— S'ils n'existaient pas, je ne serais jamais revenu en Angleterre, continua-t-il en jetant un regard noir sur la ravissante pièce. Et encore moins dans la propriété de mes ancêtres. Petit garçon, j'ai aimé cette demeure car je n'en connaissais pas d'autre, mais elle n'a jamais été une maison chaleureuse. Pas comme celle où vous avez dû grandir.

Elle resta pensive, consternée par la détresse qui durcissait sa bouche sensuelle et ses yeux gris.

— Parlez-moi de votre maison, poursuivit-il en lui saisissant gentiment le menton. Est-ce que votre maman reprisait les chaussettes au coin du feu ? Votre père vous portait-il sur ses épaules ? Faisiez-vous la course avec vos frères et sœurs en allant à l'école ?

Il y avait de la moquerie dans sa voix, mais aussi une certaine envie.

— Non, murmura-t-elle.

C'était étrange d'être agenouillée près de lui, de sentir ses doigts sur son visage… C'était étrange qu'il soit là, à discuter avec elle.

— Moi non plus, je n'ai jamais eu de maison. Je ne suis jamais restée très longtemps au même endroit.

— Vous avez eu des parents, quand même. Des frères et sœurs…

— Non.

Il fronça les sourcils et la lâcha.

— Où diable avez-vous grandi alors ?

— Nulle part. Et partout… Je suis orpheline, expliqua-t-elle. J'ai été adoptée par différentes personnes. Ma vie n'a pas été très drôle. Jusqu'à ce que j'habite un ranch au Montana. C'était presque comme une vraie maison, mais Pop Watson…

Comment pouvait-elle parler de Pop Watson à Ethan ? « Pop Watson m'a appris à devenir pick-pocket… » Mais alors, Ethan se rappellerait pourquoi il n'avait pas confiance en elle. Par ailleurs, Pop était mort au cours d'une échauffourée, deux jours après son mariage avec Snake. Elle ne voulait pas repenser à cela… Elle voulait oublier son terrible mariage avec Snake.

— Ce n'est pas très intéressant, conclut-elle.

Elle lui cachait quelque chose, songea Ethan. Peut-être la vérité ? Peut-être son histoire d'orpheline n'était-elle qu'une ruse pour attirer sa sympathie ? Il ignora l'intérêt qu'elle avait éveillé en lui, éteignant ce sentiment comme on éteint une lampe. Il ne la laisserait pas l'émouvoir.

Le peignoir s'était entrouvert lorsqu'elle s'était agenouillée. Ses seins d'albâtre gonflaient le corsage d'une chemise de nuit en soie lilas. Il s'étonna d'être aussi intrigué. Il avait connu des femmes avec des poitrines beaucoup plus généreuses... Pourtant, ce corps mince aux hanches arrondies le fascinait, et il fut déçu quand elle s'empressa de refermer les bords de son peignoir.

Elle se releva. S'il avait été un gentleman, il l'aurait aidée. Mais il n'était pas un gentleman, et il devinait que ce serait dangereux de la toucher.

Il se leva à son tour.

— Je vous ai tenue éveillée assez longtemps, déclara-t-il. Il faut aller dormir. La journée de demain sera éprouvante. Latherby vous donnera de nouvelles leçons, et nous irons en ville d'ici à quelques jours. Il faudra rendre visite à Grismore. Vous allez rencontrer des gens.

— Je sais.

— Vous avez peur ?

— Un peu, avoua-t-elle en rougissant.

— Vous avez raison. Il y a des aristocrates soi-disant civilisés, de ce côté de l'Océan, qui n'hésiteraient pas à vous dévorer toute crue. Il faudra être sans cesse sur vos gardes. Et n'espérez pas mon aide si vous avez des problèmes.

— Je ne m'y attends pas, dit-elle, mais il remarqua qu'elle semblait inquiète. Ils n'y verront que du feu, assura-t-elle, la tête haute.

Malgré lui, Ethan éprouva de l'admiration pour son courage.

« C'est une voleuse, se rappela-t-il. Tu ne sais pas quand elle joue la comédie ou quand elle prépare un mauvais coup, en dépit de son air angélique. Elle t'a déjà fait les poches deux fois. À cause d'elle, tu t'es retrouvé en prison et Latherby a dû te tirer de ce mauvais pas. Elle ne mérite ni ton admiration ni ta sympathie. Il faut la traiter comme si elle était un serpent à sonnette ! »

— J'espère pour vous, conclut-il sèchement, avant de s'éclipser.

Jody se coucha. Les draps étaient soyeux, le lit douillet. Une brise effleurait les rideaux. Des ombres dansaient sur le plafond de la chambre. Mais elle mit beaucoup de temps avant de s'endormir…

Elle rêva qu'Ethan Savage entrait dans sa chambre. Il portait une robe de chambre bordeaux, qui découvrait une partie de son torse musclé. Il traversait la pièce en silence et se penchait sur le lit.

Dans son rêve, elle se redressait sur les coudes, trop étourdie pour crier, bouleversée par sa beauté masculine. Elle le regardait bouche bée, le cœur battant…

Puis elle vit le regard intransigeant, le sourcil arqué d'un air moqueur, et elle comprit que ce n'était pas un rêve. Il était là, tout près de son lit.

— Bon sang, ne criez pas ! dit-il en plaquant une main sur sa bouche.

Il grimpa dans le lit, gardant toujours la main sur sa bouche. Elle ressentait à la fois une peur terrible… et une étrange excitation.

— Ce n'est pas ce que vous pensez, ma chère épouse, ajouta-t-il en la relâchant.

Il se laissa tomber en arrière, sa tête se nichant dans l'oreiller de plumes. Il ne la regardait pas mais contemplait le plafond, tout comme elle l'avait fait avant de s'endormir.

— C'est un mal nécessaire, grommela-t-il.

Que voulait-il dire ? Allait-il rompre sa promesse ? Allait-il la violer ?

Elle sauta du lit comme si elle avait été piquée par une guêpe.

— Vous êtes fou, souffla-t-elle, ne sachant si elle devait s'enfuir dans le corridor en hurlant, ou l'assommer avec un chandelier. Je ne le tolérerai pas ! Sortez de ma chambre !

— Pas avant d'avoir fait ce que j'ai à faire.

— Nous avions conclu un pacte !

Il se redressa, donna un coup de poing dans l'oreiller et tira sur les couvertures.

Jody frissonnait, pieds nus, ses longs cheveux oscillant comme du bronze liquide sur ses épaules.

— Je suis seulement venu mettre un peu de désordre, pour que les servantes croient qu'on a passé la nuit ensemble, expliqua-t-il d'un air narquois.

Soulagée, elle se dit qu'il avait raison. Les serviteurs se poseraient des questions en découvrant que leur maître et sa jeune épouse avaient passé la nuit chacun de leur côté.

— Je comprends, mais vous auriez pu y penser plus tôt.

Il se leva pour prendre le peignoir en soie lilas qu'elle avait posé sur une chaise, et le laissa tomber par terre. Il prit aussi un oreiller qu'il jeta à quelques pas de lui.

— Ça suffit, dit Jody qui tremblait de froid.

Ethan Savage se tourna vers elle. Elle resta paralysée. Son regard semblait fouiller son âme. Elle laissa échapper un gémissement. Elle avait peur.

La chemise de nuit épousait ses formes comme une seconde peau. L'air frais caressait ses bras nus et durcissait ses mamelons. Elle sentait le danger comme un animal traqué. Cette menace la glaçait de terreur, mais elle se força à réagir avant qu'il ne fût trop tard.

Elle prit la couverture pour s'en draper. Ethan la lui arracha des mains.

— Une dernière chose, dit-il en saisissant les rubans qui ornaient la chemise de nuit.

D'un coup sec, il la déchira. Jody hurla, et son cri retentit dans la chambre comme un coup de tonnerre.

Ethan lui attrapa les bras.

— Pourquoi diable avez-vous crié ?

— Pourquoi diable avez-vous fait ça ? répliqua-t-elle, furieuse.

— Je pensais qu'une chemise de nuit déchirée ferait plus vrai…

— Lâchez-moi.

— Pas question. Je ne veux pas que vous hurliez une nouvelle fois.

— Je ne vais pas crier, mais ne me regardez pas… Je vous interdis de me regarder.

La chemise pendait sur ses épaules, et il voyait ses seins. Avec ses boucles folles, sa peau ivoire, ses yeux lumineux, elle était éblouissante. Douce et féminine, pleine de colère… et terriblement séduisante.

« Ne me regardez pas », avait-elle dit.

Il aurait voulu faire bien davantage. Il aurait

voulu la serrer contre lui, sentir ses seins contre son torse, arracher ce qui restait de la chemise de nuit pour explorer cette poitrine haute et ferme, prendre les mamelons roses dans sa bouche... Il aurait voulu sentir ses cheveux satinés effleurer sa peau, et oublier sous ses baisers la souffrance qu'il éprouvait depuis qu'il avait retrouvé cette maison.

Il aurait voulu se perdre en elle. Voir ses yeux violets s'agrandir de plaisir, et entendre son souffle rauque...

Mais elle ne voulait rien de tout cela. Elle lui arracha la couverture, s'en drapa comme d'une cape.

— Sortez d'ici ! siffla-t-elle entre ses dents serrées.

— Quelqu'un risque de venir voir pourquoi on a crié. Il vaut mieux que je reste encore un moment.

— Pas question !

— Silence !

Il la saisit pour la faire taire, la serra avec force.

On n'entendait rien. Le sang palpitait aux oreilles de la jeune femme. Elle était comme ivre de le sentir si proche.

— Nous avons de la chance, déclara Ethan. Si quelqu'un vous a entendue crier, il doit penser que c'était un cri de passion, ajouta-t-il en relâchant un peu son étreinte. À moins que Latherby n'ait entendu. Sa chambre est tout près. Il a dû croire que je vous ai assassinée.

— C'est moi qui vais commettre un meurtre si vous continuez à entrer à l'improviste dans ma chambre, gronda Jody.

Elle essayait de reprendre le contrôle de ses émotions.

Ethan Savage rit doucement.

Comme c'était agréable d'être enveloppée dans cette couverture, et serrée si fort contre lui qu'elle arrivait à peine à respirer. La barbe naissante rehaussait sa beauté virile. Son torse était puissant, réconfortant. Mais ce fut le regard vulnérable d'Ethan qui chassa ses craintes. On aurait dit un petit garçon qui essaye de se tirer d'une mésaventure, qui s'amuse du danger et du risque d'être pris. Elle imaginait sans peine l'enfant qu'il avait dû être, farouche et espiègle, abandonné par sa famille dans cette vaste maison, avec les domestiques pour seuls compagnons. Il avait gardé la même énergie, le même goût pour le danger… et le même sentiment de solitude. Une solitude gravée dans les lignes de son beau visage.

— Que regardez-vous ? demanda-t-il brusquement, alors qu'elle avait envie d'écarter la mèche qui avait glissé sur ses yeux.

— Je me disais que personne n'est venu voir…

Jody frissonna. Quelque chose d'incroyable venait de se passer : Ethan ne l'intimidait plus. Elle n'avait plus peur de lui.

— Je crois que nous ne risquons rien, ajouta-t-elle.

— Nous serons vraiment tirés d'affaire quand vous aurez été acceptée par Grismore et la société londonienne, grommela-t-il en la lâchant. Nous n'avons pas encore remporté la partie.

— Ne craignez rien, je les convaincrai.

— Mentir un peu ou beaucoup, c'est pareil pour vous, n'est-ce pas ?

— Je n'ai pas dit que ce serait facile, rétorqua-t-elle, attristée de voir qu'il gardait une aussi mauvaise opinion d'elle.

— Nous aurons peut-être de la visite dans la matinée. Les nouvelles vont vite. Vous feriez mieux de vous reposer, si vous voulez réussir votre examen de passage en tant que comtesse de Stonecliff.

— Je dormais, mais vous êtes venu me réveiller.

— Eh bien, recouchez-vous. Je ne reviendrai pas. Votre *vertu* ne risque rien.

Il quitta la chambre sans dissimuler son mépris.

Jody se glissa entre les draps. Elle tremblait, mais pas de froid ou de peur. Une émotion inconnue la tourmentait. Elle avait les nerfs à vif. Un désir confus la tenaillait, presque douloureux.

« Ce n'est pas possible ! songea-t-elle. Je ne peux pas éprouver quelque chose pour lui. Pas pour Ethan Savage ! »

Mais son cœur lui disait le contraire.

« Je suis perdue, se dit-elle, les yeux voilés de larmes. Je suis perdue si je ressens quelque chose pour cet homme qui me hait. Si ça continue, je vais tomber amoureuse de lui ! »

Elle se redressa d'un bond. « Non ! Je ne tomberai pas amoureuse… C'est hors de question ! »

Décidément, la chance n'avait pas tourné pour elle, quand elle avait quitté Snake. Sa vie ne faisait que se compliquer.

10

Le matin se leva sur Stonecliff Park. Le soleil pénétrait à flots dans la salle à manger, dont les murs étaient ornés de tableaux aux cadres peints à la feuille d'or. L'argenterie étincelait sur la longue table en acajou.

Le soleil jouait avec les boucles satinées de la jeune comtesse, qui grignotait un pain beurré et sirotait un café dans une ravissante tasse en porcelaine.

Elle se sentait mal. Elle avait les yeux gonflés après cette nuit mouvementée, et son cerveau semblait avoir ramolli. Vêtue d'une élégante robe en soie, choisie par sa femme de chambre, Jody Cooper Barker avait l'impression d'être une marionnette. Quelques semaines auparavant, sa seule et unique tenue décente avait été une vieille robe en coton bleu. Désormais, son armoire regorgeait de toilettes différentes, robes de journée, tenues de voyage, robes de promenade, robes du soir… On y trouvait de la dentelle, de la soie, du velours, de la mousseline, du satin et du tulle.

Dans la commode s'empilaient des gants, éventails, mouchoirs et bas. La garde-robe avait été achetée par Latherby à New York. Elle appartenait à cette comtesse fantôme, cette créature imaginaire mariée au comte de Stonecliff.

D'une manière ou d'une autre, elle devait convaincre toutes les personnes qu'elle allait rencontrer, dans les mois à venir, qu'elle était bien cette lady élégante et raffinée.

Et pas seulement pour son propre bien. La veille, quelque chose avait changé. Désormais, elle ne pensait plus seulement à elle-même, à son rêve personnel, à la promesse qu'elle devait honorer.

Elle pensait à Ethan Savage. Au sentiment de devoir qu'il éprouvait pour cette maison et ses domestiques, pour son héritage qui lui tenait à cœur, même si son père ne l'avait pas aimé.

En dépit de ses réticences et de ses incertitudes, Ethan était revenu en Angleterre. Il avait repris sa place dans la société londonienne, alors qu'il aurait préféré rester dans l'Ouest américain, sauvage et libre…

— C'est affreux, lady Stonecliff ! s'écria Latherby en entrant dans la salle à manger en coup de vent. Nous avons déjà de la visite ! Et nous n'avons pas eu le temps de répéter. Monsieur le comte est sorti il y a un quart d'heure. Il sera absent quelques heures, et vous allez devoir recevoir seule !

Ses lunettes glissaient sur son nez.

Perkins apparut à la porte.

— Lady Stonecliff, M. Oliver Winthrop est venu présenter ses hommages.

— Qui ? demanda Jody, alors que le nom lui semblait familier. Qui c'est… ? (Elle poussa un petit cri quand Latherby la pinça sans ménagement.) Je veux dire… comme c'est gentil à lui ! Qu'il entre… Faites-le entrer, je vous prie.

Latherby roulait les yeux d'un air furibond.

— Je le recevrai dans le salon jaune, ajouta-t-elle, se rappelant à la dernière seconde que c'était l'endroit où la maîtresse de maison recevait les visiteurs du matin.

Perkins s'éclipsa.

— Pardonnez-moi, dit-elle d'un ton agacé à Latherby. J'ai été surprise, et nous n'avons pas eu le temps de répéter…

Brusquement, elle se rappela où elle avait entendu le nom de Winthrop. C'était l'affreux cousin qui hériterait de Stonecliff Park, si Ethan ne respectait pas les termes du testament. Elle le détesta d'emblée.

— Nous ne devons pas le faire patienter, grommela-t-elle en s'avançant vers la porte.

— Joséphine… lady Stonecliff… combien de fois dois-je vous répéter qu'il ne faut pas traverser une pièce comme un cheval de course ?

Elle s'arrêta. Il avait raison.

« Ralentis, Jody, se dit-elle. Réfléchis avant de parler, sois gracieuse, ne te tords pas les doigts, ne ris pas trop fort, ne t'affale pas dans un fauteuil, ne dévisage pas les gens, mets la main devant la bouche quand tu bâilles… »

Se répétant cette litanie, elle se força à traverser le vestibule d'un pas digne. Mais elle ignorait où se trouvait le salon jaune. Alors qu'elle allait demander de l'aide à Latherby, elle vit Perkins qui se tenait près d'une porte ouverte.

— Merci, Perkins, murmura-t-elle.

Le cœur battant, elle entra dans le salon ensoleillé qui donnait sur le jardin. Un homme rondouillard marchait de long en large devant la cheminée. Avec ses joues roses et ses petits yeux bleu délavé, il ressemblait à un cochon.

En la voyant, il se figea et sa main se crispa sur le pommeau de sa canne. Il portait un pantalon rayé et une redingote sombre. Ses cheveux châtain foncé étaient séparés par une raie au milieu. De l'huile de Macassar luisait sur les mèches plaquées sur son crâne.

— Bonjour, dit poliment Jody, agacée de voir les petits yeux s'écarquiller. Je crois que vous êtes un cousin de mon époux. Je suis…

Elle hésita. Comment devait-elle se présenter ? « Je suis lady Joséphine ? La comtesse Joséphine ? Appelez-moi Jody ? Lady Savage ? » Tout ce que Latherby lui avait appris sur les aristocrates lui était sorti de l'esprit.

— Je suis… très heureuse de faire votre connaissance.

— Lady Stonecliff, c'est un plaisir.

Il la détaillait des pieds à la tête, et ne semblait pas content du tout.

Était-elle aussi déplaisante ? Devinait-il, rien qu'à la regarder, qu'elle n'avait pas sa place dans cette belle demeure ?

Il esquissa un sourire faux.

— Nous sommes cousins, madame. Appelez-moi Oliver. Et puis-je vous appeler…

— Joséphine.

Latherby toussota derrière elle.

— Est-ce que vous connaissez M. Latherby ? Le notaire de mon mari. Ne voulez-vous pas vous asseoir, monsieur… cousin Oliver, se corrigea-t-elle.

Avec un nouveau sourire hypocrite, il s'assit sur le sofa, dardant ses petits yeux malveillants sur Jody et Latherby, intrigué de savoir pourquoi le notaire jouait au chaperon.

Jody voyait bien que Latherby hésitait à les laisser.

— Tout va bien, monsieur Latherby. Je sais que lord Stonecliff vous a demandé de me tenir compagnie jusqu'à son retour, mais maintenant que cousin Oliver est là, je ne vais pas m'ennuyer.

Comme il n'avait pas le choix, Latherby quitta la pièce, avec un dernier regard pour Jody.

Elle offrit un rafraîchissement à Winthrop, qui refusa.

— Je suis seulement venu vérifier par moi-même la rumeur que j'ai entendue ce matin. Je ne pensais jamais revoir mon cher cousin Ethan. Du moins, pas en Angleterre après son départ… précipité.

— Vraiment ? fit Jody, espérant ne pas commettre d'impair.

Elle était intriguée par les insinuations de Winthrop. Il ne parvenait pas à cacher son animosité pour Ethan, ce qui le rendait encore moins sympathique aux yeux de la jeune femme. Elle s'était demandé pourquoi Ethan avait quitté l'Angleterre, et pourquoi il était si furieux de devoir y retourner. Si elle se montrait habile, peut-être apprendrait-elle la raison de ce mystère.

— Ce fut un joli scandale, vous savez. Terrible. Je doute que la bonne société accepte de le recevoir à nouveau.

Il cligna des yeux et fit une moue. Jody comprit le message implicite : « Ils ne vous accepteront pas non plus ! »

— Je suis sûre que vous vous trompez, rétorqua-t-elle sèchement.

— Quand je pense à cette fille, à la scène qu'il a causée, au sang…

— Cette fille ?

— Ma chère cousine, je ne cherche pas à vous décourager ou à vous faire de la peine. Je veux seulement vous prévenir que votre mari possède un caractère redoutable. Et un penchant pour les femmes inacceptables. Du moins, c'était le cas autrefois… fit-il d'un air moqueur. Si vous espérez conquérir la haute société, vous vous leurrez. Bien que je trouve les Américains plutôt divertissants, la plupart de mes compatriotes n'ont pas la même tolérance que moi. Et Ethan n'est pas apprécié, depuis qu'il a humilié son père et son frère en s'acoquinant avec cette petite traînée…

— Si tu oses prononcer son nom, Oliver, tu ne vivras pas assez longtemps pour revoir Londres, intervint une voix doucereuse.

Jody se retourna et vit Ethan dans l'embrasure de la porte.

— Chéri ! s'écria-t-elle, effrayée par son visage sombre.

Mon Dieu, il allait tuer Oliver Winthrop d'un coup de revolver ! Le sang allait gicler sur les ravissants rideaux bleus et se répandre sur les tapis soyeux. Ce ne serait pas un début prometteur pour le nouveau comte de Stonecliff !

Elle s'aperçut avec soulagement qu'il ne portait pas ses revolvers, ni sa tenue de bandit. Ce matin, il arborait un pantalon d'équitation et la veste ajustée d'un gentleman anglais. Mais les pieds écartés et les poings serrés, il semblait aussi menaçant que s'il avait pointé ses deux colts.

Winthrop était lui aussi impressionné. Il blêmit, dévisageant Ethan comme s'il était le diable incarné.

— C... cousin ! lança-t-il d'un air faussement jovial. J'étais...

— La ferme, Winthrop. Pas un mot de plus. Sors d'ici.

— Mais... mais...

Ethan s'approcha et l'empoigna d'une main ferme.

— Je vais être obligé de te croiser à des soirées et à mon club londonien, dit-il d'un ton léger alors que son regard lançait des éclairs. Mais je n'ai aucune intention de te recevoir chez moi. Ne reviens pas. Ni ici ni à Londres. Est-ce clair ? Tu as rencontré ma femme, tu as vu que j'étais revenu, et tu sais désormais que tu ne mettras jamais tes sales pattes sur Stonecliff Park. Nous n'avons plus rien à nous dire.

— Vraiment, cher cousin, cette rancœur est inutile...

Ethan relâcha Winthrop et lui décocha un coup de poing dans la mâchoire, qui le renversa sur le sofa.

— Ethan ! s'écria Jody alors qu'il se frottait les phalanges. Vous auriez pu vous faire mal à la main. C'était inutile de frapper si fort.

— Et moi ? s'affola Winthrop en essayant de se relever. Je suis aveugle ! Aveugle ! Je ne verrai rien pendant une semaine... Seigneur Dieu, tu es aussi fou qu'autrefois ! Toujours la violence. Alors que j'étais seulement venu vous saluer...

Ethan le saisit à nouveau par le col de sa chemise. Winthrop se débattit en vain alors que son cousin l'entraînait vers la sortie. Perkins accourut pour ouvrir la porte. Winthrop fut jeté dehors sans ménagement.

— Je ne veux plus qu'il remette les pieds ici, ordonna Ethan alors que Perkins refermait la porte sur les hurlements indignés d'Oliver.

— Oui, monsieur le comte. Veuillez m'excuser, monsieur…

Ethan retourna au salon.

— Pourquoi avez-vous accepté de recevoir ce fils de salaud ?

Jody haussa les épaules.

— Il était venu nous rendre visite. Je pensais qu'il était de mon devoir de le recevoir… Peut-être devriez-vous me donner une liste des gens que je peux voir et ceux que je dois éviter ! lança-t-elle, agacée.

Ne comprenait-il pas qu'elle essayait de se comporter en lady digne et respectable ?

— Latherby ! appela Ethan. Ma femme était en train d'écouter des médisances me concernant, venant d'un membre de ma famille. Visiblement, elle manque d'éducation.

Jody eut honte en croisant le regard hautain de Latherby.

— Pardonnez-moi, lord Stonecliff, s'excusa le notaire.

— Vous vous trompez ! s'écria-t-elle.

— Vraiment ? ironisa Ethan. Vous avez encore beaucoup à apprendre avant de devenir une épouse parfaite. Latherby, si vous ne faites pas mieux votre travail, vous allez le regretter. Travaillez jour et nuit avec cette fille s'il le faut, mais apprenez-lui à se comporter dignement, sinon vous en pâtirez tous les deux. J'oubliais... ajouta-t-il avant de quitter le salon. Ce soir, je dois malheureusement l'emmener dîner. J'ai croisé lady Tattersall tout à l'heure, et je n'ai pas pu refuser l'invitation. Soyez prête pour sept heures... Et que Dieu me vienne en aide !

Ethan sortit dans les jardins. Il avait besoin d'air frais pour se calmer. Il avança d'un pas rapide, droit devant lui.

Lorsqu'il avait vu Oliver Winthrop, il s'était mis en colère comme si le drame s'était passé la veille. Bonté divine, où étaient passés les nerfs d'acier d'Ethan Savage, le mercenaire ?

C'était la première fois qu'il revoyait Winthrop depuis cette terrible nuit, tant d'années auparavant, et son sang n'avait fait qu'un tour.

L'image de Molly lui était apparue, aussi vivace qu'autrefois... L'avait-elle jamais quittée ? se demanda-t-il en franchissant un ruisseau et se dirigeant vers un petit bois.

Il croyait encore entendre sa voix musicale :

— Ethan, entrez ! Vous m'avez tellement manqué... Ethan, il ne fallait pas. Ces fleurs sont si chères. Vous n'avez pas besoin de m'apporter un cadeau à chacune de vos visites, vous savez !

Gentille, douce, innocente Molly... Au parfum de vanille et de roses. Son cœur se serra. Il se rappela comme elle avait eu confiance en lui, et le prix qu'elle avait payé pour avoir aimé le fils d'un comte.

Il s'assit sur une souche d'arbre et se cacha le visage entre les mains. Depuis qu'il était revenu en Angleterre, la douleur était encore plus aiguë, et il était certain que rien ne pourrait jamais l'atténuer...

Lorsqu'il leva les yeux, il aperçut un bosquet et un cottage, à une centaine de mètres. Il crut reconnaître la silhouette trapue qui coupait du bois au pied de la colline. Il se redressa lentement, les yeux fixés sur l'homme.

Ce n'était pas possible...

Il se mit à courir.

— Ils m'ont dit que tu avais pris ta retraite ! Que tu n'habitais plus Stonecliff Park, dit-il en s'arrêtant devant l'homme aux larges épaules et aux cheveux gris.

— C'est vrai.

— Mais tu es ici, si proche...

— Tu veux que je m'en aille, mon garçon ? demanda l'homme, avec ce regard perçant dont Ethan se souvenait si bien.

— Non !

Il dévisageait l'homme qui avait été comme un père pour lui, qui lui avait appris à monter à cheval, à manier un fusil de chasse, à soigner la patte d'un chiot, celui qui avait permis au petit garçon solitaire de rester près de lui pendant qu'il travaillait...

La gorge nouée, il avança d'un pas, les bras ouverts.

— Ham...

Le nom surgit de sa gorge comme un cri. Il serra le vieux palefrenier contre lui.

— Ham. J'avais abandonné tout espoir de te revoir !

— Alors, tu ne les as pas trouvés, mon garçon ?

— De quoi parles-tu ? demanda Ethan, sirotant le thé fumant que Ham lui avait donné dans une vieille tasse en étain.

— Le bonheur. La paix. Une femme douce, qui t'aimerait et que tu pourrais aimer…

Ham se frotta la moustache, étudiant l'homme qu'il avait connu petit garçon.

— Tu as toujours eu un tempérament fougueux. J'espérais que tu trouverais la sérénité en Amérique.

— Je me suis trouvé, moi. C'est déjà bien.

— Mais je sens encore cette impatience en toi. Tu es toujours aussi…

Il se tut. Il allait dire qu'Ethan était toujours aussi triste.

— Je me suis résigné à mon destin.

— Sans espoir ?

— Espoir de quoi ? plaisanta Ethan. De paix ? Je n'ai pas mené une vie paisible. Mais j'en ai goûté quelques instants… Lorsque je dormais sous les étoiles dans le désert d'Arizona. Lorsque je chevauchais dans les Rocheuses, sans attaches, sans personne pour me retenir. Les paysages sont d'une beauté à couper le souffle.

— Parfois, les attaches ont du bon…

Ethan éclata de rire.

— Maintenant, j'en ai à revendre !

Ham hocha la tête.

— Oui, cette terre belle et fertile, le titre que tu as hérité de ton père. Toutes tes maisons. Les responsabilités qui viennent avec la fortune… Et une femme.

— Une épouse, oui.

Ethan reposa la tasse sur la table. Le cottage était propre et chaleureux.

Il se rappela Jody la veille, ses cheveux flottant sur les épaules, sa beauté farouche… Il eut soudain envie d'un verre de cognac.

— J'en ai déjà entendu parler, déclara Ham en bourrant sa pipe. On dit qu'elle est ravissante. C'est pourquoi je suis étonné…

— Que veux-tu dire ?

— Je suis étonné de te voir aussi nerveux. Je me disais que si tu étais marié… À moins que ce ne soit pas un mariage d'amour, mon garçon ?

Ethan sourit. Il se leva et se mit à arpenter la pièce.

— Toujours aussi perspicace, n'est-ce pas, Ham ?… Tu as raison. Je ne me suis pas marié par amour. Je me suis marié à cause du testament de mon père, parce que j'étais ivre, parce que j'ai agi dans la précipitation, sous le coup de la colère et du désir de vengeance. J'ai épousé une fichue voleuse, et maintenant, je dois la faire passer pour mon épouse.

— Pas possible ! s'exclama Ham, fasciné.

— Il faut que je t'explique, continua Ethan en se rasseyant.

Lorsqu'il eut raconté toutes ses mésaventures, Ham secoua la tête.

— Alors, tu ne ressens rien pour elle… Tu vas la renvoyer dans six mois ?

— Peut-être même avant, si elle commet une erreur et si la mascarade est déjouée.

Ethan fut étonné de sentir sa gorge se nouer à cette idée. Il se rappela que Jody s'était agenouillée près de lui, qu'elle lui avait parlé de son passé. Elle avait prétendu n'avoir jamais connu un foyer digne de ce nom. Il ne l'avait pas crue.

Et si elle avait dit la vérité? Si la douceur et l'inquiétude qu'il avait lues dans ses yeux étaient sincères? Ce matin même, elle s'était inquiétée de sa main après qu'il eut frappé Winthrop. Une autre femme se serait évanouie devant cette violence, ou se serait précipitée pour aider l'homme à terre, en murmurant des excuses.

Il repensa à Molly, mais il ne comprit pas pourquoi. Les deux femmes ne se ressemblaient en rien. Elles n'avaient ni le même physique ni le même caractère. Molly avait été d'une finesse exquise, avec de longs cheveux noirs. Sa peau était très blanche, ses joues roses et rondes, son beau visage d'Irlandaise d'une rare douceur. Elle était une jeune fille timide, protégée du monde, ignorant tout de la cruauté et du mal.

Jody Cooper, en revanche...

Son visage se crispa. Elle aussi était d'une beauté éclatante, avec ses boucles folles, ses yeux lumineux. Elle était plus grande que Molly, plus mince, mais tout aussi attirante, avec une sensualité maladroite qui l'émouvait... Il se rappela à l'ordre : elle était une menteuse et une voleuse, la dernière personne au monde dont il devait se préoccuper!

C'est ce qu'il expliqua à Ham.

— On dirait que tu es pourtant mêlé à sa vie, mon garçon.

— Pas pour longtemps.

— Qu'adviendra-t-il de la petite quand elle partira?

— C'est son problème. Elle aura de l'argent. Elle

fera ce qu'elle voudra. Mais il ne faudra pas qu'elle vienne m'ennuyer... Et toi, Ham ? Es-tu content ici ? Pourquoi ne viens-tu pas habiter à la maison ? Il y a des dizaines de chambres vides.

— C'est ici que j'ai choisi de vivre, répliqua Ham en posant une main noueuse sur l'épaule d'Ethan. Si j'ai le droit de pêcher dans ton étang, de ramasser les fruits dans les bois, et de chasser de temps à autre sans être accusé de braconnage, alors la vie sera belle.

— Tu n'as pas changé ! lança Ethan, s'efforçant de cacher son émotion.

Dehors, en plein soleil, ils admirèrent la campagne verdoyante où ils s'étaient souvent promenés tous les deux.

— Tu peux prendre tout ce dont tu as besoin, Ham. Tout est à toi.

— Je ne manque de rien.

— La semaine prochaine, à mon retour de Londres, je viendrai couper du bois pour toi.

Ham retira sa pipe de la bouche et secoua la tête.

— Non, mon garçon. Ce ne serait pas digne. Désormais, tu es lord Stonecliff, tu n'es plus un gamin en vadrouille.

— Tu crois que ça va m'empêcher de faire ce qui me plaît ? s'amusa Ethan. J'ai coupé beaucoup de bois, ces dernières années, et pour des personnes dont je me moquais.

Ayant serré le palefrenier contre lui, il s'en retourna, le cœur léger.

Ham le regarda s'éloigner, partagé entre la joie de l'avoir retrouvé, et la tristesse que ce garçon, qu'il aimait comme un fils, n'eût pas encore trouvé le bonheur dont il avait été privé dans son enfance.

Mais il avait décelé quelque chose dans le regard d'Ethan, quand il avait parlé de son épouse. En dépit de ses paroles intransigeantes, Ham gardait espoir. Un jour ou l'autre, et le plus tôt serait le mieux, il essaierait de rencontrer la comtesse de Stonecliff.

11

« Tu en es capable ! Bien sûr que tu peux réussir. Fais semblant de jouer dans une pièce de théâtre, d'être quelqu'un d'autre… Une comtesse. Une lady. Une épouse… »

— Quelque chose ne va pas, madame ? Vous n'aimez pas votre coiffure ? s'inquiéta Devon.

Jody s'aperçut qu'elle se regardait d'un air sévère dans le miroir.

— C'est très joli, Devon. Mes cheveux n'ont jamais été aussi bien coiffés.

La jeune fille eut un sourire radieux. Elle fit une révérence et commença à ranger la chambre.

Jody continua à s'étudier dans le miroir. Elle ne parvenait pas à y croire… La robe rose foncé, avec sa jupe brodée de roses en soie noire, était la toilette la plus élégante, la plus sophistiquée, la plus divine qu'elle eût jamais vue. Elle ne se reconnaissait même pas !

Le chignon brillait à la lumière douce de la lampe à gaz. Devon y avait piqué quelques fleurs en soie. Des boucles libres lui effleuraient les joues.

Comme elle avait l'air mince… et sensuelle, grâce au corset qui lui serrait la taille et soulignait son buste. Même ses chaussures étaient exquises : des escarpins en satin ornés de macarons perlés.

Si seulement ses joues n'étaient pas aussi pâles. Si seulement elle arrivait à respirer… Ce soir, elle devait affronter sa première grande épreuve, et si elle échouait, tout serait perdu.

Ethan Savage n'hésiterait pas à la renvoyer. Elle serait forcée d'embarquer sur le prochain navire pour l'Amérique, alors qu'elle n'avait même pas commencé à chercher Alicia Denby.

À la pensée de ne plus jamais revoir Ethan Savage, elle sentit son cœur se serrer.

Elle devait réussir !

D'abord, il fallait trouver le courage de quitter cette chambre.

Devon lui jetait des regards anxieux. La domestique se demandait pourquoi sa maîtresse ne descendait pas. Il se faisait tard.

— N'attendez pas mon retour, Devon, dit Jody en se levant, les jambes tremblantes. Nous risquons de rentrer tard.

— Très bien, madame la comtesse.

Jody prit son sac du soir perlé, ses gants, son éventail, et quitta la pièce, prenant garde d'avancer lentement, la tête haute, comme le lui avait enseigné Latherby. Alors qu'elle descendait l'escalier, elle entendit le pas d'Ethan résonner dans le vestibule. Il posa une main sur la rampe et leva les yeux, visiblement agacé.

Elle se demanda s'il s'était montré aussi colérique avec la fille dont avait parlé son cousin Oliver. Sans doute pas, se dit-elle, attristée. Avec elle, il avait dû sourire, lui faire des compliments. Ils avaient sûrement ri ensemble. D'après ce qu'elle avait compris, Ethan avait défié son père à cause d'elle. C'était donc qu'elle avait compté pour lui.

Elle aurait aimé connaître leur histoire. Confusément, elle pressentait qu'elle aurait mieux compris Ethan Savage. Sous son arrogance, son impatience et sa brusquerie, il y avait une sourde colère, mais aussi une profonde douleur.

Jody aurait aimé l'apaiser un peu. Elle aurait même voulu le guérir, effacer le trouble qui dévastait son âme.

Mais en croisant son regard distant et réprobateur, elle se dit qu'elle avait autant de chances de se voir pousser des ailes et de s'envoler…

Comme il était séduisant dans son habit noir, avec sa chemise blanche au col empesé, ses cheveux noirs peignés vers l'arrière qui encadraient son visage hâlé. L'élégance parfaite de sa tenue soulignait sa beauté dangereuse.

Tandis qu'elle descendait l'escalier, il sembla se renfrogner encore davantage. Elle en eut le cœur serré. Petite sotte ! Qu'avait-elle espéré ? Un compliment, un encouragement ? Elle ferait mieux d'oublier ce goujat et se concentrer, afin de ne pas rater une marche.

Ethan serra les dents. Cette créature qui venait vers lui aurait tourné la tête à n'importe quel homme. Il n'y avait plus aucune trace de la petite voleuse dépenaillée qu'il avait coincée dans une ruelle d'Abilene. Ses cheveux brillaient de leur éclat châtain à la lumière du chandelier, son visage aux traits délicats avait la distinction d'une princesse de conte de fées, et le regard lumineux qui le contemplait avec crainte l'émouvait profondément.

À chaque pas, ses hanches bougeaient d'un mouvement gracieux mais sensuel, ses formes accentuées par la coupe de la robe. Il n'avait qu'une envie : la prendre dans ses bras pour la presser contre lui.

« Je suis devenu fou ! » se gronda-t-il en silence. Il n'avait aucune confiance en elle. Il ne devait surtout pas faire preuve d'admiration ou de faiblesse.

Comme les domestiques jaseraient s'il prenait sa femme dans ses bras devant tout le monde ! songea-t-il, réprimant un sourire. Il fut presque tenté de le faire, afin de sentir le corps de Jody Cooper Savage, et de voir l'expression outrée des serviteurs présents dans le vestibule.

John, le valet de pied, se tenait prêt pour leur ouvrir la porte. Rupert, un deuxième valet, et Perkins le majordome contemplaient bouche bée l'exquise beauté qui descendait vers eux.

La raison l'emporta, et Ethan resta immobile. Pour s'aider, il se rappela qui elle était vraiment : non pas une princesse, un ange ou une lady distinguée, mais une misérable voleuse, une vulgaire danseuse de saloon qui n'hésiterait pas à le détrousser à la première occasion.

Mais si elle continuait à aiguiser ses sens, il lui faudrait trouver rapidement une maîtresse à Londres pour se distraire.

Jody avait des papillons dans l'estomac. Quand elle vit les deux valets et le majordome la dévisager, elle retint son souffle. Que se passait-il ? Elle se demanda si un ruban de sa robe s'était défait. Elle leur adressa un sourire timide, puis vérifia que ses souliers étaient bien à ses pieds.

— Ne baissez pas les yeux ! siffla une voix furieuse, celle de Latherby.

Il la fit sursauter. Elle rata une marche, lâcha son éventail et tomba en avant avec un cri.

Des bras robustes et familiers la rattrapèrent au vol. Ethan la serra contre lui.

— Petite maladroite, vous n'y arriverez donc jamais ! grommela le notaire à mi-voix en se précipitant vers elle.

Lord Stonecliff le fusilla du regard. Interloqué, Latherby s'aperçut avec horreur que les domestiques l'avaient entendu houspiller la comtesse de Stonecliff, l'épouse de leur maître.

— Veuillez m'excuser… fit-il en rougissant. Très chère lady Stonecliff, pardonnez-moi… J'ai eu si peur que vous ne vous fassiez du mal.

— Ce n'est rien, répliqua Jody avec un léger sourire pour Latherby, et un franc sourire pour le majordome qui avait ramassé son éventail. Merci, Perkins.

Ethan la relâcha.

— Nous n'avons plus besoin de vos services dans cette maison, Latherby, décréta Ethan alors que le notaire restait la bouche ouverte. Qu'on fasse avancer une voiture pour M. Latherby. Ma femme et moi partons chez lady Tattersall. Je dois seulement dire encore quelques mots en privé à M. Latherby.

Prenant le bras de Jody, Ethan la guida vers la bibliothèque. Latherby les suivit, tête basse. Dès qu'ils furent seuls, le notaire s'excusa.

— Je suis désolé, monsieur le comte. Je n'avais pas vu les domestiques dans le vestibule. Je n'ai pas réfléchi.

— Exactement, vous n'avez pas réfléchi. Et

maintenant que vous avez agressé ma soi-disant épouse, vous ne pouvez plus rester parmi nous... Quant à vous, ajouta-t-il en se tournant vers Jody, vous vous débrouilliez très bien jusqu'à ce que vous vous laissiez distraire. Vous aviez même réussi à me berner – enfin, presque. C'est sûrement la robe. Elle vous donne un air très respectable.

Respectable ? C'était là son compliment ? Comme si elle ressemblait à l'épouse d'un pasteur !

« Vous êtes belle, voilà ce qu'elle aurait aimé entendre. Vous êtes élégante. Vous êtes superbe. »

— C'est trop aimable à vous, milord, répliqua-t-elle d'un air hautain.

Ethan réprima un sourire. Voilà bien les femmes, toujours à prendre un compliment du mauvais côté ! Même sa moue était adorable.

— Joséphine, lâcha Latherby d'un air désespéré, cessez de jouer avec votre éventail. Je vous ai répété maintes fois qu'une dame ne...

— Latherby, ça suffit ! s'irrita Ethan. Êtes-vous toujours aussi rude avec elle ?

— Rude, monsieur ? Mais je ne fais qu'obéir à vos ordres.

— Est-ce qu'il vous traite toujours comme ça ? demanda Ethan à Jody.

Étonnée, la jeune femme hésita avant de répondre. Le pauvre Latherby était très critique, mais il s'efforçait d'obéir aux ordres d'Ethan. Il lui adressait un regard suppliant...

— Je fais beaucoup d'erreurs, conclut-elle, baissant les yeux.

Ethan hocha la tête.

— Cette *dame* a pris votre défense, Latherby. Vous n'en méritez pas tant... Malheureusement, vous devez partir. Les domestiques ne comprendraient pas que je tolère chez moi votre présence, désormais. À partir de maintenant, vous travaillerez pour moi à Londres.

— Mais... elle n'est pas encore prête ! Je ne peux pas être tenu responsable de...

— C'est moi qui en assumerai la responsabilité. Rentrez à Londres. Dites à Grismore que mon épouse et moi-même le verrons la semaine prochaine en ville. Veillez à ce que ma maison soit prête. Nous arriverons demain.

— Oui, monsieur le comte.

— Est-ce que mon père avait d'autres domestiques dans sa maison de Londres ?

— Oui, monsieur. Mais qui va s'occuper de cette... de lady Stonecliff ?

— Je m'en occupe, assura Ethan. Partez maintenant. Jody et moi devons nous rendre chez lady Tattersall avant que les invités ne tombent d'inanition.

Lucas Latherby inclina la tête.

— Je suis désolé, se résigna-t-il. Je voulais seulement vous aider... Joséphine, pour l'amour du Ciel, ne regardez jamais vos pieds quand vous descendez un escalier.

— Je sais.

— Alors pourquoi l'avez-vous fait ?

— J'ai oublié... parce que Ethan, Perkins et les valets me dévisageaient, et j'ai pensé que quelque chose n'allait pas dans ma tenue...

— Ils vous dévisageaient pour une autre raison, grommela Latherby. À défaut d'être une lady, je pensais que vous étiez une fille intelligente. Si vous commencez à agir comme une sotte, nous n'y arriverons jamais... Obéissez à monsieur le comte. Observez les dames que vous allez rencontrer ce soir. Elles seront vos meilleurs professeurs. Agissez comme elles... Surtout, n'employez aucun juron et...

— La ferme, Latherby ! interrompit Ethan. Vous ne pouvez pas lui apprendre l'éducation d'une vie en quelques minutes. Vous allez la perturber.

— Je ne suis pas perturbée, rétorqua Jody, serrant son éventail dans sa main moite. Je suis nerveuse. Allons-y, et qu'on en finisse !

Ethan montra la porte du doigt.

— Vous avez entendu la dame ?

— C'est bien le problème, monsieur le comte, s'inquiéta Latherby. Elle n'est pas une dame, et je crains qu'elle ne le devienne jamais.

— Désormais, c'est mon problème, persista Ethan. Je vous verrai en ville. Déguerpissez.

Lorsque la porte se referma derrière le notaire, Jody se mit à marcher de long en large, voulant tout à coup retarder le moment fatidique.

— Ça ne marchera pas, remarqua soudain Ethan.

— Hein ? Je veux dire... comment ? se corrigea-t-elle.

— Ça ne marchera pas. Votre tenue...

Oh, non ! se dit-elle. Ainsi, même avec la plus jolie robe du monde, l'éventail, les gants, les souliers, le chignon, on devinait qu'elle n'était qu'une pauvre orpheline sans le sou, qui avait travaillé dur toute sa vie ?

— Laissez-moi une chance, supplia-t-elle. Je vais changer de robe. Je vais me tenir plus droite...

— Ce n'est pas vous qui êtes en cause. C'est ceci...

Il traça un trait invisible sur son cou. Elle l'observa sans comprendre.

— Et ceci... ajouta-t-il en lui pinçant le lobe de l'oreille, essayant de ne pas se noyer dans la lumière de son regard. Et ceci... conclut-il en lui serrant le poignet. Il vous manque des bijoux. Si vous ne portez pas des rubis, des émeraudes ou des diamants, lady Tattersall et les autres dames devineront que quelque chose cloche dans notre mariage.

Des bijoux. Évidemment. Elle pensa aux portraits qu'elle avait examinés dans la galerie, à toutes ces dames dans leurs belles robes, couvertes de joyaux. Elle songea à la broche et à la bague, mais elle ne pouvait pas les montrer à Ethan... Il l'accuserait de les avoir volées !

— Flûte alors, j'ai laissé tous mes diamants à la maison, ironisa-t-elle. Mes rubis ont dû tomber à l'eau pendant la traversée. Navrée !

Il lui demanda de l'attendre un moment, et quitta la pièce.

Jody jeta son éventail, ses gants et son réticule sur la table. Elle songea à tout ce que lui avait dit Latherby. Si elle commettait une grave erreur, ce serait la fin. Elle serait renvoyée en Amérique... chez Snake. Elle n'aurait aucune chance de retrouver Alicia Denby.

Et elle ne reverrait plus jamais Ethan Savage. Elle n'aurait jamais l'occasion de lui prouver qu'elle n'était pas une voleuse...

— À quoi diable pensez-vous ?

Elle sursauta. Combien de temps s'était-il absenté ? Elle ne l'avait pas entendu revenir.

— À rien, mentit-elle.

Il s'approcha. Elle se trahit en rougissant.

— Peut-être vous demandez-vous comment disparaître en emportant ceci ?

Il lui montra un collier de magnifiques rubis. Un bijou si splendide qu'elle retint son souffle.

— Non… Jamais je ne…

Les pierres flamboyaient sous ses yeux. La parure comportait un bracelet et les boucles d'oreilles assorties.

— Ces bijoux appartenaient à ma mère, dit-il froidement, comme toujours lorsqu'il évoquait sa famille. Ils valent une fortune, mais je vous conseille de ne pas chercher à les dérober.

— Je n'y songe même pas.

— Vous avez raison de tenir à votre peau.

Brusquement, elle se mit en colère. Elle se sentait heurtée, humiliée. Il pensait qu'elle n'avait aucun sentiment. Qu'elle était comme lui.

— Si vous êtes aussi inquiet, pourquoi voulez-vous que je les porte ?

— Ai-je l'air anxieux ? se moqua-t-il. Ils sont à vous pour ce soir, Jody. Et pour toutes nos sorties à Londres… Dépêchez-vous, nous sommes en retard.

Il se tenait si près qu'elle n'arriva pas à fermer le collier. Il dut l'aider. Alors qu'il se dressait derrière elle, Jody sentait sa chaleur la brûler à travers l'étoffe de la robe. Elle pria pour qu'il n'entende pas son cœur battre la chamade. Elle retint son souffle, consciente du poids des rubis autour de son cou, des doigts d'Ethan effleurant sa nuque, de son souffle chaud… Elle résista à l'envie de se retourner et de l'embrasser. Mais Dieu comme elle en avait envie !

Lorsqu'il eut fini, elle se tourna vers lui, tremblante. Elle respirait par à-coups. Elle se sentait intimidée. Remarquerait-il comme sa poitrine se soulevait dans son corsage ? Bien sûr que oui ! Il était un homme. Les hommes remarquaient toujours ce genre de choses.

Elle rougit délicatement alors qu'il la contemplait. Son regard intense était toujours aussi impénétrable. Elle ne pouvait deviner ses pensées.

Puis, d'un doigt léger, il effleura le collier et les boucles d'oreilles qui scintillaient.

— Ça ira, murmura-t-il en lui donnant le sac, les gants et l'éventail. Allons-y, avant que lady Tattersall ne me donne la correction de ma vie…

Dans la voiture, alors que les chevaux trottaient à la lumière de la lune, elle sentait le collier peser sur son cou.

Ethan détournait les yeux de sa jolie poitrine enchâssée dans le décolleté. Il restait silencieux, assis en face d'elle.

— Vous pourriez me parler de lady Tattersall et des invités, dit-elle enfin, nerveuse.

— Lady Tattersall est ma marraine. C'est une vieille dame, très gentille. Elle a toujours adoré les fêtes, et elle ne ferait pas de mal à une mouche. Vous n'avez pas besoin d'avoir peur d'elle.

— Je n'ai pas peur facilement, rétorqua Jody, pressant ses mains l'une contre l'autre.

— C'est vrai. Vous n'avez pas eu peur quand je vous ai prise la main dans le sac, à Abilene. Vous avez eu les nerfs assez solides pour me voler une deuxième fois. Et en plus, vous avez pris ma montre… Peu d'hommes auraient eu l'audace de me défier, surtout après avoir été prévenus.

— J'étais dans une situation désespérée. Je devais quitter la ville.

Il se souvint comme elle avait eu l'air terrifié en voyant quelqu'un passer dans la rue. Même maintenant, cette terreur persistait dans son regard. Il se demanda qui pouvait l'affoler de cette manière.

— Ils ne peuvent rien contre vous maintenant, dit-il, se surprenant à la rassurer. Qui vous cherchait ? La justice ?

— Non. Seulement un homme. Un homme que je connaissais…

Que lui avait fait cet homme pour la paniquer à ce point ? Ou que voulait-il faire, s'il lui mettait la main dessus ? Ethan éprouva une bouffée de colère envers cet inconnu qui avait terrifié la jeune femme, mais il se ressaisit aussitôt. La vie de Jody ne le concernait pas.

Elle méritait probablement ce qui lui arrivait.

— Lui aviez-vous fait les poches ?

— Non. Mais…

Que pouvait-elle dire ? Qu'elle lui avait aussi volé quelque chose ?

Elle se rappela les coups que lui avait donnés Snake. Comment elle avait senti ses forces la quitter alors qu'il la tabassait, la jetait contre le mur, lui assenait des coups de pied dans les côtes. Elle songea à sa fuite désespérée, couverte de sang, à la sacoche de selle qu'elle avait emportée, avec le butin et les biens dérobés à Alicia Denby…

— C'est une longue histoire, dit-elle sèchement.

Elle regarda par la fenêtre, pour couper court à la conversation.

Ethan n'insista pas. Il ne devait surtout pas se mêler de ses histoires. Il avait suffisamment de problèmes à gérer avec ce retour en Angleterre, l'héritage, les souvenirs de Molly et le destin que lui avait infligé son père. Il n'avait pas le temps de se préoccuper d'une jeune femme à l'air faussement angélique…

L'attelage s'arrêta devant un élégant manoir en pierre, presque aussi impressionnant que Stonecliff Park.

— J'ai oublié de vous dire qu'il y aurait aussi un ami de ma marraine, le colonel Hamring, une jeune débutante stupide et son chaperon, ainsi que mon cousin. Comme il se trouve dans la région, ce pique-assiette a réussi à se faire inviter… Lady Tattersall le connaît depuis son enfance.

— Vous n'allez pas lui donner un coup de poing, encore une fois ?

— Qui sait ? plaisanta-t-il en haussant les épaules. Si la soirée a besoin d'être animée…

Elle étouffa un rire en plaçant une main gantée devant sa bouche. Lui aussi laissa échapper un petit rire.

S'ils s'étaient rencontrés en d'autres circonstances, ils auraient pu être amis, songea Jody. S'il l'avait vue danser un soir, puis invitée à prendre un verre. Si elle avait joué avec lui au poker, et remporté quelques parties… Elle aurait été séduite par son physique, par son attitude nonchalante. Comment aurait-elle réagi s'il lui avait demandé de le rejoindre dans sa chambre pour passer la nuit ?

Elle se sentit choquée par cette pensée. Elle était vierge quand elle avait épousé Snake. Lorsqu'il l'avait violée, elle avait regretté de ne pas être restée célibataire. L'idée de se donner à un autre homme aurait dû la faire fuir. Jody préférait encore les horreurs de la guerre à ce que Snake lui avait infligé. Au moins, pendant une guerre, on avait des armes pour se défendre…

Si jamais Ethan Savage essayait de rompre leur pacte, elle quitterait l'Angleterre sans attendre. Jamais plus elle ne serait la victime d'un homme !

Mais quand elle repensait à son baiser, à la sensation de ses bras autour de son corps, elle éprouvait une certaine curiosité. Quelque chose de profond en elle exigeait d'en savoir davantage, de découvrir si les choses pouvaient être différentes avec un homme comme lui…

Ethan lui donna le bras pour gravir les marches du perron. Elle avait tort de se laisser entraîner par des pensées dangereuses. Elle ne pouvait se permettre de baisser la garde. Pas après ce qu'elle avait subi entre les mains de Snake.

Il frappa à la porte, mais celle-ci resta close.

— C'est curieux. Toutes les lumières sont allumées et aucun domestique ne vient nous ouvrir.

Jody essaya de regarder par la fenêtre, mais les rideaux étaient tirés.

— Je ne comprends pas. S'ils nous attendent…

— Le vieux Whitley doit être sourd comme un pot, conclut Ethan en tournant la poignée.

La porte s'ouvrit sur un hall élégant, aux murs recouverts de papier peint. Un domestique en livrée était étendu sur le sol en marbre, face contre terre. Il ne bougeait pas. Du sang s'écoulait de son crâne.

— Mon Dieu, Ethan…

Alors que Jody allait se pencher vers l'homme, elle fut saisie par la taille. Un bras lui enserra le cou et elle vit luire la lame d'un poignard. Son assaillant invisible pressa la pointe sur sa joue. Elle respira une odeur d'ail, de sueur et de gin.

— Ne bougez pas ! Votre dame ne sera plus aussi jolie si j'utilise ce couteau. Alors restez tranquille, pigé ?

Elle tourna légèrement la tête. Ethan était immobile à son côté, le visage impassible. Le canon d'un pistolet était appuyé contre l'arrière de sa tête.

— J'ai dit de rester tranquille ! hurla celui qui la retenait.

— Si vous touchez à ma femme, je vous poursuivrai jusqu'au bout du monde pour vous le faire payer, dit calmement Ethan.

La lame s'écarta de quelques centimètres.

— On lui veut pas de mal, m'sieur, grommela l'homme. Mais il faut pas nous chercher… Rejoignez les autres maintenant. On n'a pas toute la nuit.

Et la porte d'entrée de lady Tattersall se referma dans un claquement sec.

12

L'homme entraîna Jody vers un grand salon. La peur lui nouait l'estomac. Il lui donna un coup dans le dos et la poussa sans ménagement. Elle tomba à genoux. Quelques femmes étaient rassemblées devant un canapé. Une petite femme rousse, vêtue d'une robe verte à col montant, l'aida à se redresser.

— N'ayez pas peur, ma chère, tout ira bien, murmura-t-elle.

Pourtant, ses lèvres tremblaient et ses grands yeux bruns semblaient affolés. Elle esquissa un sourire fragile.

Jody entendit un rire rauque derrière elle.

— Très bien, mesdames et messieurs ! C'est l'heure de nous remettre vos jolies babioles.

Un homme rondouillard, de taille moyenne, s'adressait au groupe. C'était celui qui avait agressé Jody, car il tenait un poignard dans sa main gantée. Il portait des vêtements sombres élimés, et un masque en tissu noir qui ne laissait apparaître que l'éclat de ses yeux.

— Tiny va passer parmi vous, et vous mettrez vos bijoux dans le sac, ordonna-t-il. Dépêchez-vous. Il ne faudrait pas laisser refroidir votre repas, hein ?

Un autre homme s'avança. Jody n'avait jamais vu quelqu'un d'aussi gigantesque. Il était aussi large que haut. Il tenait dans sa main un sac en toile de jute.

Brusquement, une idée lui traversa l'esprit : ces vauriens étaient sans doute la bande de Pete le Pirate, les voleurs dont lui avait parlé Mme Fielding.

La jeune femme n'en revenait pas. Alors qu'elle avait échappé à Snake Barker et à sa bande de malfaiteurs cruels, elle allait être détroussée par les bandits les plus célèbres d'Angleterre.

Aussitôt, elle porta la main au collier qui avait appartenu à la mère d'Ethan. Elle laissa échapper un petit gémissement et regarda son mari qui avait été conduit de l'autre côté du salon, dans le coin où se trouvaient les hommes.

Mais Ethan ne la regardait pas. Il étudiait Pete le Pirate et le troisième malfrat, élancé et mince, qui brandissait le pistolet. Comme ses amis, lui aussi portait un masque.

« Je vous en prie, mon Dieu, qu'Ethan ne se fasse pas tuer ! » pria-t-elle, car l'expression de son visage l'effrayait. Jody ne le connaissait que depuis peu, mais elle était certaine qu'Ethan Savage ne se laisserait pas détrousser sans réagir.

Mais comment se défendre ? Il était désarmé, alors que ces hommes avaient des poignards et des pistolets !

Un peu à l'écart des autres, il affichait un air détaché, comme s'il s'ennuyait. Cependant, Jody nota la tension dans ses épaules, et ses mains agrippaient le dos d'une chaise. Il ne laisserait pas ces voleurs s'enfuir en toute impunité.

Oliver Winthrop, lui, tremblait comme un lapin pris au piège. Il se frottait les mains l'une contre l'autre et un tic nerveux agitait sa joue. Auprès de lui se tenait un homme un peu plus âgé, avec une belle moustache et un embonpoint rassurant. Il jetait des regards furibonds sur le géant qui présentait le sac ouvert aux dames.

— Mon Dieu, pourquoi moi ? s'écria une femme opulente, attifée d'une robe perlée et couverte de bijoux.

Son visage empourpré trahissait son angoisse. Jody en déduisit qu'il s'agissait de lady Tattersall, car la femme aux cheveux roux et à la robe démodée semblait trop sage pour être une adepte des soirées mondaines, et l'autre femme, une beauté aux cheveux noirs d'une minceur effrayante, était trop jeune pour être la marraine d'Ethan.

— Il y a sûrement des dizaines de dîners ce soir dans toute la région, se lamenta-t-elle. Pourquoi est-ce que Pete le Pirate a choisi le mien ?

— Dépêchez-vous, m'dame ! Sinon, on vous donnera une vraie raison pour pleurer, grommela Tiny.

Les doigts tremblants, elle commença à défaire son collier en diamants. Jody éprouva pour elle un élan de sympathie.

— Allons ! On n'a pas toute la nuit, insista le géant, menaçant.

Derrière le masque, ses yeux étaient opaques et vides, comme des billes de bois. Lady Tattersall était si troublée qu'elle devenait encore plus maladroite.

— Laissez-moi vous aider, dit Jody en contournant Tiny pour poser une main rassurante sur le bras de lady Tattersall.

— Oh, merci... lady Stonecliff. Nous n'avons pas été présentées, mais comme vous êtes entrée avec Ethan, j'ai pensé que...

— Cessez de bavarder !

Pete le Pirate rengaina son poignard et s'approcha de lady Tattersall, qu'il saisit par le cou. Il lui arracha le collier que Jody venait de défaire.

— Les bagues et les boucles d'oreilles aussi ! ordonna-t-il. Et c'est toi la prochaine, ma jolie, ajouta-t-il en examinant les rubis de Jody, ainsi que les rondeurs charmantes de ses seins. Peut-être que tu voudras venir avec nous quand on aura fini, reprit-il en souriant, montrant des dents gâtées. T'es bien plus jolie que toutes ces mijaurées.

— Non merci, répliqua Jody d'un air hautain.

Elle avait déjà été la compagne forcée d'une bande de hors-la-loi, et n'avait pas l'intention de recommencer. Mais elle n'ajouta pas un mot, afin de ne pas provoquer la colère du malfaiteur.

Il y avait eu assez de violence pour cette nuit. Elle s'inquiétait pour le majordome et se demandait s'il y avait d'autres domestiques blessés.

Plus vite les bandits seraient partis avec le butin, plus vite on pourrait s'en occuper.

Elle retint son souffle alors que lady Tattersall finissait de mettre ses bijoux dans le sac. Puis elle retira lentement ses boucles d'oreilles.

Elle hésita un moment, jeta un coup d'œil à Ethan. Il hocha la tête et elle les laissa tomber dans le sac.

— Maintenant le collier, le bracelet et ta bague

en or. Puis ce sera ton tour, dit le bandit en s'adressant à la femme aux cheveux noirs.

Jody hésitait à abandonner le collier. Tiny le lui arracha des mains. Elle remarqua que les lèvres d'Ethan s'étaient crispées et ne formaient plus qu'une ligne. Si le troisième homme n'avait pas braqué son pistolet sur eux, il n'aurait pas manqué de tenter quelque chose.

Jody s'efforça de ne pas bouger, alors que la femme aux cheveux noirs, puis la gentille rousse se défaisaient de leurs bijoux. Celle-ci essayait de cacher sa peur. Elle avait seulement de petites boucles d'oreilles en jais, et un camée monté en collier.

— Ça vaut pas autant que le reste, mais on les prend quand même, ricana Pete le Pirate.

Puis il repoussa brutalement la femme, qui tomba sur le sofa.

— Mademoiselle Perry… Seigneur, aidez-nous! s'écria lady Tattersall.

— Je vous interdis de brutaliser cette femme! tempêta l'homme à la moustache.

Pete le Pirate les ignora.

— Vous êtes sûre que c'est tout? demanda-t-il à Mlle Perry qui hocha la tête, tremblante. Bon, alors c'est au tour de ces messieurs… Lucian, donne-moi le pistolet.

Son complice lui passa l'arme, et Pete le Pirate l'agita sous le nez des hommes.

Jody priait pour qu'Ethan ne fît pas de bêtises. « Nous ne sommes pas à Abilene et vous n'êtes pas armé », lui dit-elle en silence, mais il semblait prêt à passer à l'action.

Oliver Winthrop, de son côté, n'était pas du tout

disposé à protester. Il s'empressa de déposer ses objets de valeur dans le sac sans un mot, évitant les regards ironiques des trois bandits.

L'homme moustachu était rouge de colère. Il dut néanmoins remettre sa montre de gousset en or, son argent, une chevalière, et une épingle à cravate. Sa rage était évidente, mais il se retint d'exprimer le mépris que lui inspiraient les bandits.

— À votre tour, m'sieur, dit Pete le Pirate en pointant le pistolet sur Ethan. Dépêchez-vous. La dame de la maison doit encore nous montrer où elle a caché ses autres trésors.

— Comment ? N'avez-vous pas pris assez ? s'exclama lady Tattersall. Je vais m'évanouir !

— Cesse de hurler, vieille baudruche, sinon Lucian va te trancher la langue ! menaça Pete.

Lady Tattersall hurla de plus belle. Lucian dégaina un poignard à la lame effilée et s'avança vers elle.

— Calmez-vous, lady Tattersall, dit Ethan d'un ton froid. N'avez-vous pas suffisamment effrayé ces femmes ? continua-t-il en s'adressant à Pete. J'ai une meilleure proposition à vous faire.

Pete le Pirate le dévisageait d'un air soupçonneux. Lucian et Tiny le fixaient eux aussi de leurs yeux cruels.

— Laissez ces femmes tranquilles. Venez chez moi, à Stonecliff Park, si vous l'osez, continua Ethan avec défi. Ce n'est pas loin d'ici et je possède beaucoup d'objets de valeur. Je vous les remettrai sans broncher, c'est promis.

— Et pourquoi le feriez-vous ? se méfia Pete.

— Mes raisons vous importent peu, non ? Vous voulez votre butin, c'est tout. Eh bien, venez le prendre.

À cet instant-là, le gentleman moustachu laissa exploser sa colère. Il se précipita sur Pete le Pirate, pour essayer de lui prendre le pistolet.

Pete appuya sur la détente. L'homme à la moustache, touché au bras, poussa un cri. Les quatre femmes hurlèrent. Ethan se pencha en avant, retira un pistolet caché dans sa botte et tira sur Pete le Pirate. Tiny se jeta sur son chef pour le protéger, et la balle lui traversa l'épaule. Lucian leva le poignard et se précipita sur Ethan. Jody saisit un candélabre sur une table.

Sans demander leur reste, lady Tattersall, Oliver Winthrop et la jeune femme aux cheveux noirs coururent vers les portes, tandis que la petite dame rousse s'agenouillait près de l'homme blessé pour essayer d'arrêter le sang qui coulait de son bras.

Dans la bagarre, alors qu'il cherchait à esquiver les coups de poignard rageurs de Lucian, Ethan avait lâché son pistolet. Mais il parvint à saisir le bras du bandit, prit le poignard en lui tordant le poignet et, d'un mouvement sûr, il le planta dans le torse de son assaillant.

Au même moment, Jody abattit le candélabre sur la tête de Tiny. Le géant ne cligna même pas des yeux. D'un coup de coude, il envoya la jeune femme à terre. Puis, avec la lenteur d'un ours des montagnes, il se tourna vers elle, ses petits yeux fous de colère.

Ethan retira le poignard ensanglanté du torse de Lucian et voulut se jeter sur Tiny, mais Pete le Pirate l'intercepta.

— Tu vas me le payer ! hurla le bandit.

Ils roulèrent sur le tapis, renversèrent une table, luttant âprement pour la possession du pistolet.

Pete le Pirate eut le dessus et essaya de pointer le canon sur le visage d'Ethan, mais celui-ci parvint à détourner la tête.

Pendant ce temps, Tiny s'approchait de Jody qui était toujours par terre. Le coup violent lui avait coupé le souffle.

En le voyant, elle voulut s'enfuir, mais il la souleva comme si elle ne pesait pas plus qu'une plume et la secoua. Puis il la reposa sur ses pieds, et lui donna une gifle retentissante.

Jody tomba à la renverse. Ses oreilles tintaient. Une douleur extrême la parcourut, comme la nuit où Snake l'avait battue. Bien qu'elle n'eût pas perdu connaissance, elle fit semblant d'être évanouie.

Tiny la secoua sans ménagement.

— Réveille-toi ! J'ai pas encore fini, grommela-t-il.

Elle entrouvrit les yeux. Le sourire vicieux sur son visage de brute l'effraya. Il ouvrit les doigts pour les enrouler autour de son cou…

Se rappelant ses mouvements de danse au Golden Pistol, Jody décocha un coup de pied aussi violent que possible en direction de sa tête.

Il poussa un hurlement de douleur, porta les mains à son nez qui se mit à saigner abondamment. Elle en profita pour se relever et s'enfuir à l'autre bout de la pièce.

Alors que Tiny se tournait pour suivre Jody, Mlle Perry étendit une jambe et le fit trébucher. Il lui donna une claque, puis rattrapa Jody alors qu'elle essayait d'ouvrir la porte.

— Je vais te casser en morceaux, jura-t-il. Je vais te massacrer !

La jeune femme se retint de hurler alors qu'il lui

tordait le bras. Cette brute allait lui démettre l'épaule ! La douleur était intolérable. Le monstre se délectait visiblement de la faire souffrir. Elle tomba à genoux.

Elle ne vit pas Ethan s'approcher dans le dos de Tiny. Elle ignorait qu'il avait réussi à assommer Pete le Pirate.

Soudain, Tiny lui lâcha le bras avec un grognement. Il se retourna, pour voir qui l'avait attaqué.

Bien qu'Ethan fût un homme costaud, il avait l'air d'un enfant à côté du monstre Tiny. Le géant avait eu l'épaule traversée par une balle, son nez était cassé, mais il tenait toujours sur ses deux jambes.

Le visage d'Ethan était en sang. Son habit et sa chemise étaient déchirés, ses cheveux noirs lui tombaient sur les yeux. Mais lui non plus n'avait pas encore dit son dernier mot.

— Alors, le cyclope, tu viens me chercher ? le défia-t-il. Ou est-ce que tu ne t'attaques qu'aux femmes ?

— Tu l'auras voulu…

Ethan eut un ricanement.

— Tu vois comme je tremble… se moqua-t-il. Dieu, ce que tu es laid, mon pauvre ami ! Et je vais te tuer.

Tiny ignorait ce qu'était un cyclope, mais il savait qu'il avait été insulté. Cela le rendit fou de rage. Il balança son poing gigantesque. Ethan l'évita avec agilité. Entraîné par le mouvement, Tiny tituba vers l'avant. Ethan lui donna un coup sur le menton. L'autre mit un genou à terre. Il cligna des yeux. Ethan lui assena un deuxième coup dans le dos. Cette fois-ci, le géant s'affala de tout son long.

Soudain, Jody vit que Pete le Pirate avait repris ses esprits. Le bandit se redressa, saisit le sac et s'enfuit vers le vestibule.

— Derrière vous ! Il a les bijoux ! s'écria-t-elle en essayant de se lever.

Ethan se précipita. Il réussit à attraper le sac, mais le malfaiteur prit la fuite.

Jody se releva avec difficulté, mais elle avait mieux à faire que pleurer sur son sort. Mlle Perry avait besoin d'aide pour soigner le blessé. Ethan, l'air soucieux, revenait vers elle. Lorsqu'elle fut debout, elle eut un vertige et faillit tourner de l'œil. Ethan enjamba le géant et la saisit dans ses bras. Il la porta jusqu'au sofa.

— Êtes-vous blessée ? demanda-t-il.

Il semblait assez furieux pour étrangler quelqu'un.

— Pas trop, le rassura-t-elle avec une grimace. Mon bras me fait mal, mais c'est tout.

— Ces monstres ! Je vais les faire pendre !

Ethan effleura son visage blême. Quand il avait vu le géant lui faire mal, il avait ressenti une colère aussi vive que le jour où il avait appris la mort de Molly. Il avait pourtant pensé ne jamais éprouver la même sensation…

— Je vais ligoter cette brute, Jody…

Il y eut un bruit de verre cassé.

Ils se retournèrent. Tiny s'était enfui en fracassant la porte-fenêtre, qui donnait sur le jardin de lady Tattersall.

Ethan allait s'élancer pour le rattraper, mais la voix de Mlle Perry l'arrêta :

— Attendez, lord Stonecliff ! Il faut vite chercher un médecin. Le colonel Hamring risque de mourir !

13

On s'activa beaucoup pendant l'heure qui suivit. Des domestiques ligotés ou assommés furent retrouvés dans les écuries, les cuisines et la cave. On envoya un valet chercher le médecin, et un autre alla prévenir les policiers du village. Une couverture fut jetée sur le corps de Lucian.

Lady Tattersall, Oliver Winthrop et la fille aux cheveux noirs – qui s'appelait Rosamund Crenshaw – racontaient sans relâche l'épreuve terrible qu'ils avaient traversée.

Entre-temps, Ethan s'était occupé du colonel Hamring. Sous le regard inquiet de Jody, allongée sur le canapé, il avait lavé et pansé la plaie, après avoir enrayé l'hémorragie en nouant un garrot avec des linges.

Chaque fois que Jody avait voulu se lever, pour aider son mari ou s'occuper de lady Tattersall ou de Mlle Crenshaw qui, affalée dans un fauteuil, gémissait qu'elle allait s'évanouir, Clara Perry l'avait gentiment repoussée sur les coussins en damas turquoise.

— Ne bougez pas, ma chère. Vous avez entendu votre époux : vous ne devez pas vous lever avant d'avoir été auscultée par le médecin.

— Mais… je vais bien !

— Ne l'écoutez pas, avait décrété Ethan en serrant le pansement autour de la plaie du colonel. Si elle ne reste pas allongée, je n'hésiterai pas à la ligoter !

Mlle Perry avait écarquillé ses grands yeux bruns devant tant de virulence, mais elle ignorait – au contraire de Jody – qu'Ethan n'était pas aussi redoutable qu'il le laissait paraître.

La jeune femme avait insisté :

— Enfin, Ethan, vous savez que j'ai quelques dons d'infirmière. Laissez-moi examiner le colonel…

— Non ! avait-il rétorqué, et même Jody avait été intimidée par la force de son regard.

Ainsi, elle était restée sagement allongée, et Mlle Perry avait posé un linge frais sur son front. Elle avait examiné les bleus sur les bras de Jody, se désolant de voir qu'ils viraient au pourpre.

À dire vrai, Jody était soulagée de rester tranquille. Son cœur battait moins vite, et elle tremblait moins. Mais son bras continuait de la faire souffrir, de l'épaule au poignet.

Sans se plaindre, elle sourit à Clara Perry qui semblait soucieuse.

— J'ai épousé un homme très obstiné, murmura-t-elle.

— En effet, ma chère, répondit Clara à mi-voix. Mais comme il est séduisant…

Puis elle rougit jusqu'à la racine des cheveux.

Pour essayer d'oublier la douleur, Jody examina le visage de Clara, qui retournait gentiment le linge sur son front.

Elle approchait de la cinquantaine. De fines

veines bleues couraient sur ses mains délicates, et elle avait quelques rides au coin des yeux. Des boucles rousses auréolaient un doux visage, plein de bonté, mais on devinait que c'était une personne nerveuse. Ses vêtements, comme son comportement, trahissaient sa condition modeste. Sa tenue n'avait pas l'élégance de la robe perlée de la maîtresse de maison, ou de la toilette ivoire et pêche de Rosamund Crenshaw. Jody se rappela que Clara était le chaperon de la jeune fille.

— Cousine Clara ! Pourriez-vous vous occuper aussi un peu de moi ? grommela Mlle Crenshaw d'un air irrité. Maman vous a demandé de m'accompagner afin de veiller sur moi. Je suis au bord de l'évanouissement, et vous ne m'avez toujours pas apporté mes sels !

— Pardonnez-moi, ma chère Rosamund, mais lady Stonecliff a été brutalisée par ce monstre, et…

— Nous lui en sommes tous reconnaissants, interrompit lady Tattersall, accrochée au bras d'un laquais. Comme vous êtes restée sereine pendant cette terrible épreuve, ma chère ! C'était si gentil de proposer de m'aider, alors que ce bandit m'aurait étranglée pour s'emparer de mon collier. Et vous avez frappé cet autre malfrat… Mon filleul a choisi une épouse intrépide !

Jody s'étonna de ces compliments.

— Merci. Mais tout le monde aurait réagi de la même manière…

— Pas du tout ! protesta lady Tattersall. Nous avions tous perdu notre sang-froid.

Amusée, Jody se rappela comment lady Tattersall avait agacé les bandits par ses lamentations.

— Je suis triste que le colonel Hamring ait été blessé, dit-elle. Pourvu qu'il survive…

— Il survivra si le fichu médecin ne tarde pas trop, répliqua son mari en glissant un coussin sous la tête du gentleman moustachu. Ah, les voilà enfin !

Le docteur et trois policiers essoufflés entrèrent en courant.

Le médecin examina le colonel, et déclara que ce dernier devait être transporté dans une chambre pour se reposer. Sa vie n'était pas en danger.

Les policiers emportèrent le corps de Lucian, puis ils se mirent à fouiller la maison et interrogèrent tout le monde. On ouvrit le sac en toile de jute, et chacun reprit ses bijoux.

Les hommes de loi notèrent tous les détails de la soirée. C'était la deuxième fois que la bande de Pete le Pirate cambriolait une demeure à la campagne.

— Cette fois, au moins, ils n'ont pas réussi à emporter leur butin, se félicita le sergent Webb. Et ces bandits ont perdu l'un des leurs.

— Sergent, j'offre une récompense pour la capture du bandit Pete le Pirate et son complice nommé Tiny, déclara solennellement Ethan. Dix mille livres pour celui qui fournira des informations permettant leur arrestation.

— C'est une excellente idée, lord Stonecliff. La plupart des bandits craignent Pete le Pirate. Il a déjà tué au moins quatre hommes. Certains seront prêts à fournir des informations pour une somme aussi considérable. Mais prenez garde, monsieur. Il sera furieux quand il saura que sa tête a été mise à prix. Pete le Pirate n'aime pas qu'on lui résiste. Sa colère sera d'autant plus grande que vous avez tué l'un de ses hommes, et que vous l'avez empêché d'emporter le butin. Vous et votre épouse serez en danger.

— Je sais, répliqua Ethan en regardant Jody, toute blême, étendue sur le sofa. Mais je sais aussi prendre soin de ce qui m'appartient.

Jody secoua légèrement la tête quand il s'approcha et se pencha vers elle.

— Je peux marcher, protesta-t-elle. C'est mon bras qui me fait mal.

— Il faut veiller sur elle, décréta Clara Perry, alors que lord Stonecliff soulevait son épouse dans ses bras comme si elle était aussi légère qu'une plume.

— Cousine Clara ! s'agaça Rosamund Crenshaw.

La jeune fille était jalouse de voir cet homme si séduisant porter cette inconnue aux cheveux châtains comme si elle était un précieux trésor. Elle en était à sa deuxième saison à Londres, et personne ne l'avait jamais regardée avec une telle intensité.

— J'ai la migraine, Clara, se lamenta-t-elle. J'ai besoin de repos, d'un verre de marsala, d'un linge frais... Occupez-vous de moi, au lieu de vous pâmer devant la comtesse de Stonecliff.

Alors qu'Ethan emportait sa femme, lady Tattersall vint tapoter le bras de Rosamund.

— Allons, ma petite. Nous nous sentirons mieux demain... Mais je ne fermerai pas l'œil de la nuit !

— Moi non plus, renchérit Oliver Winthrop en s'essuyant le front avec un mouchoir. Sergent, vos hommes doivent me raccompagner jusqu'à ma chambre à l'auberge. J'exige qu'on monte la garde devant ma porte toute la nuit.

Jody n'entendit pas la réponse du policier, car

Ethan était déjà dans le vestibule. Lady Tattersall leur cria bonsoir, mais elle ne put même pas lui répondre.

— Vous êtes mal élevé, murmura-t-elle.

— J'ai oublié mes bonnes manières, grommela-t-il en la serrant contre lui.

Elle essayait de cacher sa fatigue et sa douleur sous une esquisse de sourire, mais son visage blême la trahissait. Et pourtant, malgré ce qu'elle venait de subir, sa beauté resplendissait. Ethan repensa à son courage. Elle avait voulu aider lady Tattersall, elle n'avait pas hésité à tenter d'assommer le géant quand elle avait cru son mari en danger.

Et elle l'avait chèrement payé.

Il se jura qu'un jour, Tiny regretterait amèrement d'avoir blessé son épouse…

— Qu'est-ce qu'il y a ? Vous avez l'air si sévère, tout à coup, remarqua Jody tandis qu'un valet leur ouvrait la portière.

— Ce n'est rien.

Pressée contre son torse solide, Jody s'émerveillait de se sentir réconfortée et en sécurité. Choyée. Une sensation rare… Jusqu'à présent, les gens ne s'étaient jamais préoccupés de ses émotions ou de ses souffrances. Mais elle savait que tout cela n'était qu'une comédie : Ethan se montrait attentionné pour prouver aux autres qu'il était un bon époux.

Lorsqu'ils furent installés dans l'attelage, elle s'étonna de le voir toujours aussi soucieux.

— Vous n'avez pas besoin de vous tracasser pour moi, Ethan. Personne ne nous regarde.

— Je ne me tracasse pas. Je veille sur vous. Cette soirée a été pénible. Vous avez été admirable.

— Ce n'est pas la première fois que je suis entourée de voleurs et de bandits, répliqua-t-elle en haussant les épaules.

Ethan fronça les sourcils. Il imagina les moments pénibles qu'elle avait dû vivre, des expériences qui l'avaient marquée à jamais… Était-elle vraiment une orpheline ? N'y avait-il jamais eu personne pour la consoler et l'aimer ?

Honteux, il se rappela comme il l'avait bousculée dans la ruelle, puis dans le train.

— Nous étions tous si préoccupés par le colonel que personne n'a songé à vous demander si vous étiez blessé, reprit-elle en le dévisageant avec inquiétude.

— J'ai connu pire.

— Ce que vous avez fait ce soir… c'était tellement courageux ! Vous vous êtes attaqué seul aux trois bandits.

— Vous m'avez aidé.

Elle secoua la tête avec un sourire d'excuse.

— J'ai essayé, mais…

— Vous m'avez aidé. Vous avez affronté Tiny. Et regardez ce qui vous est arrivé, ajouta-t-il en soulevant délicatement le bras couvert de bleus.

La colère d'Ethan s'amplifia. Il revoyait soudain Molly. Il se rappelait la douleur de Molly, ses souffrances, sa mort… Et c'était lui le coupable.

Il poussa un juron et lâcha le bras de Jody.

— Si vous voulez rompre notre contrat, vous n'avez qu'à le dire, lança-t-il sèchement. Vu les circonstances, je ne vous en voudrai pas.

— De quoi parlez-vous ?

— Il y a désormais une bande de malfaiteurs qui risquent de s'en prendre à nous, selon le policier.

Ce n'était pas prévu lorsque nous avons conclu notre accord. Si vous le désirez, je vous fais embarquer demain pour l'Amérique.

— Pour moi, une parole donnée est une parole sacrée.

— Pas si je vous permets de la rompre.

Elle repoussa quelques mèches qui s'étaient échappées de sa coiffure.

— Je ne veux pas la rompre, dit-elle en se demandant pourquoi il avait l'air si sérieux, pourquoi il était soudain prêt à tout abandonner.

— C'est fou ce que la belle vie doit vous plaire ! se moqua-t-il. Vous êtes prête à courir des risques insensés pour avoir un toit au-dessus de la tête, de jolies toilettes... Ce n'est que pour six mois, chérie, lui rappela-t-il non sans cruauté, car il espérait en fait qu'elle partirait.

Il ne voulait pas avoir sa mort sur la conscience. Il commençait à penser qu'il portait malheur aux jolies femmes.

— J'ai mes raisons, dit-elle.

Ses joues roses rehaussaient encore sa beauté.

— Alors, vous choisissez de rester.

— Absolument.

— Vous n'avez pas peur ?

« J'ai bien plus peur de retourner en Amérique, où Snake pourrait me retrouver, songea-t-elle. J'ai bien plus peur de ne jamais trouver Alicia Denby, de ne jamais découvrir mes origines... Et de ne jamais vous revoir. »

À voix haute, elle se contenta de dire une autre vérité :

— Vous saurez me protéger.

Il y eut un silence pesant. Dehors, la lune éclairait

faiblement les cimes des arbres et les haies qui bordaient le chemin. Ethan avait froncé les sourcils.

— Comment pouvez-vous avoir confiance en moi alors que je me méfie autant de vous ? demanda-t-il d'un air méchant.

Comme elle gardait le silence, il se pencha et lui saisit le menton.

— Répondez-moi.

— Je vous ai regardé ce soir. Vous vous êtes battu contre trois hommes. Vous n'avez pas eu peur. Vous avez pris ma défense. Personne ne l'avait jamais fait, avant vous. Et puis… vous dites toujours ce que vous pensez. Je ne connais pas beaucoup de personnes aussi franches que vous… Souvent, des couples venaient à l'orphelinat pour adopter un enfant, prétendant vouloir l'aimer et l'élever, mais lorsque j'arrivais chez eux, ils voulaient seulement quelqu'un pour aider à la ferme ou au magasin. Vous m'avez clairement dit ce que vous attendiez de moi. Vous ne trichez pas.

Les yeux d'Ethan brillaient dangereusement. Elle se hâta de finir :

— Il y a autre chose… Je devine quelque chose chez vous… Je ne peux pas l'expliquer, mais je sais que vous n'êtes pas le genre d'homme qui laissera un malheur m'arriver.

Il tressaillit.

— Vous ne savez pas quel genre d'homme je suis, grogna-t-il.

— Pourquoi êtes-vous aussi furieux ? demanda Jody, effrayée de voir son visage fermé. Est-ce parce que j'ai confiance en vous ? Parce que je…

— Quoi ?

— Parce que je vous aime bien…

— Vous êtes folle ! s'exclama-t-il avec un rire moqueur. Je n'ai rien fait pour gagner votre estime… Quant à moi, il y a peu de personnes que j'apprécie, et encore moins en qui j'ai confiance. Et vous, vous n'en faites certainement pas partie, ma jolie petite voleuse. Je suis responsable de vous, alors je veillerai sur vous pendant que vous êtes… comment dire ? ma femme ? mon employée ? Qu'est-ce qui qualifie au mieux notre arrangement ?

Elle luttait pour ne pas pleurer. Ses paroles l'avaient profondément blessée. Après avoir éprouvé un sentiment de confiance et d'affection envers lui, elle ne ressentait plus que de la colère. Elle était surtout furieuse contre elle-même, parce qu'elle avait cru qu'il était sincèrement préoccupé de son sort. Sous le coup de l'émotion, elle lui avait avoué qu'elle l'appréciait. Elle avait essayé de devenir une amie, et voilà qu'il la ridiculisait.

« Espèce d'idiote ! se dit-elle. Pourquoi éprouves-tu quoi que ce soit pour lui ? Il te déteste. Tu n'es qu'une pauvre sotte ! »

Elle tourna le visage vers la fenêtre. Son bras lui faisait moins mal que son cœur. Elle avait hâte de retrouver la solitude de sa chambre, d'être enfin libérée de la présence de cet homme, pour pouvoir pleurer seule, s'abandonner à la souffrance…

Le voyage semblait interminable. Lorsque les chevaux s'immobilisèrent enfin devant le perron, Jody se jeta sur la portière. Elle sauta dehors, releva sa jupe et s'apprêta à courir vers la maison.

Mais la main d'Ethan sur son épaule la retint.

— Je vous ai fait peur ? Vous voyez bien que cela ne vaut pas la peine de penser à moi comme à un ami…

— Vous m'avez convaincue, en effet. Je suis fatiguée. J'ai mal au bras, et si vous aviez l'obligeance de me laisser partir, j'aimerais aller me coucher.

Lui aussi avait envie d'aller se coucher… avec elle.

Il ressentit comme un choc à cette pensée.

Il n'arrivait pas à la lâcher. Il glissa un bras autour de sa taille. Le valet emmena l'attelage vers les écuries. L'air embaumait les roses tardives et l'herbe coupée. Mais il n'était conscient que de cette magnifique jeune femme.

Une bataille faisait rage en lui. Dieu du Ciel, comme elle était belle dans la lumière argentée de la lune, à l'ombre de Stonecliff Park, avec la brise qui balayait ses cheveux, sa mâchoire serrée de colère, un feu irradiant ses yeux d'améthyste ! Il aurait dû courir se jeter dans l'étang, laisser l'eau froide éteindre l'incendie qui consumait son corps.

Il l'avait traitée de folle. Mais c'était lui le fou ! Parce qu'il la désirait.

Il désirait une voleuse en qui il ne pouvait avoir confiance. Une femme qui tenait son avenir entre ses jolies mains, qui pouvait le mener à la ruine ou le faire chanter, s'il lui permettait de détenir le moindre petit pouvoir sur lui. Une femme qui était désormais en danger, à cause de lui…

Elle n'est pas Molly ! lui cria une voix intérieure.

Elle ne ressemble absolument pas à Molly…

Mais c'était la première fois depuis la mort de Molly qu'il désirait une femme en particulier, et ce désir lacérait ses entrailles, perçait son âme comme un millier de flèches empoisonnées.

Il avait toutes les raisons pour ne pas s'attacher à elle, pour ne voir en Jody qu'un pion dans le jeu voulu par son père au-delà de la tombe. Toutes les raisons pour étouffer les sentiments qu'elle provoquait chez lui.

Et une seule raison pour la garder auprès de lui, dans ses bras, pour l'attirer à lui, pour abaisser ses lèvres vers les siennes…

— Non ! murmura-t-elle d'un ton désespéré en essayant de fuir.

Il l'en empêcha.

— J'ai besoin… commença Ethan.

Pour une fois, il ne trouvait pas les mots pour s'exprimer. Il se sentait perdu. Il la dévisagea avec intensité.

— Je vais vous prouver qu'on ne peut pas avoir confiance en moi. Il faut se méfier de moi comme de Tiny, ou de l'homme que vous fuyez depuis Abilene. Il faut me fuir aussi. Je suis pire qu'eux.

— C'est vrai ! s'écria-t-elle, effrayée, car le regard sombre et sauvage d'Ethan lui rappelait Snake.

— Ceci est un avant-goût de ce qui peut vous arriver si vous essayez de me manipuler.

— J'étais sincère… J'essayais d'être votre amie.

— C'était une erreur.

En l'attirant à lui, Ethan se dit qu'il devait lui faire peur. Il voulait l'empêcher de chercher à l'émouvoir.

Il devait la faire fuir.

C'est pourquoi il la tint serrée contre lui, ses seins pressés contre son torse, jusqu'à ce que son corps tremble comme une fleur dans le vent.

Puis il l'embrassa.

Il voulait lui infliger un baiser sévère, terrifiant, pour lui faire comprendre qu'elle ne devait pas avoir confiance en lui.

Mais alors qu'elle essayait désespérément de lui échapper, quelque chose émut Ethan. Quelque chose l'affecta de manière inattendue, transformant sa colère en chaleur, tempérée par une douceur qui le bouleversa tandis que le baiser devenait un élan de tendresse.

Aussitôt, Jody se détendit. Il perçut le tremblement qui la parcourut de la tête aux pieds. Le plus étonnant fut de sentir sa bouche s'ouvrir, et s'offrir à lui.

— Ethan... murmura-t-elle, abasourdie.

Les choses ne se déroulaient pas du tout comme prévu ! se dit-il, consterné.

— À moins que vous n'aimiez jouer avec le feu, ma chère, n'essayez pas de sortir de votre rôle. Vous feignez d'être mon épouse, c'est tout.

Il voulait paraître ironique, mais ses mains lui encerclaient la taille, effleurant les rondeurs de ses hanches, alors qu'il respirait ce parfum de miel et de soleil qui n'appartenait qu'à elle.

— Nous avons conclu un accord, renchérit Jody, essayant de se raccrocher à la raison.

Elle était troublée. Elle sentait son torse musclé, ses jambes affûtées. Il dégageait un parfum de savon. À la lumière de la lune, sa peau bronzée et ses yeux luisants étaient terriblement virils. Elle en eut le souffle coupé. Quand il l'avait embrassée, elle avait compris qu'il essayait de se montrer cruel, et elle avait perçu la colère qui l'animait. Mais il ne lui avait pas fait mal comme Snake. Il n'y avait pas de cruauté chez Ethan. Sa bouche avait tourmenté, exigé, mais la jeune femme n'avait pas eu peur.

Et elle ne s'était jamais sentie aussi vivante.

— C'est exact, nous avons un accord, conclut-il d'un ton narquois.

Il saisit les cheveux de Jody et l'obligea à incliner la tête vers l'arrière. Puis il redessina du pouce la ligne de sa mâchoire.

Cette fois, elle sentit la peur renaître en elle. Elle le contempla, les yeux écarquillés, alors que le dernier souffle du plaisir s'évanouissait.

— Vous avez promis…

— C'est vrai, chérie. J'ai promis de garder mes distances tant que vous teniez votre rôle. Mais votre rôle ne consiste pas à m'attirer dans vos filets.

— Je ne…

— Vous n'avez pas à m'ensorceler.

— Je ne le veux pas !

Tremblante, elle essaya en vain de se dégager. Elle craignait la force physique de cet homme. Elle retrouva sa lucidité, sa fureur. Elle le méprisait. Il provoquait chez elle des sentiments contradictoires, si troublants qu'elle avait la sensation d'être écartelée.

Il avait éveillé en elle des besoins et des désirs inconnus. Une autre facette d'elle-même, plus rationnelle, était en colère. Elle se sentait prisonnière, vulnérable, car elle avait commencé à ressentir de l'affection pour lui, et elle avait imaginé qu'il éprouvait quelque chose pour elle. Mais c'était faux. Elle s'était trompée. Il ne pensait qu'à son objectif, à son héritage.

— Vous en avez assez ? J'aurais cru qu'une voleuse, une menteuse, serait plus résistante.

— J'en ai plus qu'assez ! J'ai été malmenée par Tiny et ça m'a suffi pour la soirée. Vous me faites mal au bras !

Bon sang ! Il avait oublié son bras. Il la relâcha

aussitôt, si soudainement qu'elle faillit tomber. Il recula d'un pas, le souffle court.

— Allez-vous-en ! marmonna-t-il, les dents serrées, le regard fixé sur le visage blême de la jeune femme. Partez, je vous dis ! hurla-t-il.

Elle releva sa jupe d'une main et tourna les talons. Il la regarda s'enfuir en courant, pousser la porte d'entrée et disparaître dans la maison.

Essayant de comprendre les émotions étranges qui le bouleversaient, Ethan la suivit lentement.

Jody jeta son réticule, son éventail et ses gants sur une chaise, et courut jusqu'à la commode où elle avait caché ses précieux secrets sous des gants de soie, des châles et des mouchoirs. Elle serra la broche et la bague dans sa main, comme pour s'imprégner de leur force.

Qu'il aille au diable ! Elle avait une mission beaucoup plus importante que cette mascarade. Vivement le jour où elle pourrait quitter Stonecliff Park, et faire cesser cette horrible parodie de mariage pour commencer ses recherches !

Tremblante, elle essaya de se maîtriser. Elle était certaine que sa broche et la bague de Mlle Denby appartenaient à la même parure. Et s'il s'agissait de bijoux de famille ? Les bijoux de *sa* famille ? C'était beaucoup plus important que de provoquer un sourire ou un baiser insultant d'Ethan Savage !

Elle devait trouver Alicia Denby.

Il fallait oublier Ethan, son conflit avec son père, son passé mystérieux avec cette femme dont lui avait parlé Oliver Winthrop.

Elle s'en fichait !

Arpentant sa chambre comme un lion en cage, elle s'efforça de ne plus penser à lui, ni à la tendresse dont il avait fait preuve en la portant jusqu'à l'attelage, ni à la passion avec laquelle il l'avait embrassée…

Elle cacha les bijoux dans le tiroir. Puis elle se déshabilla, et se coucha.

Chaque fois que son esprit la trahissait et se tournait vers son mari, elle s'obligeait à songer à autre chose. Elle ne se ridiculiserait plus. Elle garderait ses distances. Puisque c'était ce qu'il désirait…

Elle se figea en entendant son pas dans le corridor, mais il ne s'approcha pas de sa porte. Elle poussa un soupir de soulagement.

Enfin, la jeune femme s'endormit. Son sommeil fut agité. Dans ses rêves, elle luttait avec Snake, avec Tiny et Pete le Pirate… et puis…

Elle poussa un hurlement et se réveilla en sursaut, le corps en sueur, frissonnant dans l'air frais qui pénétrait par la fenêtre ouverte.

Alors que son cœur battait la chamade, elle écouta le silence profond.

Elle avait rêvé que Snake l'avait retrouvée. Il l'avait coincée dans cette chambre, lui demandant de rendre le butin et les bijoux du vol de la diligence. Il l'avait menacée : elle allait payer.

Son sourire impitoyable avait glacé le sang dans ses veines. Dans son rêve, Snake s'était approché d'elle, les poings serrés…

« Rendors-toi, s'ordonna-t-elle. Snake est en Amérique. Il ne sait pas où tu es. »

Ce n'était qu'un cauchemar.

Sedalia, Missouri

Penny Callahan sourit à Rose MacEwen. Les deux anciennes danseuses sirotaient leurs limonades dans la salle à manger de l'hôtel Grover.

— Comme je suis contente que tu aies toi aussi quitté le Golden Pistol, Rose. Je sais que tu vas te plaire ici, à Sedalia.

— Je serais encore plus satisfaite si je rencontrais un gentil fermier, comme toi, répliqua Rose en riant.

Pour la première fois depuis des années, elle se sentait heureuse et avait confiance dans l'avenir. Quand elle avait reçu la lettre de Penny lui annonçant qu'elle épousait Ben Winters, Rose avait pris la décision de commencer une nouvelle vie ailleurs.

— On dirait que Sedalia est une ville sympathique, ajouta Rose en regardant les femmes se promener avec leurs enfants dans la rue animée, éclaboussée par le soleil.

— C'est merveilleux, tu verras. Tu vas rencontrer Ben ce soir. Il amène un voisin pour souper avec nous... C'est aussi un fermier. Il a un charmant sourire. Et il veut connaître ma jolie amie du Kansas.

— Merci, Penny.

Rose ne voulait pas paraître trop enthousiaste. Mais ce serait merveilleux de rencontrer un homme qui ignorait son passé de danseuse.

— Ce n'est pas moi qu'il faut remercier, mais Jody Cooper. Sans elle, je serais encore prisonnière du Golden Pistol, à obéir à Judd.

À une table derrière les deux jeunes femmes, un

homme blond reposa lentement sa fourchette. Il tendit l'oreille.

— Je n'avais jamais rencontré quelqu'un comme Jody, approuva Rose. Elle était toujours prête à aider les autres, quitte à prendre des risques.

— Elle m'a donné toutes ses économies pour que je m'achète un billet de train. Si elle ne m'avait pas encouragée et donné son argent, je n'aurais jamais eu le courage de quitter Judd. Et je n'aurais jamais rencontré Ben.

Penny rougit en se rappelant qu'elle était devenue la maîtresse de cet homme détestable, le patron du saloon, tant elle avait craint de perdre son travail si elle le repoussait.

— Et si tu n'étais pas partie, Penny, moi non plus je n'aurais pas osé quitter le Golden Pistol. (D'un air songeur, Rose redessina le contour de son verre.) J'espère seulement que tout va bien pour Jody...

L'homme renvoya une serveuse qui voulait le débarrasser de son assiette presque vide. Ses yeux bleu-gris fixaient un point vague, tandis qu'il écoutait attentivement.

Rose poursuivit :

— Quand j'ai appris qu'elle avait épousé ce séduisant baroudeur chez le juge Collins, et qu'elle avait quitté la ville, j'ai failli m'évanouir. La femme du juge a dit à Mme Lorrimer qu'ils étaient partis pour New York, puis pour Londres en Angleterre. Il paraît que ce chasseur de primes est une sorte de lord anglais. Le comte de quelque chose...

— Imagine un peu ! Notre Jody mariée à un comte – elle est presque une princesse ! s'exclama Penny d'un air ravi.

— J'espère qu'elle est heureuse. Il était bel homme, mais Jody semblait plutôt essayer de l'éviter... De toute façon, si elle n'avait pas voulu l'épouser, je suis sûre qu'elle aurait trouvé un moyen de s'enfuir.

Penny approuva d'un hochement de tête.

— Un jour, elle a évoqué son premier mari. Elle avait une peur bleue de ce type. Elle ne me l'a pas avoué tel quel, mais je l'ai deviné à son regard.

— Je sais. Elle ne voulait plus jamais se marier... Je me demande pourquoi elle n'a pas tenu parole.

— Et si c'était un coup de foudre ? Tu m'as dit qu'il était bel homme, non ?

— Magnifique, acquiesça Rose.

— Portons un toast à Jody, décréta Penny en levant son verre de limonade. Que sa nouvelle vie soit aussi merveilleuse que la mienne... et aussi belle que sera bientôt la tienne, Rose !

Les deux amies trinquèrent en riant.

Derrière elles, l'homme blond avec une barbe de trois jours repoussa sa chaise et quitta la salle.

Il trouva Spooner, Deck et Noah dans un saloon voisin, et s'assit à leur table.

— Les gars, je viens d'avoir un coup de chance extraordinaire, annonça-t-il. J'ai découvert où s'est envolée ma salope de femme.

— Ça veut dire qu'on va aller la chercher ? demanda Deck en écrasant son cigare sous son talon. On va récupérer le butin et les bijoux ?

— Et comment ! On part aujourd'hui.

Snake sourit à son cousin et saisit la bouteille de whisky.

— Parfait ! s'exclama Noah. La petite Jody va avoir une surprise !

— Pour sûr. Dès que je l'aurai retrouvée, je vais lui flanquer la raclée de sa vie pour avoir essayé de me berner. J'ai un compte à régler avec elle.

Les yeux de Snake rayonnaient de plaisir, dans son visage sévère mais séduisant. Il inclina la bouteille et but au goulot. Personne ne pouvait jouer avec Snake Barker. Surtout pas une petite bonne femme prétentieuse. Quand il en aurait fini avec elle, la charmante Jody Cooper Barker regretterait de ne pas être morte. Mais la mort était trop douce pour elle.

— Snake ? Qu'est-ce qu'on fait avec la diligence de la semaine prochaine ? On a tout prévu, s'inquiéta Spooner.

— Et alors ?

— On ferait peut-être bien d'oublier Jody pour le moment et de se concentrer sur le boulot. Y aura un beau petit magot dans la diligence…

— Je me fiche de la diligence ! grogna Snake, le visage rouge de colère, en se penchant brusquement pour empoigner Spooner par le col de sa chemise.

Des hommes dans le saloon se retournèrent pour les observer. Snake lâcha son compagnon et retomba sur sa chaise.

— Je veux récupérer ma femme, les gars, grommela-t-il. Vous m'entendez ? Je la veux… Et tout ce qu'elle m'a volé. Je vais la retrouver. Vous et moi, on va s'offrir un petit voyage.

— Où ça, Snake ? demanda Deck, souriant bêtement.

Son cerveau avait à peu près la taille d'un petit pois.

Snake termina le whisky et essuya ses lèvres sur sa manche.

— En Angleterre, les gars. On va se prendre un bateau pour l'Angleterre…

14

Toute la nuit, Jody se retourna dans son lit. Elle se réveilla à l'aube, hébétée, avec les chants des oiseaux. Dès qu'elle s'assit, une douleur fulgurante lui traversa le bras.

— Non... se lamenta-t-elle en se laissant retomber sur les oreillers.

Elle repensa à sa conversation avec Ethan. Elle lui en voulait de l'avoir si mal traitée. Jamais plus elle ne se laisserait aller à des confidences avec lui. Jamais plus elle ne tenterait de devenir son amie.

Elle devait garder ses distances, un point c'est tout !

Pourtant, lorsqu'elle se leva de son lit, elle se demanda si elle le verrait au petit déjeuner.

Elle choisit une jolie robe en mousseline imprimée de fleurs, et se brossa les cheveux jusqu'à ce qu'ils brillent. Les boucles soyeuses s'éparpillaient sur ses épaules, mais elle les releva en chignon avant de quitter sa chambre. « Je ne cherche pas à impressionner Ethan Savage », se dit-elle alors qu'elle descendait l'escalier.

Elle voulait seulement jouer son rôle, ce qui

impliquait qu'elle ne se promène pas dans la maison comme une bohémienne. Les domestiques auraient été choqués de la voir dans sa vieille robe, les cheveux en bataille.

Le cœur battant, elle entra dans la salle à manger.

Ethan n'était pas là. La pièce était vide. Au centre de la table, des roses embaumaient dans leur vase en cristal, et les plats en argent étaient disposés sur les dessertes.

— Lady Stonecliff, quelle surprise… dit Mme Fielding en apparaissant dans l'embrasure de la porte, les bras chargés de linges repassés. Je ne pensais pas que vous seriez levée si tôt, ni que vous descendriez prendre votre petit déjeuner. Monsieur le comte a donné des ordres pour qu'on ne vous dérange pas et que Devon vous monte un plateau. Après cette terrible mésaventure…

— Ethan vous a parlé du cambriolage ?

— Mais oui. Quelle horreur ! Je ne fermerai pas l'œil, la nuit prochaine… Monsieur le comte est sorti prendre des nouvelles du colonel Hamring. Comme il est gentil… lord Stonecliff, je veux dire ! précisa-t-elle en rougissant. Pardonnez-moi, mais je suis fière de lui. Hier encore, il n'était qu'un petit garçon, mais quel homme séduisant il est devenu !

« Il est séduisant, songea la jeune femme, mais il est aussi agaçant et cynique. »

— J'ai de la peine à imaginer mon mari en gentil petit garçon, madame Fielding, dit-elle en se versant une tasse de café. Mais comme vous l'avez connu à l'époque, je veux bien vous croire.

— En effet, lady Stonecliff. Il posait sans cesse des questions. Il adorait la compagnie des jardiniers, des gardes-chasse et des palefreniers, surtout Ham. C'était un enfant gentil et attentionné... Mais je bavarde, je bavarde... (Elle secoua la tête en souriant.) C'est merveilleux qu'il soit revenu. Après la dernière dispute avec son père, je ne pensais plus le revoir sur le sol d'Angleterre. Mais il ne faut jamais jurer de rien, n'est-ce pas ?

— Vous avez probablement raison, réfléchit Jody, qui mourait d'envie de demander à la gouvernante des détails sur la dispute entre Ethan et son père.

Mais une lady ne discutait pas avec les domestiques. Latherby l'aurait grondée, et Ethan...

Ethan serait fou de rage s'il apprenait qu'elle posait des questions aux serviteurs derrière son dos.

Réprimant une grimace, elle avala une gorgée de café. Mme Fielding se ressaisit :

— Pardonnez-moi, lady Stonecliff, de vous avoir ennuyée avec mes histoires. Je vais voir ce qu'il en est de votre petit déjeuner.

— Ne vous inquiétez pas, madame Fielding. Je vais faire un saut à la cuisine... euh, je veux dire que je vais me préparer des œufs brouillés...

Jody s'interrompit. La gouvernante avait l'air horrifiée, comme si elle avait annoncé qu'elle voulait manger de l'avoine !

— Ce n'est pas un problème, madame la comtesse, je vous assure. Veuillez vous asseoir. Vous n'avez pas à vous en occuper. Je vais vous apporter ce qu'il faut.

Elle disparut, et Jody comprit qu'elle avait commis une grave erreur. Avec un soupir, elle reposa sa tasse et s'approcha de la fenêtre, d'où elle contempla les pelouses tranquilles et les jardins ensoleillés.

Elle n'avait pas l'habitude de ne rien faire. Elle pouvait sûrement préparer un petit déjeuner aussi délicieux que celui de la cuisinière, et probablement plus rapidement. Mais on s'attendait à ce qu'elle reste loin des fourneaux et qu'elle se laisse servir.

« Ça ne devrait pas être si difficile », songea-t-elle en haussant les épaules. Qui ne rêvait pas de mener une existence aussi agréable ? Mais elle n'avait pas l'habitude de se tourner les pouces toute la journée. Elle aimait avoir des projets, un travail à accomplir.

Mais tu as des choses à faire... lui murmura une petite voix. Elle devait remplir correctement son rôle auprès d'Ethan le Terrible, envoyer de l'argent à Mme Gunderson à l'orphelinat de Savannah – et trouver Alicia Denby.

Les portes s'ouvrirent. Mme Fielding entra, suivie par John et Rupert qui portaient des plats en argent. Les valets posèrent le royal petit déjeuner sur la desserte.

— Madame Fielding, je me demandais si vous connaissiez une personne que j'ai récemment rencontrée en Amérique. Une certaine Alicia Denby...

Jody retint son souffle.

— Je ne crois pas, madame la comtesse. Je regrette. Mais nous avons vécu plutôt retirés, ici à la campagne. Le père de lord Stonecliff recevait peu.

— Ce n'est rien. Je croiserai sûrement des gens qui la connaissent à Londres.

— C'est probable, madame. Monsieur le comte nous a dit qu'il avait l'intention de partir en début d'après-midi.

Tout sourire, la gouvernante vérifia les plats disposés sur la desserte, avant de s'éclipser.

Seule dans la pièce ensoleillée, Jody se dit qu'elle n'avait pas à se sentir triste. Avait-elle espéré tout connaître de la mystérieuse jeune femme à sa première tentative ?

Il lui faudrait une chance folle pour la trouver, mais Jody était déterminée, et elle savait forcer la chance. Maintenant qu'elle avait fait le premier pas concernant Mlle Denby, elle se sentait mieux. Elle mettrait un point d'honneur à interroger les gens à Londres, jusqu'à ce qu'elle ait une piste. Ainsi, quand cette mascarade de mariage se terminerait, elle saurait comment procéder…

Son appétit s'était envolé. Elle grignota un toast, avala une bouchée d'œufs brouillés, et se versa encore du café. En imaginant son avenir, ses yeux brillaient… Mais lorsque son regard s'attarda sur la desserte, elle tressaillit. Elle avait fini son repas et il restait des montagnes de nourriture.

Les orphelins chez Mme Gunderson auraient poussé des cris de joie en voyant ce festin. Qu'en était-il des pauvres en Angleterre ? D'après Latherby, les quartiers misérables ne manquaient pas. Des femmes et des enfants seraient sûrement heureux de recevoir ce cadeau…

Elle repoussa sa chaise et partit à la recherche de la gouvernante.

— J'ai à peine touché à mon petit déjeuner, dit-elle lorsqu'elle la trouva dans un boudoir, surveillant une femme de chambre qui astiquait les pieds de lampe. Je voudrais qu'on distribue les restes aux pauvres. Il y a sûrement des gens dans le besoin autour de nous, n'est-ce pas ?

Mme Fielding ouvrit de grands yeux.

— Certainement, madame, mais...

— Y a-t-il une raison pour ne pas le faire ?

— Non, madame, mais feu lord Stonecliff n'a jamais...

— Il est mort. Désormais, c'est moi la maîtresse de maison, dit-elle fermement, mais avec un sourire. (La femme de chambre retenait son souffle, bouche bée.) Je veux qu'on distribue la nourriture aux nécessiteux... Par ailleurs, y a-t-il un orphelinat dans les environs ?

— Pas ici dans le Sussex, madame. Mais je crois qu'il y a un établissement dans le Kent. À une heure d'ici.

— À mon retour de Londres, j'irai leur rendre visite. J'apporterai de la nourriture et des vêtements pour les enfants. M'aiderez-vous à rassembler ce qu'il faut ? Je suis sûre que les greniers de cette maison regorgent de vieux vêtements.

— Bien sûr, lady Stonecliff, je vous aiderai avec plaisir, acquiesça Mme Fielding avec un regard admiratif pour sa jeune maîtresse.

Perkins apparut à la porte :

— Lady Tattersall vient prendre des nouvelles de lady Stonecliff, annonça-t-il.

Jody se concentra sur ses manières. À petits pas comptés, elle se dirigea vers le salon pour recevoir son invitée.

La marraine d'Ethan ne semblait pas avoir trop souffert de sa nuit mouvementée. Sa robe couleur safran était d'une parfaite élégance. Ses cheveux étaient lissés sous un petit chapeau orné de raisins en soie retenus par une bande de satin.

— Ce cher Ethan a eu la bonté de venir prendre

des nouvelles du colonel Hamring, et je voulais vous rendre la politesse, lady Stonecliff, dit-elle en s'asseyant sur le sofa vert pâle, son éventail serré dans une main. Ma chère, me permettez-vous de vous appeler Joséphine ?

— Bien sûr, madame…

— Je suis mortifiée, Joséphine, absolument mortifiée qu'une scène aussi terrible se soit déroulée chez moi, en présence de mes invités. Pourrez-vous me pardonner ?

— Mais il n'y a rien à par…

— Quand je pense que nous aurions pu mourir ! Que Dieu bénisse Ethan ! Il a maîtrisé ces bandits d'une manière incroyable. Le colonel Hamring a aussi fait preuve d'un courage exemplaire. Et vous, ma chère, vous avez été tout simplement héroïque !

— Non, vraiment pas…

— Mais si, mais si… Je dois l'avouer, quand j'ai appris qu'Ethan avait épousé une jeune Américaine, je me suis demandé quel genre de personne vous pouviez être, parce que la dernière fille qu'il a courtisée était infréquentable. Ce qui lui est arrivé fut dramatique, c'est vrai, une véritable tragédie, mais… Mon Dieu, je n'aurais pas dû en parler… ajouta-t-elle, portant une main à sa bouche.

— On m'a déjà parlé d'elle, murmura Jody. Maintenant que vous l'avez évoquée, lady Tattersall, puis-je vous poser une question ?

— Bien entendu.

Mais le ton de voix était méfiant. Lady Tattersall s'en voulait de sa maladresse.

— Qui était cette fille que mon mari a… aimée ?

Curieusement, le mot resta coincé dans sa gorge.

— Tout cela n'a plus aucune importance, ma

chère. C'est vous qu'il aime désormais. Voyez comme il a pris votre défense hier soir.

Jody esquissa un sourire.

— Je ne doute pas des sentiments de mon mari à mon égard. Mais M. Winthrop m'a aussi parlé de cette fille. Et Ethan en a un peu parlé également, mentit-elle. Je n'ai pas voulu lui demander des détails, car l'histoire me semblait pénible…

Là, au moins, elle avait dit la vérité. Ethan avait donné un coup de poing à Winthrop pour le faire taire. Elle retint son souffle, espérant que lady Tattersall lui raconterait l'histoire. Si elle refusait, Jody ne pourrait pas insister.

Mais, à son grand soulagement, lady Tattersall déploya son éventail et commença à raconter à mi-voix :

— Elle s'appelait Molly Flanagan. Elle était vendeuse dans un magasin. Pauvre comme une souris ! Elle habitait chez une tante et un oncle qui travaillait à l'usine. Je crois que notre cher Ethan l'a rencontrée en allant chez Mme Fanchon, la modiste renommée, afin d'acheter un chapeau pour…

— Pour qui ? questionna Jody en voyant que lady Tattersall hésitait.

— Pour sa maîtresse, continua la femme en agitant son éventail. Mais il lui a suffi de voir Molly une seule fois… Il paraît qu'elle était ravissante… Aussitôt, Ethan a rompu avec l'autre femme, qu'il n'avait bien sûr pas l'intention d'épouser, et il a commencé à *courtiser* cette fille de rien. (Lady Tattersall secoua tristement la tête.) J'espère que je n'ai pas entamé le respect que vous éprouvez pour votre mari en vous racontant cette triste histoire. Tous les hommes sont susceptibles de tomber sous le charme d'un joli minois, même si la fille est commune. Ethan a perdu la tête…

— N'ayez crainte, mes sentiments pour lui n'ont pas varié, s'impatienta Jody. Mais qu'est-il arrivé ensuite ? Se sont-ils fiancés ?

— Je ne sais pas. Les problèmes ont commencé quand tout le monde a été mis au courant. Molly Flanagan n'était pas digne d'être acceptée comme belle-fille par le vieux comte, même s'il s'agissait du mariage de son fils cadet. Il a interdit à Ethan de la revoir.

— Et alors ?

— Il s'est passé une chose terrible…

On frappa à la porte, et lady Tattersall se tut alors que le majordome entrait. Il annonça l'arrivée de Mlle Perry et de Mlle Crenshaw.

Jody se retint de crier, tant elle était furieuse de cette interruption. Alors qu'elle allait enfin savoir ce qui était arrivé à Molly ! Elle dut se maîtriser pour ne pas grincer des dents.

Mais elle devait agir en dame du monde.

— Faites-les entrer, Perkins, dit-elle en inclinant la tête.

Bien qu'elle fût heureuse de revoir Clara Perry, elle se sentait beaucoup moins bien disposée envers Rosamund Crenshaw. Pendant la demi-heure qui suivit, elle s'efforça d'écouter poliment les babillages de la jeune fille sur les événements de la veille, expliquant comment elle avait été terrifiée, combien elle était heureuse d'avoir récupéré ses bijoux, et à quel point elle admirait l'héroïsme du comte de Stonecliff.

— Lady Stonecliff a été tout aussi courageuse, intervint Clara Perry.

Le visage de Rosamund se figea de colère, et elle lança un regard dédaigneux à son chaperon.

— Courageuse ? Peut-être… Pardonnez-moi, lady Stonecliff, je ne veux pas paraître mal élevée, mais votre geste m'a semblé… risqué. Une dame brandissant un candélabre pour assommer un voleur… En agissant sans retenue, vous vous êtes attiré les foudres des bandits. Quelles que soient les circonstances, la violence n'est pas une attitude convenable pour une dame.

— Ma chère, elle essayait d'aider son mari ! s'exclama Clara Perry, et lady Tattersall lui apporta son soutien.

Mais Rosamund s'empourpra de colère.

— Je ne comprends pas ! Vous avez toute la sympathie du monde pour elle, et pas pour moi ! Puis-je vous rappeler, cousine Clara, que c'est ma mère qui vous fournit un toit, votre pain quotidien, et les vêtements que vous portez ? Et non pas la comtesse de Stonecliff ! Hier soir, alors que j'étais terrifiée et que je me cachais, vous vous êtes occupée d'elle et du colonel Hamring. Vous n'avez absolument pas pensé à moi.

— Ce n'est pas vrai, protesta Clara Perry, et Jody remarqua qu'elle semblait effrayée. J'avais très peur pour vous, pour nous tous. Mais la comtesse était blessée et…

— Je veux rentrer à Londres aujourd'hui même, décréta Rosamund en se levant. Je dois parler à ma mère de votre conduite pendant ces vacances… ma chère.

Lady Tattersall tenta d'apaiser les esprits.

— Allons, ma chère enfant, vous êtes encore toute retournée par ce qui s'est passé hier soir. Comment vous en vouloir ? Mais je vous en prie, ne prenez pas de décisions hâtives… Venez prendre le thé cet après-midi, et nous parlerons. L'air de la campagne permettra à vos nerfs de se calmer en quelques jours, ce qui ne sera pas le cas à Londres.

— J'ai décidé. Je rentre à la maison ! insista la jeune fille. Je vous donne le bonjour, lady Stonecliff.

Elle se dirigea vers la porte, s'attendant à ce que son chaperon la suive. Clara Perry baissa la tête et se leva à son tour.

Jody avait compris que Clara était seule au monde, comme elle. Une parente pauvre, forcée d'habiter chez les Crenshaw qui ne manquaient jamais de lui faire sentir qu'elle n'était qu'une domestique, un fardeau, alors qu'elle endurait leur hospitalité parce qu'elle n'avait pas d'autre choix. Jody avait habité dans de nombreux endroits où on lui avait donné le sentiment d'être indésirable et sans valeur. Un sentiment de révolte grandit en elle, en voyant les larmes briller dans les yeux de Clara.

Elle posa une main sur son bras.

— Mon mari et moi partons pour Londres cet après-midi… Je crois que la maison est à Mayfair. Si vous désirez passer du temps chez nous, pour aussi longtemps qu'il vous plaira, vous serez la bienvenue.

Rosamund se retourna et lui jeta un regard noir, mais Clara posa une main sur la sienne et la pressa avec un sourire.

— Vous êtes très gentille, mais les Crenshaw ont besoin de moi… (Elle eut un regard hésitant pour

Rosamund.) Ils sont ma famille, vous comprenez. Mais je suis sûre que Rosamund, sa mère et moi seront heureuses de venir vous rendre visite.

Rosamund semblait indignée.

— Mademoiselle Crenshaw, lança Jody avec un sourire crispé, Mlle Perry sera toujours la bienvenue chez moi à Mayfair, mais si votre mère vous ressemble, j'espère qu'elle s'abstiendra de venir. Quant à vous, ne vous donnez pas la peine de chercher à me voir, tant que vous serez aussi arrogante et prétentieuse. Je suis sûre que Mlle Perry n'est pas responsable de votre manque d'éducation.

Il y eut un silence choqué. L'air dans le salon semblait s'être alourdi. Lady Tattersall poussa un petit cri étranglé.

« J'ai dû commettre un faux pas terrible, songea Jody. Mais je ne regrette rien ! »

— Vous pouvez partir, conclut-elle avec le ton hautain que Latherby lui avait appris à employer avec les domestiques.

Rosamund Crenshaw blêmit. Clara aussi. Derrière Jody, lady Tattersall toussota.

La jeune fille ne répondit pas, mais son regard furibond transperça Jody. Elle se vengerait ! Elle tourna les talons. La malheureuse Clara Perry suivit sa cousine.

Puis lady Tattersall se leva, lâchant son éventail dans sa précipitation.

— Je dois partir, ma chère. Je suis désolée... Je vous verrai sans doute à Londres... J'y vais à la fin de la semaine. Je... je vous souhaite le bonjour.

Épuisée, Jody se laissa tomber dans un fauteuil.

« Qu'ai-je fait ?... Mon Dieu, qu'ai-je fait ? »

La réponse était évidente : elle avait tout gâché.

Elle avait perdu son sang-froid, elle avait insulté Mlle Crenshaw, elle avait choqué tout le monde...

Rosamund allait raconter que l'épouse du comte de Stonecliff était une méchante sorcière mal élevée, qui n'avait rien d'une lady. Et lady Tattersall serait obligée de confirmer ses propos.

Pressant les mains contre ses joues enflammées, elle se rappela ce que Winthrop avait dit la veille. Ethan aurait des difficultés à être accepté et reçu dans la haute société, à cause de son passé sulfureux. Et voilà que son « épouse » – qui devait convaincre tout Londres et notamment M. Grismore qu'elle était une lady, facilitant ainsi le retour d'Ethan – venait de prouver qu'elle n'avait rien d'une dame et tout d'une mégère.

Hélas, elle avait tout gâché. Latherby avait été très clair : une lady ne se met jamais en colère et ne rudoie jamais personne. Malgré l'impolitesse de Rosamund, elle aurait dû rester impassible.

Elle arpentait la jolie pièce d'un pas nerveux.

« M. Grismore l'apprendra, se disait-elle. Il décidera que le père d'Ethan ne t'aurait pas considérée comme une dame digne de ce nom, et Ethan perdra Stonecliff Park, toute sa fortune, tout ce qui lui revient de droit... »

Furieuse, frustrée, elle poussa un cri de colère.

Elle ouvrit les portes-fenêtres et se précipita dans le jardin.

Elle avait besoin de courir, de chasser les pensées oppressantes qui tournaient dans sa tête. Les rayons du soleil caressaient ses épaules alors qu'elle dépassait la roseraie, les fontaines, les parterres de fleurs, les buissons, et gagnait l'immense pelouse.

Elle continua à courir sans voir les marronniers,

vergers, pins et bouleaux argentés. Elle traversa une prairie qui descendait vers l'étang recouvert de nénuphars. À bout de souffle, elle n'arrivait plus à respirer. Elle ralentit. Un point de côté lui déchirait les côtes.

Elle se retrouva dans un endroit parfumé qui semblait tout droit sorti d'un conte de fées. Mais bien qu'elle eût envie de se coucher sur l'herbe pour pleurer, elle continua à marcher. Elle traversa le petit bois et aperçut une rivière qui scintillait au soleil. Un homme pêchait. Étonnée, elle s'arrêta pour le regarder.

Il leva la main.

— Bonjour, lady Stonecliff…

— Bonjour.

Il portait de vieux vêtements usés, mais son visage avenant était propre comme un sou neuf. Ses yeux rieurs lui rappelèrent Pop Watson et ses clins d'œil, lorsque sa femme la réprimandait.

— Ainsi, c'est vous la nouvelle comtesse, dit-il, la scrutant avec attention.

— Pour le moment… je veux dire… Oh merde ! Oh pardon, je ne suis pas moi-même aujourd'hui. Il faut m'excuser, monsieur… monsieur ?

Il sourit et ses moustaches se relevèrent.

— Vous pouvez m'appeler Ham, madame. Ne vous excusez pas. Je connais Ethan et je sais qu'il peut faire tourner les gens en bourrique, même une femme aussi intelligente et perspicace que vous.

— Vous connaissez Ethan ?

— Aussi bien que je connais chaque brin d'herbe de cette propriété. Quand il n'était qu'un garçon, j'étais palefrenier en chef.

Jody s'assit sur un tronc d'arbre et repoussa les

mèches qui lui voilaient les yeux. Pendant sa course folle, son chignon s'était défait. Elle avait dû semer des épingles comme le Petit Poucet. Elle retira les dernières épingles de sa chevelure, sachant que ce n'était pas convenable. Mais elle avait trop chaud et elle était trop fatiguée pour s'en soucier.

— Vous ne travaillez plus à Stonecliff Park ?

— Non, madame. J'ai une petite maison non loin d'ici. Je l'ai reprise à un métayer du comte avec mes économies. J'ai quitté ma place à Stonecliff Park la nuit où le jeune Ethan a quitté Londres. Je me suis trouvé du travail sur le port. Je n'avais plus envie de travailler pour son père.

— Que diable s'est-il passé cette fameuse nuit ? questionna Jody, intriguée.

— Avez-vous demandé au garçon ?

— À Ethan, vous voulez dire ? Non, je ne peux pas…

— Pourquoi ?

— Parce qu'il ne me répondra pas. Et je ne veux pas lui faire de peine. Ce qui s'est passé entre son père et lui, et entre son frère et lui, reste très douloureux. J'ai peur qu'en le lui rappelant, il ne souffre encore…

— Ainsi, vous éprouvez quelque chose pour lui, petite.

Ce n'était pas une question mais une affirmation. Ham ne la quittait pas des yeux.

— Ne le lui dites pas, sinon il se mettra en colère, murmura-t-elle.

Aussitôt, elle se reprocha sa franchise.

— Je veux dire… évidemment qu'il me tient à cœur. N'est-il pas mon mari ?

Le vieil homme eut un nouveau sourire.

— Ne vous inquiétez pas, petite. Je sais tout. Ethan m'a raconté les raisons de votre mariage.

— Il vous a parlé d'Abilene ?

Il hocha la tête.

Il savait. Il savait qu'elle était une voleuse, une danseuse de saloon, une fille de rien... Jody arracha une poignée d'herbe et l'écrasa entre ses doigts.

— Qui êtes-vous ? Je ne parle pas de votre nom, mais qui êtes-vous vraiment ? Pourquoi a-t-il autant confiance en vous ? Lui qui n'a confiance en personne.

— Je le connais depuis son enfance. Son père et son frère aîné l'avaient abandonné. Ils étaient trop occupés pour s'intéresser à un enfant. Il avait pris l'habitude de me suivre un peu partout. On peut dire qu'on est devenus une famille, lui et moi.

Elle décela de la tristesse et de la compassion dans sa voix.

— Vous aussi, vous tenez à lui, n'est-ce pas Ham ? J'en suis heureuse. Si heureuse ! s'écria-t-elle en se relevant. Je suis contente que quelqu'un se soit inquiété pour lui à l'époque, et encore aujourd'hui.

— Et vous, madame ?

— Oui, je me soucie de lui, mais... J'ai fait quelque chose de terrible, confia-t-elle enfin. J'ai gâché notre plan. Vous êtes au courant de notre plan ?

— Oui, dit-il en sortant sa ligne de l'eau.

— J'ai tout gâché. J'ai fait quelque chose... j'ai dit quelque chose...

Elle se tut, désespérée. Ham contempla cette superbe jeune femme, les larmes dans ses yeux violets.

— Racontez-moi, petite, murmura-t-il.

Soudain, derrière lui, une voix impérieuse et glaciale les interrompit :

— Moi aussi, j'aimerais bien savoir ce qui se passe, mon ange ! lança Ethan d'un air mauvais, un sourire moqueur aux lèvres.

En dépit du soleil, Jody se sentit glacée par ce regard impitoyable. Il s'avança d'un pas souple de félin, séduisant dans ses habits de cavalier.

— Qu'est-ce que ma dangereuse petite épouse a encore manigancé ?

15

Ham rompit le silence tendu. Il ramassa sa canne à pêche.

— Il vaut mieux que je m'en aille. Mais quoi qu'il arrive, mon garçon, vas-y doucement. Je t'ai appris que les créatures sauvages ont parfois besoin de douceur, tu te rappelles ?

Ethan ne répondit pas. Le vieux palefrenier inclina la tête devant Jody, avant de disparaître dans le bois.

Une créature sauvage... Voilà exactement à quoi elle ressemblait, songea Ethan, les nerfs à vif, en regardant son épouse. Des mèches dorées éclairaient sa chevelure qui s'était répandue sur ses épaules, et il avait envie d'y enfouir son visage. Mince comme un roseau, cette femme mi-ange mi-démon le fusillait du regard. La luminosité de ses yeux aurait fait pâlir un saphir. Son regard trahissait ses pensées : elle était bouleversée. Bouleversée, coupable, et inquiète.

Elle semblait presque aussi affolée que dans cette ruelle d'Abilene, lorsqu'il avait eu pitié d'elle et l'avait laissée partir. Et ce jour-là, elle en avait profité pour lui faire les poches une seconde fois, se rappela-t-il non sans amertume.

« Ne te laisse pas berner une nouvelle fois », se gronda-t-il.

— Alors, dites-moi. Que s'est-il passé ?

— Vous allez être furieux...

Devant son regard critique, elle se forçait à rester parfaitement immobile. Elle aurait aimé lui mentir pour éviter sa colère, comme elle avait appris à le faire depuis l'enfance, allant à l'encontre de sa franchise naturelle pour se préserver. Mais à quoi bon retarder l'inévitable ? Il apprendrait la vérité, de toute façon.

Il ne la touchait pas, mais elle se sentait prisonnière. Ils étaient seuls. La maison, les écuries, les domestiques étaient loin. Les oiseaux pépiaient parmi les feuilles. L'eau de la rivière miroitait sous les rayons du soleil. Autour d'elle, il n'y avait que les arbres centenaires, les fleurs sauvages, les prairies et les champs.

Et Ethan Savage, beau comme le diable...

— Je sais que j'aurais dû me taire, mais elle a vraiment exagéré. Malheureusement, tout le monde à Londres va savoir que je ne suis pas une vraie lady...

— Vous cherchez à gagner du temps, ma douce.

Il avait prononcé ces mots à mi-voix, d'un ton désinvolte, mais elle rougit. « Il se moque de toi, se dit-elle. Ma douce... Ce n'est qu'une façon de parler. »

Les yeux perçants ne la quittaient pas. Une force invisible saisit Jody à la gorge et l'empêcha de respirer. Pourquoi ressentait-elle toujours cette émotion singulière, quand elle se trouvait près de lui ?

— J'ai insulté Rosamund Crenshaw.

À la surprise de la jeune femme, il esquissa un sourire.

— C'est tout ? Je parie que cette dinde l'avait bien mérité.

Jody lui rendit son sourire. Ethan retrouvait des inflexions de voix et des expressions américaines seulement quand ils étaient seuls. Ces derniers temps, il s'était transformé en parfait gentleman anglais – séduisant, élégant, aristocratique – excepté lorsqu'il s'en était pris à Oliver Winthrop, à Pete le Pirate et à Tiny.

— C'est vrai qu'elle le méritait, acquiesça-t-elle. Si vous l'aviez vue maltraiter Mlle Perry ! Elle lui a donné des ordres, elle l'a menacée de dire à sa mère que Clara avait passé trop de temps à s'occuper du colonel et de moi, au lieu de la réconforter, elle lui a rappelé que sa mère la nourrissait, la logeait et l'habillait. Je sais ce que l'on ressent quand on dépend des autres et qu'ils vous le font sentir. Quand ils vous donnent le sentiment que…

Émue, elle s'interrompit et lui tourna le dos.

— Lorsque ces gens vous ont recueillie chez eux, vous ont-ils dit que vous ne valiez rien, Jody ? demanda-t-il, posant une main sur son épaule.

— Certains ont essayé, mais ça m'était égal, mentit-elle. J'essayais de me débrouiller pour ne pas me faire gronder, et quand ça devenait trop difficile, je m'enfuyais.

— Pour aller où ?

— Quelle importance ? fit-elle en haussant les épaules. Ce qui compte, c'est ce qui s'est passé aujourd'hui avec Mlle Crenshaw.

— Non. Racontez-moi où vous alliez, après vous être enfuie.

Il l'incita à se retourner vers lui. Elle avait un nœud dans la gorge. Les doigts d'Ethan pesaient sur son épaule. Il sondait son âme. Elle s'efforça de ne pas le laisser deviner ses secrets les plus intimes.

— Je passais par d'autres orphelinats. Je cherchais un autre travail. En général, je trouvais une place de cuisinière... Je fais très bien la cuisine. Vous devriez goûter mon pain. C'était mon vrai travail à Abilene, vous savez. Je ne dansais que pour remplacer une fille lorsqu'elle tombait malade. La plupart du temps, je travaillais en cuisine et...

— Et vous étiez une pickpocket.

— Seulement quand j'avais désespérément besoin d'argent... Je n'en suis pas fière ! s'écria-t-elle. Je ne volais que des gens qui semblaient assez riches pour ne pas trop en souffrir, comme vous. Vous aviez remporté la partie au poker, et je venais de donner mes derniers sous à une fille pour qu'elle quitte Judd Stickley. Mais moi aussi, je devais m'enfuir au plus vite d'Abilene.

— Je sais. Un homme vous recherchait... Pourquoi ?

La main d'Ethan lui serrait l'épaule.

— Pourquoi êtes-vous soudain si intéressé par moi ? rétorqua-t-elle.

Il ne pouvait lui avouer qu'il se posait des questions depuis leur rencontre, et qu'il avait lutté en vain contre cette curiosité.

— Répondez-moi.

Derrière elle, le vent soupirait dans les feuilles. Jody étudia le visage sombre d'Ethan. Il voulait se faire passer pour un homme cynique, égoïste et intransigeant, mais elle décelait autre chose chez lui. Une ardeur. Une intensité.

Mais il y avait aussi de la douceur... Ce fut la

tendresse de son étreinte sur son épaule qui la convainquit de parler.

— Un hors-la-loi me cherchait. Il s'appelle Snake Barker. Lui et sa bande… ils m'auraient tuée s'ils m'avaient attrapée. Ils me pourchassaient depuis des semaines.

Rien que de prononcer le nom de Snake ravivait sa terrible peur. Elle ne quittait pas Ethan des yeux. Son regard semblait encore plus noir, plus profond. Ses yeux la dévoraient.

— Pourquoi ?

— Je lui ai dérobé de l'argent et des affaires qu'il avait volés à des gens. J'en avais besoin pour m'enfuir et…

Elle hésita, mais il l'encouragea à poursuivre.

— Je voulais me venger, avoua-t-elle. Un soir, Snake m'a tellement battue que j'ai perdu connaissance. Il s'est lui aussi évanoui, parce qu'il avait trop bu. Quand je me suis réveillée, j'étais allongée par terre…

L'horreur lui souleva le cœur. Un frisson de terreur la parcourut de la tête aux pieds. Elle était plongée à nouveau dans son cauchemar, et elle ne perçut pas la tension d'Ethan, comme s'il venait de recevoir un coup de fouet. Elle ne remarqua pas la fureur sur ses traits.

— J'avais l'impression que tous mes os étaient brisés. Heureusement, ce n'était pas le cas. Je me suis traînée jusqu'à la porte. J'ai réussi à me relever. J'avais mal partout. J'ai pris la sacoche de selle avec le butin, j'ai volé un cheval… et je me suis enfuie.

Elle ne voyait plus l'herbe verdoyante des berges de la rivière, le ciel bleu, la belle demeure qui se dressait derrière les arbres. Elle se retrouvait dans cette affreuse cabane, elle respirait l'odeur d'alcool et de sueur, et les relents de son propre sang. Elle retrouvait la douleur.

— Je me suis enfuie aussi loin que possible, ne restant que peu de temps dans chaque ville. Je savais qu'il me cherchait, et je savais aussi que s'il m'attrapait, il me tuerait. Qu'il ne me pardonnerait jamais de lui avoir pris son butin. Mais je ne regrette rien… Je voulais me venger pour ce qu'il m'avait fait. J'avais besoin d'argent, j'avais besoin de…

Elle se tut, effarée. Elle avait failli lui avouer qu'elle avait besoin de la bague qui appartenait à Mlle Denby.

Comment Ethan Savage avait-il réussi à l'ensorceler ? Elle avait trop parlé. Avec un effort, elle ravala ses larmes.

— Lâchez-moi, murmura-t-elle d'une voix rauque. Je veux retourner à la maison.

— Pas encore.

— Si ! Lâchez-moi !

Mais il fit glisser ses mains jusqu'à sa taille et la serra contre lui. Elle était enveloppée de sa force. Une onde de chaleur la parcourut. Jody retint une exclamation. La tête en arrière, elle contemplait son regard implacable.

Il la serra plus fort. Son corps vigoureux épousait le sien. Mais au lieu d'avoir peur, elle ressentit une bouffée de désir. Comme il était fort ! C'était merveilleux d'être ainsi dans ses bras. Pourquoi se sentait-elle si bien ?

Elle posa les mains sur son torse. Elle avait toujours la tête rejetée en arrière, essayant de comprendre ce qui se cachait derrière la façade cynique et dangereuse de cet homme.

Elle n'arrivait pas à deviner ses pensées. Elle ne comprenait pas pourquoi il la tenait si fort, comme s'il craignait qu'elle ne s'évapore, telle la brume matinale.

— C'est pourquoi vous avez accepté de m'épouser cette nuit-là. Vous vouliez quitter Abilene au plus vite, à cause de ce bandit...

Avec son pouce, il essuya tendrement une larme sur la joue de la jeune femme, si tendrement qu'elle frémit.

Était-il furieux ? Il avait la mâchoire serrée, et ses yeux luisaient de manière menaçante, mais Jody croyait reconnaître de la compassion dans sa voix.

— Oui, mais je voulais aussi venir en Angleterre pour...

Il y avait Mlle Denby, les recherches qu'elle souhaitait entreprendre, l'étrange fascination qu'elle avait éprouvée pour lui dès qu'elle l'avait vu... Mais avant qu'elle pût lui expliquer, les mains d'Ethan se glissèrent dans ses cheveux. Il plongea les doigts dans les boucles soyeuses, et elle se sentit fondre.

— Aviez-vous deviné, ce jour-là, que je ne le laisserais jamais vous toucher ?

Elle secoua la tête sans comprendre.

— Si vous m'aviez expliqué, dans la ruelle, je vous aurais protégée, ajouta-t-il.

— Je venais de vous dérober votre argent, Ethan. Vous aviez envie de me tordre le cou !

— Pas tout à fait, grommela-t-il.

Il étouffa un juron. Comment résister à ce regard limpide ? Il lutta pour se maîtriser. Il devait s'éloigner au plus vite. Ne plus respirer le parfum de soleil et de fleurs qui émanait de ses cheveux, ne plus sentir ces courbes délicieuses sous ses mains...

— Ce que cet homme a fait, Jody, ce Snake Barker...

Il continuait à jouer avec ses longues mèches. Il avait envie de retourner en Amérique pour traquer Snake Barker. Il éprouverait un plaisir intense à tuer ce salopard et à abandonner son cadavre aux vautours.

— Aucun homme n'a le droit de faire ça à une femme.

— Essayez de le faire comprendre à Snake... ironisa-t-elle. Ethan...

— Qu'y a-t-il ?

— Je n'arrive pas à croire que vous soyez ému... Hier soir, vous avez dit que vous n'aimiez rien chez moi. Que vous n'aviez pas confiance en moi.

— Je vous apprécie bien plus que je n'aie envie de l'avouer.

Stupéfaite, elle ouvrit la bouche, sans pouvoir émettre un son. Avec un grognement, Ethan posa ses lèvres sur les siennes.

Il n'avait pas eu l'intention de l'embrasser. Bonté divine, il n'avait pas eu l'intention de la toucher, de la tenir dans ses bras, leurs corps l'un contre l'autre, ses seins pressés contre son torse, ses hanches épousant les siennes ! Mais maintenant qu'il avait commencé, il ne pouvait plus s'arrêter.

Il l'entendit gémir, mais elle ne semblait pas malheureuse. Au contraire, elle lui enserra le cou de ses bras. Tant mieux, car après avoir goûté ses lèvres, Ethan n'avait pas envie de les lâcher.

Leurs langues se frôlèrent et une intense chaleur

les enflamma. Jody tremblait de tout son corps. Elle était plus exquise que tout le miel de l'été. Plus enivrante que le meilleur des nectars. Il avait envie de l'avaler, de la dévorer.

Quand la langue de la jeune femme joua avec la sienne, le désir d'Ethan se fit encore plus fulgurant.

Ses deux mains lui frôlèrent les hanches et lui saisirent les fesses.

Jody était emportée par des vagues de bonheur si profondes qu'elle oublia tout, la raison, la dignité, la réserve... Tout s'était envolé.

Ses doigts fouillèrent les mèches noires d'Ethan. Elle s'abandonna à lui. Des flammes dévoraient toute pensée rationnelle et ne laissaient derrière elles qu'un désir insatiable.

Alors qu'elle le serrait contre elle, Jody sentit l'intensité de son désir.

Il ne pouvait lutter contre cette envie dévorante. Au fond de son âme se répercutaient les échos de cette soif primitive.

— Jody... savez-vous depuis quand j'en avais envie ?

— Quand vous m'avez embrassée à notre mariage. Je ne voulais pas que vous me lâchiez.

— Je n'aurais pas dû.

— Vous... vous êtes évanoui, dit-elle en riant.

— Ça vous montre comme j'ai été idiot. Comme je le suis encore...

Lorsqu'il posa les mains sur sa poitrine, elle retint son souffle. Au nom du Ciel, que lui faisait-il ? « Il m'emmène au paradis », songea-t-elle. Puis toutes ses pensées s'envolèrent dans une cascade de bonheur.

Il effleura les mamelons qui se tendirent sous la soie de la robe. Elle ferma les yeux.

La bouche d'Ethan déposait des baisers sur son cou, sa gorge, happant et taquinant ses seins, tandis que ses mains la rendaient folle.

Il la fit reculer jusqu'à ce qu'elle fût appuyée contre un tronc d'arbre. Il commença à déboutonner sa robe. Les jambes de Jody vacillèrent.

Elle n'avait jamais rien ressenti de semblable. Quand Snake l'avait prise, il avait toujours été avide et pressé. Même ses baisers avaient été brutaux et dégoûtants. Il ne l'avait jamais caressée de cette façon magique qui provoquait une douleur différente, un désir intense, à la fois doux et amer.

Elle s'accrocha à Ethan de toutes ses forces.

Ses baisers la brûlaient, mais la sensation était agréable, tel un soleil qui la consumait jusqu'à l'âme.

Mais alors qu'il la couchait lentement sur l'herbe, un bruit retentit. Ce n'était pas un son agressif, mais il les troubla.

— Que diable... ? fit Ethan.

Il se releva d'un bond. Son instinct ne lui avait jamais fait défaut pendant ses années passées en Amérique, et lui avait plusieurs fois sauvé la vie.

Jody recouvra ses esprits. Sa robe était déboutonnée, ses cheveux défaits, ses lèvres brûlées par la force de leurs baisers. Allongée sur l'herbe, elle sentait des vagues de chaleur la parcourir.

Ethan se dressait au-dessus d'elle, tendu comme un arc, le visage menaçant.

Mais Jody n'était pas inquiète à cause du bruit – on aurait dit un toussotement, ou un éternuement. Maintenant que la folie de la passion s'était dissipée, elle était beaucoup plus troublée par la situation dans laquelle elle se trouvait... Mon

Dieu, qu'avait-elle fait ? À quoi avait-elle bien pu penser ?

Effarée, elle porta une main tremblante à son cou.

Sans un bruit, tel un félin dans la jungle, Ethan se dirigea vers le sommet de la butte qui dominait la clairière au bord de la rivière. Quand il entendit son épouse se relever, il se tourna vers elle.

— Vous n'avez pas tenu votre promesse ! s'écria-t-elle dans un murmure étranglé.

Il hésita entre poursuivre son investigation et s'occuper d'elle. Jody lui tourna le dos pour reboutonner sa robe. Lorsqu'il perçut un sanglot étouffé, il revint vers la jeune femme qui s'apprêtait à s'enfuir.

— Attendez !... Quelle promesse ai-je rompue ?

— Nos relations... maritales. Nous avions conclu un pacte.

— Je ne suis pas le seul à l'avoir brisé... N'est-ce pas, ma chérie ?

Ses yeux pétillaient d'un air attendri. Mais parce qu'il avait raison et qu'elle était aussi fautive que lui, Jody sentit la moutarde lui monter au nez. Elle le repoussa.

— Ne me touchez pas. Ne me touchez plus jamais !

— Jody...

— Je suis sérieuse. Avant, tout était facile. Nous avions un arrangement, et nous savions à quoi nous en tenir. Maintenant vous changez les règles. Je ne suis pas d'accord !

— Il y a quelques instants, les règles vous importaient moins, répliqua-t-il, agacé.

— Ce n'est pas juste ! s'écria-t-elle, pleine de

honte et de colère. Vous aviez promis. Je voulais jouer mon rôle et puis m'en aller. Comme nous avions décidé. Vous... vous me traitez comme une prostituée !

— Non, rétorqua-t-il sèchement. Comme une épouse. Mon épouse. C'est ce que vous êtes, Jody.

Mais elle n'était pas sa femme. Elle était celle de Snake.

Elle s'arracha à son étreinte. Secrètement, elle aurait souhaité qu'il la prenne dans ses bras et l'embrasse à perdre haleine. Mais en même temps, elle voulait s'enfuir le plus loin possible, pour échapper à son emprise.

Il ne fit pas un geste pour la retenir. Elle partit en courant, tenant sa jupe dans une main. Elle ne s'arrêta pas avant d'avoir rejoint la solitude de sa chambre.

À bout de souffle, elle s'effondra sur le lit.

Elle avait pris conscience de deux terribles vérités : elle avait abandonné le pays qui avait été celui de son enfance, laissant derrière elle toutes les personnes qu'elle connaissait. Elle serait obligée de quitter cet endroit aussi : Stonecliff Park, Londres, l'Angleterre – tous les lieux qu'elle avait aimés pendant son court mariage avec Ethan Savage. Son destin était-il de toujours fuir, de ne jamais connaître la paix ?

C'était l'une des vérités, mais l'autre lui faisait monter les larmes aux yeux et lui enserrait le cœur comme un étau.

Elle était tombée amoureuse d'Ethan Savage. Si elle ne trouvait pas un moyen de cesser de l'aimer, lorsqu'elle serait contrainte de le quitter, elle laisserait une partie de son cœur derrière elle.

Une partie ? Non, elle abandonnerait tout son cœur…

Il pouvait aussi bien le lui découper avec un poignard ! Son cœur lui appartenait.

Si elle devait le quitter, elle en mourrait. À moins qu'elle n'arrête ce terrible engrenage. À moins qu'elle ne cesse d'aimer cet homme aux cheveux noirs, aux lèvres fascinantes, au regard impénétrable, qui savait éveiller son désir comme jamais personne ne l'avait fait. Cet homme dont la voix pouvait être sévère ou pleine de tendresse. Cet homme qui lui donnait envie de se confier et de tout apprendre sur lui, qui lui faisait mal, la faisait rire et pleurer. Cet homme ensorcelant à qui elle pensait jour et nuit, alors qu'il y avait tant d'autres choses dont elle aurait dû se préoccuper…

Cesser de l'aimer.

Mais comment ?

Aujourd'hui même, ils partaient pour Londres continuer cette mascarade – en dépit des médisances de Mlle Crenshaw. En ville, ils seraient encore plus souvent ensemble.

Un douloureux sanglot lui échappa. Elle se couvrit la bouche avec les mains.

Comment pouvait-elle empêcher le battement même de son cœur ?

Ethan Savage ne retourna pas tout de suite à Stonecliff Park. Il partit à la recherche de Ham Tyger.

L'ancien palefrenier beurrait une tartine. Un morceau de jambon était posé sur la table. En apercevant Ethan, le vieil homme leva les yeux.

— Je pars tout à l'heure pour Londres, Ham.

— On me l'a dit, en effet… Veux-tu déjeuner avec moi avant ton départ, mon garçon ?

— Non merci. Mais j'ai besoin de ton aide.

— Il te suffit de demander.

Ethan s'approcha. Il appuya les mains sur le dossier d'une chaise.

— Écoute bien, voilà ce que tu dois faire…

Il patienta jusqu'à ce que le silence fût retombé sur la clairière. Puis, quand il n'entendit plus que le chant des oiseaux et la course d'un écureuil, il se releva et inspira profondément.

La veille, il avait trop bu. Il avait cuvé son alcool à l'auberge. Mais il s'était réveillé à l'aube, se sentant nerveux. Sortir dans la cour de l'auberge n'avait pas réussi à l'apaiser.

Il avait loué un cheval à l'aubergiste, espérant qu'une promenade lui changerait les idées. Il s'était tout naturellement dirigé vers Stonecliff Park.

Pas vers la maison, bien entendu. Si Ethan le voyait, il lui flanquerait une nouvelle raclée. Mais il avait eu envie de revoir les prairies, l'étang, les arbres magnifiques, la rivière… Toute cette splendide propriété, qui aurait dû être à lui !

Il l'avait deviné d'emblée. Cette petite traînée n'avait rien d'une lady. Elle avait été danseuse de saloon. Cuisinière. Et pickpocket !

Oliver Winthrop se retint d'éclater de rire : Ethan rôdait peut-être encore dans les parages. Il remercia sa bonne étoile que son cheval l'eût fait tomber à cet endroit précis, où il avait cuvé son alcool à l'abri de la colline qui dominait la clairière.

Il avait eu peur quand il avait éternué. Mais la chance avait continué à lui sourire : Ethan avait été trop occupé par la détresse et les larmes de la fille pour continuer ses recherches.

« Mon cher cousin a toujours aimé les petites traînées, n'est-ce pas ? » se dit-il.

Winthrop saisit son chapeau qui avait roulé près de lui. Désormais, il avait un moyen de mettre la main sur l'héritage qui lui revenait de droit, en chassant ce cousin menteur et tricheur. Il ferait payer Ethan, parce qu'il l'avait frappé et qu'il avait essayé de lui voler Stonecliff Park.

Et la fille payerait pour avoir été sa complice.

Winthrop épousseta son pantalon et regarda autour de lui. Essayant de ne pas faire de bruit, il partit en direction de l'auberge.

Il voulait prendre le train de l'après-midi pour Londres. Il n'avait pas une seconde à perdre.

16

Londres

C'était une ville de contradictions. Il y avait des magasins à la mode, des maisons élégantes, des attelages distingués, des parcs où se promener. La nuit, la lueur de la lune perçait le brouillard, on entendait siffler les becs de gaz dans les rues aux pavés humides, les rires résonnaient dans les dîners en ville. Lors des bals et des soirées, à l'opéra de Covent Garden ou sous les lambris dorés du Savoy, des dames drapées de velours, de soie et de taffetas bavardaient et flirtaient avec des hommes en habit, qui tenaient à la main leurs hauts-de-forme en soie.

Mais non loin de là, dans d'autres quartiers de la ville, des voleurs, des mendiants et des prostituées arpentaient les ruelles fétides.

Londres était une grande ville, une cité monstrueuse, pleine de mystères, où les belles demeures aristocratiques, les rues élégantes et les jardins raffinés offraient un contraste saisissant avec les fumées des fabriques et les auberges piteuses.

Jody découvrit les beaux quartiers au bras d'Ethan.

À toutes les personnes qu'on lui présentait, elle demandait des nouvelles d'Alicia Denby. En vain. Lady Cornish, qui l'invita à une promenade dans Hyde Park, ignorait de qui il s'agissait. Mlle Peabody et M. Himple, qu'elle rencontra au théâtre, l'assurèrent que si cette Mlle Denby avait été une femme du monde, ils la connaîtraient certainement. La vieille et intimidante douairière lady MacCormick, à qui elle posa la question alors qu'elles faisaient des courses dans Regent Street, déclara qu'elle n'en avait jamais entendu parler, et que dans ce cas, lady Stonecliff n'avait pas besoin de la connaître.

Au même moment, Ethan était passé devant la vitrine du magasin et l'avait aperçue. Jody s'était empressée de changer de sujet de conversation. Il ne devait pas savoir qu'elle était à la recherche d'une certaine Alicia Denby. Elle craignait sa réaction s'il l'apprenait. C'était son secret, son rêve le plus cher. Cela n'avait rien à voir avec Ethan Savage ou son héritage.

Plus les jours passaient, plus cet héritage se révélait impressionnant. Il y avait non seulement la propriété à la campagne, les carrosses, les chevaux, les meubles, les nombreux domestiques, mais la maison à Mayfair était aussi belle que Stonecliff Park. Elle comptait trois salons, une chambre de musique, une salle de bal, une salle à manger qui pouvait recevoir aisément vingt personnes, huit chambres, ainsi qu'une suite comme celle qu'elle avait partagée avec son mari à la campagne.

Depuis une semaine qu'ils étaient à Londres, Ethan n'avait pas essayé d'entrer dans sa chambre.

Il n'avait pas essayé de l'embrasser à nouveau. Il s'était comporté comme un étranger, lui parlant peu, la délaissant une fois qu'il s'était assuré qu'elle pouvait se débrouiller seule. Il passait beaucoup de temps à son club, et revenait tard dans la nuit.

Depuis quelques jours, ils n'avaient échangé que des propos sans importance. Son attitude envers elle avait changé, songea Jody en gravissant les marches de la maison, un paquet sous le bras qui contenait les nouveaux gants de soie qu'elle porterait pour le dîner chez lady Cartwright. Lorsqu'ils étaient seuls, son époux la traitait avec une politesse distante. En société, il se montrait tendre et attentionné. Quand elle découvrait son regard admiratif posé sur elle, elle devait faire un effort pour se rappeler que tout ceci n'était qu'une farce. Il jouait au mari amoureux pour conserver son titre.

Au moment de pénétrer dans la maison, un mouvement attira son attention. Mlle Perry s'approchait au pas de course. Elle souriait et agitait le bras. Mais elle était si occupée à rejoindre Jody, qu'elle ne vit pas l'attelage qui venait de surgir dans la rue.

— Attention ! cria Jody en courant vers elle.

Surprise, Clara s'immobilisa au milieu de la chaussée. Elle tourna la tête vers les chevaux et poussa un cri d'horreur.

Jody se jeta sur elle pour l'écarter. Les deux femmes roulèrent dans la poussière. Les chevaux hennirent et le cocher hurla un chapelet de jurons.

Le valet de pied d'Ethan se précipita vers elles, le visage blême.

— Lady Stonecliff… êtes-vous blessée ?

— Non, John, tout va bien, fit-elle d'une voix

tremblante en s'agenouillant près de Clara Perry. Et vous, comment ça va ?

— Seigneur… soupira Clara.

L'ourlet de sa robe était déchiré et elle avait de la boue sur le visage, mais elle n'avait rien de cassé.

— Vous m'avez sauvé la vie, ajouta-t-elle.

— Mais non. Je n'ai fait que…

— Ne discutez pas, Jody, intervint Ethan en s'approchant. Mlle Perry a raison. Vous lui avez sauvé la vie, en risquant la vôtre…

Il était livide. Elle ne l'avait jamais vu aussi bouleversé, ni aussi furibond.

— Je regardais par hasard par la fenêtre… C'est le geste le plus idiot et le plus courageux que j'aie jamais vu.

— Ce n'était pas courageux. Je n'ai même pas réfléchi. Tout s'est passé si vite.

— Vous auriez pu être tuée, petite sotte !

— Mais je ne l'ai pas été, et Mlle Perry non plus, répliqua-t-elle en souriant.

Il la considéra d'un air perplexe. Le valet se pencha pour ramasser le paquet.

— Je crois que nous avons mérité des rafraîchissements, mesdames, reprit Ethan. Pour fêter votre incroyable chance.

Il entraîna Jody vers la maison, alors que Clara leur emboîtait le pas.

— Vous êtes en colère, constata Jody comme ils traversaient le vestibule. Mais je n'avais pas le choix !

— Je ne suis pas en colère, mais si vous aviez été blessée… je serais dans un état bien pire que la colère, grommela-t-il.

Elle écarquilla les yeux. C'était comme s'il s'inquiétait pour elle. Puis elle devina la vérité : si elle était blessée ou tuée, ses projets seraient contrariés.

— Je vais bien, murmura-t-elle, tendue. N'ayez crainte, vos plans ne sont pas en danger.

Ethan se tourna vers elle, de manière si abrupte qu'elle recula d'un pas. Elle ne comprenait pas son visage fermé. Ils étaient tous deux conscients que Mlle Perry se trouvait derrière eux.

— Je suis désolée… je suis venue à un moment inopportun. Je peux revenir un autre jour…

Jody lui sourit gentiment.

— Non. Je suis si heureuse de vous voir, et sans Mlle Crenshaw… Venez au salon. On va nous apporter du thé.

Ethan ne vint pas les rejoindre. Quelque temps plus tard, Jody l'entendit quitter la maison. Elle essaya d'oublier la tension extrême qu'elle avait vue sur son visage, et se concentra sur Mlle Perry. Celle-ci lui avoua que les choses se passaient mal chez les Crenshaw.

— Je leur suis reconnaissante, vous savez, dit-elle en buvant son thé. Mais ma vie n'est pas toujours très agréable chez eux… C'est sûrement ma faute, continua-t-elle en rougissant. Comment puis-je être aussi ingrate ? Ils sont la gentillesse même. Sans eux, je ne sais pas ce que je deviendrais…

— Vous seriez beaucoup plus heureuse, décréta Jody. Je sais qu'une lady ne doit pas parler franchement. Mlle Crenshaw doit colporter des horreurs sur moi, depuis l'autre jour…

— Personne ne fait attention à elle, s'amusa Clara Perry. Tous les gens qui vous ont rencontrée chantent vos louanges. Rosamund passe pour une jalouse parce que vous avez épousé un aristocrate séduisant, alors qu'elle est encore... vous comprenez.

— Oui, je sais. Elle est toujours en quête d'un mari... Que Dieu préserve celui qu'elle choisira ! plaisanta Jody.

Parfois, elle n'arrivait pas à contrôler son langage. Mais Mlle Perry ne parut pas s'en offusquer. Jody devinait que sous une apparence timide et effacée, se cachait une femme pleine d'humour et d'une grande gentillesse.

— Une nouvelle fois, j'oublie d'être une lady. Pardonnez-moi.

— Oh non ! protesta Clara en reposant sa tasse de thé. Vous vous comportez toujours comme une vraie dame.

Jody éclata de rire. Clara hocha vigoureusement la tête.

— C'est vrai, lady Stonecliff. De nos jours, on attache beaucoup d'importance aux manières et à l'étiquette, mais je me souviens de quelques grandes dames qui n'avaient pas peur de parler avec franchise et d'agir selon leurs convictions. Vous me rappelez ces femmes que j'admirais quand j'étais une enfant. Elles étaient bien nées, elles donnaient les fêtes les plus brillantes, influençaient la société et ne se contentaient pas d'en suivre les principes. Lorsqu'on parle de cœur, de courage, d'esprit et de générosité, vous êtes une véritable lady, ma chère.

À la fin de ce discours enflammé, Clara sembla aussi surprise que son hôtesse.

— P... pardonnez-moi, je ne voulais pas m'exprimer aussi librement, se corrigea-t-elle.

Jody était touchée. On ne lui avait jamais parlé avec autant de gentillesse. Durant sa vie, les compliments avaient été rares. Elle était d'autant plus émue que Clara Perry était une personne respectable et douce.

Elle posa une main sur la sienne.

— Merci… Je suis heureuse de vous avoir comme amie.

Clara ne portait pas d'alliance, mais une bague avec une perle. Elle devina l'interrogation muette de Jody.

— Je ne me suis jamais mariée. J'ai été fiancée autrefois, quand j'étais très jeune et très stupide. (Sa voix se brisa, mais elle se ressaisit.) Sa famille l'a forcé à rompre nos fiançailles.

Jody tressaillit.

— Non !

— Ils pensaient que je n'étais pas digne de lui. Il était vicomte, et mon père n'était qu'un roturier de province. Ils espéraient quelqu'un avec de la fortune et de meilleures relations. C'était mieux ainsi… continua-t-elle tristement. S'il m'avait vraiment aimée, aucune pression extérieure n'aurait pu empêcher notre mariage. Puisqu'il ne m'aimait pas assez, c'est mieux pour moi de ne pas l'avoir épousé… car je l'aimais trop pour ne pas être aimée en retour.

Il y eut un silence. La pendule égrenait les secondes.

— Je pense comme vous, murmura Jody. Sans amour, un mariage devient un enfer.

— C'est ma conviction.

— Il n'y a jamais eu personne d'autre ?

— Personne ne s'est proposé, fit Clara d'un air

faussement léger. Je suppose que c'était aussi ma faute. Je me suis retirée de la société. J'étais jeune et impulsive à l'époque. Lorsque je me suis sentie prête à revenir en ville, on a dû me considérer trop vieille.

— Qu'est-il arrivé au jeune homme ?

— Il a épousé une héritière et ils ont eu trois fils. Nous nous sommes croisés quelquefois. Nous étions devenus des étrangers.

— C'est affreux !

Clara hocha la tête.

— Il est mort il y a six ans. C'est du passé maintenant. Je me suis résignée. Ce n'est pas mon destin de me marier, d'avoir un foyer et une famille…

Elle semblait si calme, si dépourvue d'amertume… Jody la regarda avec admiration. Clara Perry était une femme généreuse, qui savait affronter l'adversité sans se plaindre.

— Je voudrais vous demander… mais ne croyez pas que je sois indiscrète…

Clara la dévisagea.

— Je vous écoute.

— Que savez-vous du passé de mon mari ? Tout le monde est au courant, excepté moi. Il a autrefois aimé une jeune femme appelée Molly. Lady Tattersall m'en a un peu parlé, mais nous avons été interrompues.

Clara hocha la tête.

— C'est une histoire tragique.

— Vous savez ce qui est arrivé à Molly ?

— La jeune fille qu'aimait Ethan a été renversée et tuée par un carrosse, alors qu'elle revenait un soir de son travail. La même chose aurait pu m'arriver aujourd'hui. Mais d'après les rumeurs de l'époque, sa mort ne fut pas un accident.

— Un meurtre ? s'exclama Jody, effarée.

— On n'a jamais pu le prouver, bien sûr, continua Clara à voix basse. Mais tout le monde savait que le père d'Ethan était opposé à ce mariage, et la nuit où Ethan a quitté l'Angleterre, il a…

Elle mordilla sa lèvre, hésitant à poursuivre.

— Je vous en prie, je veux tout savoir, supplia Jody.

Clara laissa échapper un soupir.

— La dernière nuit, Ethan est entré dans la salle de bal de lady Tattersall, qui donnait une fête pour l'une de ses nièces, et devant tout le monde, il a accusé son cousin Oliver Winthrop d'avoir raconté des médisances à son père. Puis il a accusé son père et son frère Hugh d'avoir payé des bandits pour assassiner cette malheureuse fille. Il a donné un coup de poing à Hugh qui est tombé à la renverse, puis il a dit à son père qu'il ne se marierait jamais puisque Molly était morte, et qu'il quittait l'Angleterre pour toujours… Il a ajouté que si jamais il revoyait son père ou Hugh, il… il leur arracherait les membres l'un après l'autre.

— Mon Dieu…

Jody baissa les yeux. Elle était profondément bouleversée par ce qu'elle venait d'apprendre.

— Il devait l'aimer de tout son cœur, souffla-t-elle.

— Il a renoncé à tout, à cause de ce qui est arrivé. On en a parlé pendant des mois après son départ.

Mlle Perry semblait avoir oublié la présence de la jeune comtesse tandis qu'elle se rappelait les rumeurs, les murmures, les ragots qui avaient enflammé Londres après le drame.

— Je me souviens que le comte s'est déclaré satisfait d'être débarrassé d'un fils indigne, et tout le monde lui a donné raison. Mais j'ai toujours admiré ce jeune homme séduisant et sauvage, qui savait aimer de tout son cœur. On ne peut qu'admirer… Ô mon Dieu ! s'exclama-t-elle en voyant le visage blême de lady Stonecliff.

Elle avait parlé sans tact du premier amour de son mari.

— Tout cela appartient à un passé lointain, continua-t-elle précipitamment. Il vous aime aujourd'hui avec la même intensité, lady Stonecliff, sinon il ne serait jamais revenu en Angleterre, et il n'aurait pas accepté toutes ces responsabilités. Un homme comme Ethan Savage ne se marie que par amour. Vous avez beaucoup de chance.

— Oui, fit Jody en esquissant un sourire alors que son cœur se brisait en deux. J'ai beaucoup de chance…

Elle chercha désespérément un autre sujet de conversation. Elle ne voulait plus parler de Molly.

— Une jeune femme a récemment fait en voyage en Amérique, reprit-elle d'un air détaché. J'aimerais beaucoup la revoir. Elle s'appelle Alicia Denby. Est-ce que par hasard vous la connaîtriez ?

Hélas, Clara Perry secoua la tête, comme toutes les autres personnes à qui Jody en avait parlé.

— Malheureusement non, mais je connais beaucoup moins de monde que lady Tattersall, par exemple, qui fréquente toute la bonne société. Lui avez-vous posé la question ?

— Pas encore. Elle vient seulement d'arriver à Londres et je ne l'ai pas encore vue. Je lui demanderai ce soir, à la soirée des Cartwright.

— Elle pourra sûrement vous aider, affirma Clara en se levant.

— Est-ce que vous allez aussi chez les Cartwright, mademoiselle Perry ?

Les yeux de Clara se mirent à briller.

— J'ai eu la chance de recevoir une invitation. On m'a dit que le colonel Hamring serait présent, lui aussi. Ce sera sa première sortie depuis sa blessure. (Elle rougit.) Il a eu la bonté de venir prendre de mes nouvelles, pour me remercier de l'avoir aidé ce soir-là.

— Vous avez été admirable avec lui, la complimenta Jody.

Clara secoua la tête.

— Pas du tout. C'est lui qui s'est comporté de façon extraordinaire. Il a risqué sa vie. Je n'ai jamais vu des personnes aussi courageuses que le colonel et votre mari.

— C'est un bel homme aussi, précisa Jody, ravie.

Clara s'empourpra.

— En effet… Je dois partir, dit-elle en prenant son réticule d'une main tremblante. Je ne sais pas encore comment m'habiller pour ce soir.

— Je suis certaine que le colonel Hamring vous trouvera très jolie.

Les joues en feu, Clara Perry soupira.

— Je ne pense pas qu'il me remarquera. Il passe son temps dans les salons où l'on joue aux cartes, et il ne danse jamais. Je suppose qu'il ne me verra même pas. Et même s'il me saluait, il ne perdrait pas son temps avec moi… D'ailleurs, je ne le souhaite pas, s'empressa-t-elle d'ajouter.

— Bien sûr que non, murmura Jody en la regardant partir.

Mais elle avait une idée derrière la tête.

Alors qu'elle rejoignait sa chambre, elle réfléchit au moyen d'encourager une relation entre Clara Perry et le colonel Hamring. C'était beaucoup plus agréable de penser à cette romance qu'à l'autre souci qui lui serrait la gorge : l'amour d'Ethan pour Molly, sa détresse lorsqu'il avait appris sa mort, et son désarroi pendant les années qui avaient suivi. Comme il devait souffrir d'être revenu en Angleterre, où tout lui rappelait son amour perdu…

Mais pourquoi était-il revenu ?

Ce n'était pas pour l'argent de l'héritage. Elle avait vu son humeur, la nuit où Latherby lui avait appris les conditions du testament de son père, cette nuit où il avait trop bu avant de la forcer à l'épouser. Il n'avait pas été un homme heureux, pressé d'hériter d'une fortune considérable. Il avait été torturé, furibond, dévoré par un élan sauvage.

Qu'avait-il dit lors de leur première nuit à Stonecliff Park ?

Ils dépendent de moi. Toutes les personnes que vous avez rencontrées ce soir dépendent de moi. Sans parler des métayers et des fermiers… Ils dépendent de vous aussi… Il ne faudra pas les laisser tomber…

Ce sens du devoir l'émouvait plus encore que le courage dont Ethan avait fait preuve avec les bandits. Malgré ce que cela lui coûtait, bien qu'il eût juré devant tout Londres qu'il ne reviendrait pas, quand son devoir l'avait appelé, il avait répondu présent.

Cela exigeait un courage exceptionnel.

« Moi, je n'ai jamais eu de vraie maison, songea Jody en entrant dans sa chambre. Je n'ai jamais été attachée à un endroit, à un lieu que je ne pouvais pas quitter du jour au lendemain. Un endroit où j'aurais eu mes racines… »

Ethan était chez lui en Angleterre. Il appartenait à Stonecliff Park, à cette merveilleuse terre.

Elle s'approcha de la fenêtre, pour regarder la rue calme et ombragée.

« Ne t'attache pas, songea-t-elle. Ni à Ethan ni à Stonecliff Park, ni à cette belle et confortable maison. Ils ne t'appartiennent pas, ils ne t'ont jamais appartenu. Tout cela ne durera que quelques mois… »

La solitude envahit son âme comme un étau glacé. Elle se sentait désespérément triste.

Alors que le soleil se couchait, que les ombres s'étendaient sur la rue, elle resta debout près de la fenêtre, le corps secoué de sanglots silencieux.

17

— Félicitations, Joséphine… je veux dire, madame la comtesse.

Lucas Latherby repoussa ses lunettes sur son nez, tandis que la jeune femme pénétrait dans la bibliothèque.

— Vous avez réussi, continua-t-il. Vous avez tout d'une lady. La transformation est impressionnante. Votre coiffure… pas une mèche de travers. Votre port de tête est remarquable. Et cette expression de modestie sur votre visage…

— Ça suffit, Latherby, l'interrompit Ethan d'un air agacé. Elle a été suffisamment disséquée par vos soins.

Pourtant, alors qu'elle acceptait un verre de cognac, il l'étudia avec attention. Seigneur, elle était merveilleuse ! Elle portait une robe du soir bleue qui rehaussait l'éclat ivoire de sa peau. Ses yeux avaient la même teinte éclatante que la robe. Autour de son cou resplendissaient les perles Marsdale, une parure qui appartenait à la famille d'Ethan depuis des générations.

Elle n'avait pas encore enfilé ses gants. Il regarda l'anneau d'or à son doigt. Le bague de Latherby, se rappela-t-il, mal à l'aise. Il n'avait pas voulu lui donner celle de son grand-père, la nuit de leur mariage. Brusquement, ce détail l'irrita.

Il se demanda s'il devait lui ordonner de la retirer et lui donner l'émeraude. Pourquoi cette idée lui faisait-elle tellement plaisir ?

Il remarqua de légers cernes violets sous ses yeux. Son beau visage semblait inquiet et tendu, malgré le sourire qu'elle adressait à Latherby.

— Qu'est-ce qui ne va pas ? demanda-t-il.

— Comment cela ?

Son sourire n'éclairait pas son regard. Sa voix n'était pas joyeuse. Que s'était-il passé pour qu'elle perde son éclat ? songea Ethan.

— Est-ce que vous vous êtes fait mal, cet après-midi, en vous jetant devant cette maudite voiture ?

Il vint vers elle et lui saisit le poignet afin qu'elle ne pût se détourner. Il l'examina, à la recherche de blessures, mais la peau de ses bras, de son cou et de sa gorge splendide était intacte.

— Bien sûr que non, Ethan. Je suis fatiguée, c'est tout.

Il ne la croyait pas, mais il ne voulait pas la traiter de menteuse devant Latherby. Sous son pouce, il sentait battre son pouls. Il caressa la peau délicate, sans la quitter des yeux.

— Latherby est venu me dire que Grismore est impatient de vous rencontrer afin de signer le testament.

Jody sentait des frissons la parcourir alors que son mari la caressait. Elle essayait de maîtriser ses émotions. L'amour profond d'Ethan pour Molly lui pesait. Si elle ne voulait pas se ridiculiser, elle devait se ressaisir.

— Où cette inspection doit-elle avoir lieu ? demanda-t-elle froidement.

— Une inspection ? On dirait que vous parlez d'une jument que j'envisage d'acheter, s'amusa-t-il.

— La jument, vous l'avez déjà achetée.

Elle jeta un regard effrayé à Latherby, car elle avait parlé sans réfléchir. Mais le notaire examinait avec attention le comte de Stonecliff. Avait-il cru voir de la tendresse dans le regard d'Ethan Savage ? Où étaient passés la froideur, la colère, le sarcasme ? Désormais, il décelait de la chaleur, de l'amusement. Et de l'admiration. Latherby n'en revenait pas.

— Le rendez-vous a été fixé à mardi prochain, si cela vous convient, madame la comtesse.

— Madame la comtesse ? Voyons, Latherby, depuis quand sommes-nous aussi formels ? Ce n'est que moi, Jody la petite voleuse, ajouta-t-elle en retrouvant son air espiègle.

— Vous êtes si différente, madame, que je n'en reviens pas.

La jeune femme éclata de rire. Ce son joyeux fit fondre de plaisir Ethan, car il chassait les ombres sur son visage.

— Latherby m'a aussi appris que la police a de nouvelles pistes concernant Pete le Pirate et sa bande. Ils ont dévalisé une maison à Belgravia, et on les a aperçus dans les tavernes d'un faubourg de Londres. D'autres témoins les situent à Tunbridge Wells. La police les pourchasse sans merci. Ils seront sans doute bientôt sous les verrous. Vous n'avez plus à les craindre.

Elle prit une gorgée de cognac.

— Je ne suis pas inquiète.

Ethan se dit qu'elle semblait soucieuse, mais pas à cause des bandits, effectivement. Il était heureux d'entendre sa voix plus enjouée.

— Je m'inquiète plutôt car nous serons en retard pour la soirée de lady Cartwright.

Elle lui décocha ce merveilleux sourire qui le bouleversait toujours.

— Savez-vous qu'elle travaille sans relâche pour le nouvel orphelinat ? poursuivit-elle. Nous en avons parlé, l'autre jour aux courses. Je lui ai proposé mon aide.

— Faites à votre guise.

Ethan savait que tous les efforts de ces dames pour aider les enfants miséreux ne seraient qu'une goutte d'eau dans l'océan, mais chaque geste généreux était le bienvenu. Il avait déjà pris des mesures pour qu'une partie de sa fortune aille aux déshérités, afin d'améliorer leurs conditions de vie. La misère était le terreau où grandissaient la cruauté et le vice. Il y avait un gouffre en Angleterre entre les riches et les pauvres. En Amérique, il avait toujours essayé d'aider les plus démunis. Désormais, grâce à sa fortune, il pouvait être plus efficace.

Mme Fielding lui avait confié, avant leur départ du Sussex, que son épouse cherchait à aider les pauvres des environs. Vu son passé, on pouvait le comprendre. Mais à sa place, tout le monde n'aurait pas agi comme elle, songea Ethan. Certains se seraient contentés de profiter de leur chance et du luxe qui leur tombait dessus, sans penser à autrui.

— Nous devons y aller, conclut-il en lui donnant le bras. Je suis sûr que vous avez hâte de revoir Mlle Crenshaw…

Tandis que Latherby regardait le comte de Stonecliff aider sa femme à monter dans le carrosse, il en eut la certitude : Ethan Savage était tombé amoureux.

Le vieux comte devait se retourner dans sa tombe !

Sa revanche allait peut-être amener le bonheur à son fils, et non le désespoir qu'il avait escompté.

Mais pour combien de temps ? se dit encore Latherby, alors que le carrosse disparaissait dans la nuit. Il avait reçu une visite d'Oliver Winthrop. Une visite très intéressante…

Le cœur serré, le notaire fit une grimace, songeant aux regards qu'Ethan avait portés sur sa femme dans la bibliothèque. Il enfonça son chapeau melon sur la tête et quitta la maison.

18

— Les médisances de Rosamund Crenshaw ne m'intéressent pas... Selon moi, lady Stonecliff est une bouffée d'air frais.

Lady Cartwright était entourée de plusieurs dames qui se tenaient près du buffet. Derrière elle, dans la salle parfumée par les nombreux bouquets de fleurs, des hommes et des femmes buvaient du champagne en bavardant, se promenaient et dansaient.

— Je la connais depuis peu, mais elle a toujours été très polie. Il y a quelque chose de touchant chez elle. J'aime bien son côté américain. Elle a même offert son aide pour l'orphelinat. Je l'apprécie beaucoup...

Lady Cartwright fut heureuse de voir lady Tattersall acquiescer, en ajoutant qu'elle était une jeune femme charmante.

Lady Tattersall se tourna légèrement afin de regarder Joséphine danser avec son époux. Elle nota avec bonheur la manière dont Ethan la serrait contre lui, et le regard que lui jetait sa femme. Ils semblaient être seuls au monde.

— C'est exactement le genre d'épouse dont mon

filleul a besoin : une jeune femme vibrante, le contraire d'une créature insipide. Ethan s'ennuierait à périr avec une fille conventionnelle.

— On m'a rapporté quelques rumeurs concernant ses antécédents américains, intervint d'un ton perfide la duchesse de Melling.

Elle fixa le couple qui dansait et qui semblait très amoureux. Ce qui déjà manquait d'élégance... Quelle personne du monde, digne de ce nom, se mariait par amour ?

— Si ce que l'on raconte est vrai... poursuivit-elle.

— Ce ne sont que des fadaises, décréta une autre voix. Il ne faut pas prendre pour argent comptant de simples rumeurs.

Surprises, les trois femmes se retournèrent, et virent Clara Perry qui les fusillait du regard.

Lady Tattersall, lady Cartwright et la duchesse étaient étonnées. Clara Perry ne s'était jamais montrée aussi audacieuse. Mais quelque chose avait changé chez elle. Au lieu de ses toilettes démodées, toujours dans les gris et les marrons, elle portait un ensemble de taffetas vert, rehaussé d'une ceinture de soie noire, de boutons dorés et d'une jupe assortie d'une traîne en dentelle.

— Pardonnez-moi, madame la duchesse, continua-t-elle. Mais j'ai appris à ne pas écouter les rumeurs. Je peux vous assurer que lady Stonecliff est quelqu'un d'exceptionnel. Et si elle a gagné le cœur de lord Stonecliff, qui sommes-nous pour le désapprouver ?

— Absolument, approuva lady Tattersall en souriant.

— Je suis d'accord avec vous, mademoiselle Perry, concéda lady Cartwright.

Elle n'avait jamais parlé avec Clara Perry auparavant, et elle lui adressa un large sourire.

— Bah ! s'exclama la duchesse en rougissant, irritée d'être contredite, surtout par une parente pauvre des Crenshaw. Ne soyez pas aussi sûre de vous en ce qui concerne le goût de lord Stonecliff pour les femmes ! Avez-vous oublié qu'il a autrefois aimé une vendeuse ?

Clara Perry ouvrit la bouche pour répondre à la méchanceté, mais lady Tattersall réagit plus vite :

— Vous devriez vraiment faire plus attention, ma chère, et utiliser vos yeux, vos oreilles et votre bon sens en plus de votre langue. N'importe qui peut voir que lady Stonecliff n'a rien d'une vendeuse !

Elle prit le bras de Clara Perry et l'entraîna ailleurs d'un air fâché. Tout sourire, lady Cartwright s'excusa auprès de la duchesse de Melling, qui resta seule, furieuse et dépitée, à contempler le séduisant couple qui valsait sur le sol de marbre.

Mais les choses ne se passaient pas aussi calmement entre Ethan et la comtesse…

Ethan commençait à trouver la soirée longue. Cette semaine avait été épuisante. Chaque moment passé avec elle, pendant lequel il jouait au mari attentionné, aiguisait sa frustration. Il regrettait qu'ils ne puissent abandonner les simulacres et redevenir eux-mêmes. Il aurait aimé pouvoir agir et parler librement, sans se conformer aux attitudes des nobles anglais.

— Vous dansez bien, dit-il alors qu'ils tournoyaient sous les lustres.

Mais il aurait voulu dire : « J'ai l'impression de tenir un ange dans mes bras. Je voudrais vous montrer le paradis… vous emporter dans mon lit… »

Elle répondit poliment :

— Je me suis beaucoup entraînée.

Parlait-elle du Golden Pistol ? Où elle avait probablement dansé avec des mineurs, des cow-boys, de vieux ivrognes et toutes sortes de crétins. À l'idée qu'elle avait flirté avec eux, qu'elle s'était peut-être même donnée à eux, il se mit en colère.

— Cela ne m'étonne pas de vous.

Son ton moqueur la fit rougir. Elle releva le menton d'un air dédaigneux.

— Pourquoi êtes-vous offensé ?

— Je ne le suis pas. Je me fiche de ce que vous avez fait avant de me rencontrer, et de ce que vous ferez plus tard.

Ethan crut la voir frémir, comme s'il l'avait giflée.

« C'est bien, songea-t-il. Elle n'a que ce qu'elle mérite. Elle exige une relation purement superficielle, elle ne me veut pas dans son lit, même si notre contrat de mariage m'y autorise... »

Mais combien d'hommes avaient partagé son lit ? Cela ne le regardait pas. Elle avait été très claire en décrétant qu'il ne deviendrait jamais son amant. Ethan n'allait pas s'imposer si on ne le désirait pas. Mais il se rappelait avec étonnement son assurance dans le train, quand il lui avait promis de garder ses distances. Or voilà qu'il était beaucoup plus intéressé qu'il ne l'avait prédit...

Il était même sur le point de devenir fou !

Lorsqu'elle avait failli être renversée par cet attelage, lui rappelant le cauchemar de la malheureuse Molly, il avait dû se retenir pour ne pas la serrer dans ses bras.

— Ethan, la musique s'est arrêtée... la danse est finie. *Ethan*...

Son murmure le ramena au présent. Il observa la beauté dans ses bras, et comprit qu'il ferait mieux de quitter la piste de danse et de s'éloigner d'elle au plus vite. En tournoyant pendant cette valse, il avait ressenti des désirs qui n'avaient rien à voir avec un arrangement d'affaires.

Il ne danserait plus jamais avec elle.

Il l'entraîna vers le buffet, où se dressait une fontaine de champagne.

— Je vais rejoindre les gentlemen dans la salle de billard, dit-il en s'inclinant légèrement, et en la laissant avec Mlle Perry.

Le cœur lourd, Jody le regarda s'éloigner. Son visage restait impassible, mais elle avait les mains moites. Elle ne savait pas comment se comporter avec lui. Depuis la fameuse scène près de la rivière, lorsqu'ils avaient compris combien c'était important de garder leurs distances, d'obéir aux règles de leur contrat, Ethan l'avait traitée avec une froide politesse quand ils étaient seuls... et avec un charme dévastateur en public.

Elle savait que c'était pour le mieux, mais elle se sentait mal à l'aise. Elle en avait assez de devoir surveiller son cœur et ses paroles. C'était difficile de feindre qu'elle n'éprouvait rien lorsqu'il la touchait, la regardait, lui parlait d'un air tendre et intéressé. Alors que tout cela n'était qu'une mascarade.

Elle avait tournoyé dans ses bras, légère comme une plume, libre comme l'air. Mais ce n'était qu'un rêve...

Ce jour-là, près de la rivière, ils avaient été seuls. Mais il avait été troublé par une émotion passagère, se rappela-t-elle.

Sous l'effet de la passion, les hommes disaient

toujours des choses qu'ils ne pensaient pas. Au Golden Pistol, elle avait souvent entendu un homme qui voulait séduire une fille lui promettre monts et merveilles. Et Snake... Snake avait fait des promesses lorsqu'ils s'étaient mariés, jurant d'abandonner sa vie de hors-la-loi, de la rendre heureuse, de leur trouver une vraie maison.

Il n'en avait tenu aucune. Pire encore, il lui avait fait mal. Pendant la nuit de noces, il l'avait renversée sur leur lit, lui avait arraché ses vêtements et s'était jeté sur elle... Elle n'avait pas imaginé pouvoir souffrir autant.

« Ethan veut la même chose, songea-t-elle. C'est pourquoi il t'a fait toutes ces promesses près de la rivière. C'était un piège pour t'inciter à rompre votre engagement. Il n'était pas sincère. Il se fiche de toi. Personne ne s'est intéressé à toi depuis Pop qui t'aimait bien, et Mme Gunderson à l'orphelinat. Pourquoi un homme comme Ethan Savage serait-il attiré par toi ? »

— Vous êtes toute pâle, ma chère. Vous ne vous sentez pas bien ? s'inquiéta Clara Perry.

— Je... je suis triste de ne pas avoir aperçu le colonel Hamring. Comment se porte-t-il ?

— Je ne l'ai pas vu non plus.

La voix de Clara tremblait légèrement, mais elle essayait de rester impassible. Jody devina qu'elle était terriblement déçue. Elle changea de sujet :

— Votre robe vous va à merveille.

— Je la gardais pour une occasion spéciale... bien que cette soirée n'ait rien de particulier. Mais j'ai eu brusquement envie de la porter. C'est stupide, n'est-ce pas ?

— Venez vous promener avec moi, dit Jody en

lui prenant le bras. Il fait si chaud ici. J'ai besoin d'air.

Le colonel ne se trouvait pas dans la salle de bal. Peut-être jouait-il au billard ou aux cartes dans une autre pièce ?

Elles se promenèrent dans le jardin en bavardant, puis revinrent vers la maison.

— On m'a dit que le salon de musique de lady Cartwright était particulièrement beau…

Jody s'interrompit. Elle venait de voir le colonel quitter une pièce sur la droite, où des hommes jouaient aux cartes.

— Colonel Hamring, venez m'aider, je vous prie ! appela-t-elle. Mlle Perry se sent mal.

Il rejoignit aussitôt les deux femmes.

— Que se passe-t-il ? demanda-t-il d'un air inquiet. Mademoiselle Perry, êtes-vous souffrante ?

— Non, je vais très bien… protesta Clara, mais Jody lui pinça fortement le bras. Enfin… la tête me tourne un peu, c'est vrai, se corrigea-t-elle.

— Prenez mon bras, mademoiselle.

— Colonel, aidez-moi à l'amener au salon de musique. N'ayez crainte, Clara, appuyez-vous sur notre ami.

Il se montra empressé et attentionné.

— Je me sens déjà mieux, dit Clara lorsqu'il proposa de lui apporter un verre d'eau.

— Je ne serais pas un gentleman si je ne m'occupais pas de vous. Vous avez été si merveilleuse avec moi récemment, insista-t-il en lui tapotant la main.

Il s'éloigna, un sourire aux lèvres.

— Que faites-vous, lady Stonecliff ? chuchota Clara. Comment avez-vous pu mentir aussi effrontément ?

— C'est pour une bonne cause, s'amusa Jody. Quand il reviendra… Attention, le voilà !

Elle se plaça au bord du sofa, tandis que le colonel revenait avec un verre d'eau.

— Mlle Perry a besoin d'un peu de calme, expliqua Jody. Un gentleman a valsé de manière un peu trop enjouée avec elle. La pauvre a eu un vertige.

— Quel goujat ! s'exclama le colonel, révolté.

— Je suis sûre que vous sauriez valser avec une dame aussi délicate que Mlle Perry, n'est-ce pas, colonel ?

— Certainement. Bien que je n'aie pas beaucoup dansé dans ma vie… Mais je pourrais essayer.

Jody lui sourit.

— Parfait. Je sais qu'elle ne refusera pas une danse avec vous, mais attendez qu'elle ait repris ses esprits.

— Bien sûr, bien sûr…

— C'est inutile, protesta Clara.

Le colonel secoua la tête d'un air mécontent.

— Je serai enchanté de danser avec vous, mademoiselle. Je veux vous montrer comment un gentleman digne de ce nom se comporte avec une dame.

Clara jeta un coup d'œil désespéré à Jody, qui reculait vers la porte.

— Où allez-vous, lady Stonecliff ?

— Mon mari doit me chercher. Je reviendrai dès que je l'aurai trouvé. À tout à l'heure !

Elle quitta le salon de musique, laissant Clara Perry seule avec le colonel.

Jody était très contente d'elle-même. Elle n'avait aucune intention de chercher Ethan. Il s'amusait probablement dans la salle de billard, et il serait furieux qu'elle vînt le déranger.

Elle se promena parmi les invités. La plupart étaient en couple, et elle se sentit soudain très seule.

Mais à quoi bon pleurnicher sur son sort ? se gronda-t-elle. Elle ferait mieux de rejoindre lady Tattersall et de la questionner sur Alicia Denby.

La marraine d'Ethan se trouvait dans un grand salon, où l'on avait disposé des chaises dorées et des tables rondes au-dessus de marbre. Un épais tapis étouffait les pas. Aux murs étaient accrochées des peintures dans des cadres en bois doré. Lady Tattersall discutait avec lady Cartwright, mais les deux femmes lui firent signe de se joindre à elles.

Alors qu'elle s'approchait, son regard fut attiré par le portrait accroché derrière lady Cartwright. Deux femmes blondes étaient assises sur un sofa, alors qu'une troisième se tenait debout sur leur gauche, un bouquet de fleurs à la main.

La femme debout l'intrigua. Elle étudia le visage ovale, emprunt de gentillesse, les yeux bleus aux reflets violets, les lèvres délicates. Elle portait une robe de crêpe. Sur son épaule, on voyait scintiller une broche…

Jody éprouva un choc. C'était *sa* broche ! La ravissante opale entourée de perles !

— Qui est-ce ? demanda-t-elle d'une voix rauque.

— Mon enfant, vous ne vous sentez pas bien ? s'alarma lady Tattersall. On dirait que vous venez de voir un fantôme.

— Je vais bien, mais dites-moi qui sont ces personnes, lady Cartwright, je vous en prie.

— C'est un portrait de famille. Je suis assise sur le sofa avec ma sœur Georgina. Je porte la robe pêche, et elle la robe blanche. La jeune fille debout en bleu était notre cousine Charlotte… Seigneur, lady Stonecliff, asseyez-vous, vous allez vous évanouir !

— Non, tout va bien, je vous assure…

Tremblante, Jody essayait de mettre de l'ordre dans son esprit agité.

— Elle était votre cousine ? reprit-elle.

— Oui. Nos mères étaient sœurs. Nous étions très proches dans notre enfance… Mais pourquoi vous intéresse-t-elle ?

— Lady Cartwright, connaissez-vous une jeune femme appelée Alicia Denby ?

Il y eut un silence. Lady Cartwright considérait la jeune comtesse, son visage livide, ses yeux brillants.

— Bien sûr, c'est la fille de ma cousine Charlotte. Mais elle sort peu en société. Comment la connaissez-vous, ma chère ?

La pièce se mit à tourner autour de Jody.

— Lady Cartwright… je crois que je vais tout de même m'asseoir.

— Stonecliff remporte tout ce soir, grommela le jeune lord Willowton alors qu'il se promenait dans le jardin avec son meilleur ami, le marquis de Cavenleigh, fils aîné du duc de Melling.

Tous deux avaient abusé de la boisson, et ils avaient perdu une somme conséquente en jouant aux cartes et au billard avec Stonecliff.

— Si tu avais une épouse comme lui, la chance te sourirait aussi, répliqua lord Cavenleigh, agacé.

— Je ne veux pas d'une épouse. Je ne songe pas à me marier, soupira lord Willowton en s'asseyant sur un banc de marbre. Mais j'aimerais bien avoir la comtesse de Stonecliff dans mon lit...

L'autre eut un petit rire.

— Ce n'est peut-être pas impossible, mon ami. D'après les rumeurs, la belle comtesse ne serait pas la lady qu'on pense, malgré ses belles robes et son visage angélique. On m'a rapporté des choses plutôt explosives...

— Raconte !

— Je suis allé à mon club ce matin. Il paraît qu'elle a travaillé dans un saloon en Amérique. Au Far West, tu te rends compte ! Stonecliff l'aurait rencontrée lors de ses voyages.

— C'est incroyable...

— Tu pourras peut-être l'inciter à coucher avec toi, Freddy, s'amusa son ami. Il paraît qu'elle est aussi commune qu'une...

Il ne put terminer sa phrase. Ethan Savage l'avait empoigné par le col de sa chemise.

— Stonecliff !... Euh, vous avez mal compris...

— Vous, par contre, vous allez comprendre, grogna Ethan avant de décocher un coup de poing dans la mâchoire de Cavenleigh.

Le jeune lord s'effondra avec un gémissement.

Ethan l'empoigna à nouveau, le releva et lui donna un deuxième coup dans l'estomac. Lord Cavenleigh atterrit sur un rosier.

Lord Willowton recula, effrayé.

— Pas si vite ! gronda Ethan en le saisissant par les revers en soie de son habit. Si l'un de vous parle encore de ma femme de cette façon, vous recevrez la raclée de votre vie. Vos propres mères ne pourront pas vous reconnaître...

Il parlait à mi-voix, posément, mais son ton glacial

aurait effrayé les plus courageux. Willowton frémit de peur.

— Je ne dirai rien… je vous le jure… Je ne faisais qu'admirer…

Ethan lui donna un coup de poing. Willowton tomba par terre, les lèvres en sang.

— Je vous interdis à tous les deux de poser les yeux sur elle !

19

C'était sans espoir.

Jody n'arrivait pas à s'endormir. Elle se retournait dans le grand lit douillet, donnait des coups de poing dans les oreillers, rejetait puis reprenait les couvertures.

Elle était éveillée comme en plein jour.

Dehors, la lune brillait dans le ciel étoilé. Les rideaux s'agitaient doucement dans la brise parfumée, qui charriait les senteurs des roses.

L'aube serait longue à venir. Mais elle ne pouvait pas rester au lit une minute de plus.

Pieds nus, elle descendit dans le hall, ses cheveux relâchés sur les épaules. Elle portait sa chemise de nuit en soie blanche. Elle n'avait pas enfilé sa robe de chambre, puisque les personnes raisonnables dormaient à une heure aussi tardive.

Elle espérait qu'un peu de thé l'apaiserait… Elle sourit : elle commençait à penser comme une Anglaise.

Tenant sa chandelle, elle entra dans la cuisine. Elle alluma une lampe et mit la bouilloire à chauffer. Elle chercha une tasse dans l'armoire.

Elle faillit hurler en découvrant Ethan dans l'embrasure de la porte.

Il l'observait d'un air indolent, un verre de cognac à la main.

— Est-ce que vous voulez me faire mourir de peur ? accusa-t-elle.

Il ne répondit pas. Il se contenta de la dévisager.

Le cœur de Jody battait la chamade. Ce soir, il semblait aussi menaçant qu'à Abilene, lors de leur première rencontre. Il portait encore son habit, mais son col était dégrafé, dévoilant quelques centimètres de son torse. Ses yeux scintillaient.

— Vous avez bu, murmura-t-elle.

— Pas assez, chérie. Hélas, pas assez…

Il n'était pas ivre. Il s'avança dans la cuisine, d'un pas lent mais décidé. Il était tendu, nerveux.

— Aimeriez-vous du thé ?

— Jamais.

— Du café ?

— Non.

— Des œufs au jambon, du pain beurré ou des tartelettes à la confiture ? Je suis une cuisinière, rappelez-vous. Je peux vous préparer tout cela…

— Je n'ai pas faim.

Il posa son verre de cognac, s'approcha d'elle. La jeune femme se sentait de plus en plus désemparée.

— Ce n'est pas une faim comme celle-là qui me tenaille… ajouta-t-il.

Elle le contemplait, effarée. Cet homme si grand, avec son regard perçant et son aura menaçante… À quoi pensait-il ? Que ressentait-il ? Que voulait-il ?

« Il veut ce que tous les hommes veulent, se dit-elle. Se servir de toi. Prendre son plaisir, puis t'abandonner. Il va demander le divorce dans quelques mois. Te renvoyer, très loin… Pour toujours. »

Cette pensée lui redonna courage. Elle agrippa le bord de la table et se redressa, lui faisant comprendre qu'il ne devait pas la toucher.

Ethan sentit la colère l'envahir. De quel droit se permettait-elle de le rejeter ? Il dut faire preuve d'une grande maîtrise de soi pour rester immobile, les bras rigides le long du corps.

Un sentiment d'impatience l'avait taraudé toute la soirée. Il avait souffert de la voir charmer les invités pendant la fête. Elle était à lui, sans être à lui. Lorsqu'il avait entendu Cavenleigh et Willowton parler de Jody comme si elle était une traînée, une terrible fureur l'avait submergé.

Il avait compris que les rumeurs déplaisantes ne faisaient que commencer. Les choses allaient empirer…

Pendant toute la soirée, il avait pensé à elle, même lorsqu'il avait joué aux cartes, bavardé avec des dizaines de personnes sans intérêt, avalé un repas fade dont les autres convives vantaient les mérites…

Et tout à l'heure, quand il avait entendu son pas léger dans l'escalier, quand il avait aperçu sa silhouette blanche se dirigeant vers la cuisine, il avait eu le sentiment de recevoir un coup de poing dans l'estomac.

Il s'était senti obligé de la suivre.

Il se retrouvait donc à un mètre de cette créature fascinante qu'il avait épousée à Abilene, et il luttait pour maîtriser ses impulsions.

Il se passa la main dans les cheveux. Elle était belle comme le jour, aussi attirante qu'un fruit délicieux, fraîche comme la rosée. Il voulait se noyer dans ses yeux violets. Il voulait enfouir les mains dans sa chevelure. Goûter chaque centimètre de peau soyeuse, caresser les seins, la courbe de son épaule, l'arc de son pied délicat.

Mais il se rappela qu'elle était partie en courant de la rivière. Elle l'avait accusé de trahir leur engagement. Depuis ce jour-là, elle avait gardé ses distances. Pendant toute cette semaine à Londres, il avait senti comme un bloc de glace entre eux. « C'est ta faute ! » se rappela-t-il amèrement. Il ne lui donnerait pas l'occasion de lui cracher à la figure en le repoussant.

— Pourquoi n'êtes-vous pas endormie ? C'est le milieu de la nuit.

— Je sais… Je pourrais vous retourner la question.

Il essaya de ne pas sourire. Son courage et son insolence le fascinaient toujours. Son regard s'abaissa vers les seins qu'il devinait sous la texture fine de la chemise de nuit.

Jody réalisa soudain qu'elle était presque dévêtue. Avec un tressaillement, elle croisa les bras devant sa poitrine. Ses joues s'empourprèrent.

— Je n'arrivais pas à dormir, mais je me sens fatiguée tout à coup. Je vais remonter dans ma chambre, dit-elle en se tournant vers la porte.

— Pourquoi êtes-vous si pressée ? demanda-t-il en lui saisissant le bras.

— Il est tard. Je suis lasse. Et je ne suis pas convenablement habillée.

« Lâche-la, s'ordonna-t-il. Laisse-la partir… »

— Vous êtes très bien.

— Non, Ethan. Laissez-moi, s'il vous plaît.

— De quoi avez-vous peur, chérie ?

— Pas de vous, en tout cas. Mais ce n'est pas digne… Je suis en chemise de nuit.

— Ce n'était pas digne de voler mon argent, mais vous l'avez fait, fit-il en essayant de plaisanter.

Elle se raidit. Ethan s'excusa aussitôt :

— Pardonnez-moi, ce n'est pas ce que je voulais dire.

— Mais si, répliqua-t-elle, les larmes aux yeux. Vous ne pouvez pas l'oublier, n'est-ce pas ? Vous pensez toujours à moi comme à une…

— Non, je vous jure que non, dit-il en l'attirant vers lui. Je ne pense plus à vous en ces termes.

— Vous venez de prouver le contraire.

— Vous voulez des preuves ? Vous voulez savoir ce que je ressens pour vous ?

— Lâchez-moi.

— Pas avant de vous avoir montré mes sentiments.

— Je sais déjà tout sur…

Avant de finir sa phrase, elle sentit ses lèvres sur les siennes. Le baiser fut intense et ardent. Elle ne pouvait plus réfléchir.

— Je pourrais vous embrasser jusqu'à la fin des temps, soupira-t-il en enfouissant une main dans sa chevelure épaisse. Je n'ai jamais désiré quelqu'un avec une pareille intensité.

Jody tremblait de la tête aux pieds. Son corps la brûlait. Elle s'agrippait à Ethan, tout en sachant qu'elle aurait dû le repousser.

Elle n'avait plus les moyens de lutter. S'il continuait de la regarder ainsi, de la toucher, de l'embrasser… elle serait perdue.

Il n'y avait qu'une seule chose qui pouvait les empêcher de commettre une erreur fatale. Alors qu'il abaissait la tête vers elle, la jeune femme murmura :

— Molly…

Ethan se raidit.

— Qu'avez-vous dit ?

— Molly ! s'écria-t-elle, les larmes aux yeux. Vous avez désiré Molly plus que tout. Vous ne pourrez jamais aimer quelqu'un comme vous l'avez aimée.

Il était fou de rage.

— Qui vous a parlé de Molly ?

— Quelle importance ? Elle est là, entre nous. Vous l'avez aimée. Vous la pleurez encore. Elle occupe tout votre cœur.

— Et alors ? Ça ne vous regarde pas.

Elle aurait voulu crier : « Elle occupe la place que je souhaiterais tenir dans votre cœur. À cause d'elle, il n'y a pas de place pour moi… » Mais son orgueil lui interdisait de s'humilier ainsi.

— Je ne veux pas qu'on se serve de moi. Je ne veux pas être une putain. Vous ne pouvez plus l'avoir, elle, mais vous avez besoin d'une femme dans votre lit. Quelqu'un que vous pourrez oublier…

— Est-ce vraiment ce que vous pensez, Jody ? demanda-t-il.

Il frappa du poing sur la table. Elle sursauta, effrayée par sa colère.

— Sortez, avant que je ne fasse quelque chose que je regretterai… ordonna-t-il. Allez-vous-en !

Elle se mordit la lèvre.

— Ethan, c'est seulement que je désire davantage… Je veux être aimée comme vous avez aimé

Molly. Cela ne m'arrivera peut-être jamais, mais…

Il la repoussa.

— Sortez !

Elle vit la flamme dans ses yeux, la tension de son corps, et la peur prit le pas sur son désarroi. Elle s'enfuit avec un sanglot étranglé.

Ethan était furieux au-delà de toute mesure. Voilà ce qu'elle pensait de lui ! Elle pensait qu'il aimait encore Molly, qu'il voulait seulement coucher avec elle le temps de cette parodie de mariage, pour ensuite l'abandonner.

Il frappa à nouveau du poing sur la table.

Eh bien, puisqu'elle avait une si mauvaise opinion de lui, autant lui prouver qu'elle avait raison ! Il pouvait se montrer impitoyable, sans merci, odieux… Il pouvait se comporter comme un sale égoïste…

Rageur, il se précipita hors de la cuisine. Dans le hall, il l'aperçut en haut de l'escalier. Elle se retourna pour le regarder.

Quelque chose dans le visage d'Ethan dut l'alerter. Elle blêmit, ses lèvres s'entrouvrirent.

Elle se mit à courir alors qu'il gravissait les marches.

20

Paniquée, Jody s'enferma à double tour dans sa chambre. Puis elle courut vers la porte qui ouvrait sur le salon et la verrouilla à son tour. Le cœur battant, les mains tremblantes, elle recula jusqu'au milieu de la pièce, scrutant les deux portes.

Brusquement, il y eut un bruit de tonnerre : la porte du salon vola en éclats. Un cri de terreur resta coincé dans sa gorge. Elle n'avait jamais vu Ethan aussi furieux. Ses yeux lançaient des éclairs, son visage était crispé par la colère. Il s'avança vers elle en enjambant ce qui restait de la porte en bois.

Elle se précipita vers l'autre porte, mais Ethan l'attrapa.

— Vous n'irez nulle part, Jody. Pensiez-vous vraiment qu'une porte pouvait m'arrêter ?

— Non, Ethan ! Lâchez-moi !… Qu'allez-vous me faire ?

— Vous le savez parfaitement, chérie, dit-il avec un rire sardonique. Ce n'est pourtant pas votre genre de poser des questions idiotes.

Elle sentait son souffle dans son oreille. Des frissons de terreur la parcouraient.

Il la força à se retourner, maintenant ses poignets

prisonniers au-dessus de sa tête. La panique qu'il lisait dans ses yeux, le souffle saccadé de la jeune femme le rendaient encore plus furieux.

— Ethan, vous aviez promis...

— J'ai promis de vous aimer, de vous honorer et de vous chérir, mais je ne l'ai pas encore fait, chérie. Commençons donc par le début. Je vais vous aimer.

— Ce n'est pas de l'amour...

Il l'embrassa avec fougue.

— En êtes-vous sûre ? rétorqua-t-il en levant la tête un bref instant, avant de l'embrasser à nouveau.

Sa langue fouillait sans merci la bouche de Jody. Elle poussa un gémissement et se débattit comme un beau diable. Mais il était aussi solide qu'un roc. Elle se tortilla dans tous les sens, alors que son corps la trahissait peu à peu. Elle avait l'impression qu'une flamme s'était allumée en elle, et qu'un brasier allait la consumer.

— Ethan, non... je vous en supplie. Ne faites pas ça...

Un sanglot lui échappa, venu des tréfonds de son âme.

Soudain, il cessa de l'embrasser. Ils étaient pressés l'un contre l'autre, elle pouvait sentir chacun de ses muscles.

Un autre sanglot lui échappa, mélange de désir et de crainte. Il scruta son visage.

— Êtes-vous sûre que ce n'est pas de l'amour, Jody ? Mais peut-être que je m'y prends mal...

À son grand étonnement, il la lâcha. Elle resta paralysée.

Puis, il l'effleura. Ses mains caressèrent ses

épaules, ses bras, ses seins. Sans la quitter des yeux, il fit glisser les mains le long de son corps jusqu'à lui enlacer la taille.

Esquissant un sourire, il chercha sa bouche une nouvelle fois, déposant sur ses lèvres frémissantes un tendre baiser. Puis il recommença, encore et encore. Chacun de ses baisers était plus profond, plus délicieux que le précédent.

Elle était émerveillée. Elle avait l'impression de se liquéfier. Sa violence ne lui avait pas fait mal. Elle avait simplement eu peur. Mais cette tendresse, ces merveilleux baisers étaient plus troublants, plus meurtriers que des coups de poignard.

— Je ne vous ferai jamais mal, Jody, murmura-t-il, posant la joue sur ses cheveux.

Elle l'enlaça, se pendit à son cou.

— Je vous aime, Jody... Ne l'avez-vous pas encore compris ? Ou m'en croyez-vous incapable ?

Il y avait de l'amertume, de l'ironie et de la douleur dans sa voix.

Elle posa ses paumes sur les joues d'Ethan.

— C'est impossible, chuchota-t-elle d'une voix brisée. Personne ne m'a jamais aimée...

— Mais si, c'est possible, petite sotte ! Je vous aime... vraiment.

Avec un rire triomphant, il porta l'une de ses mains à ses lèvres. Un frisson de plaisir parcourut l'échine de la jeune femme.

— Je repense aux vœux de notre mariage. On dirait que je les prononce sincèrement pour la première fois.

Lorsqu'il lut l'étonnement et l'incrédulité dans son regard, il sentit la colère l'enflammer à nouveau.

— Le fantôme de Molly ne nous sépare pas, Jody. Ce ne sont que vos craintes et vos doutes qui nous éloignent l'un de l'autre.

— Vous l'avez aimée, elle.

— Oui, il y a bien longtemps. Et elle est morte.

À son tour, il prit son beau visage entre ses mains. Il ne voulait plus savoir comment elle avait appris le drame de Molly. Ce n'était pas plus mal qu'elle fût au courant. Les os de son visage étaient si fragiles sous ses doigts… Elle l'observait avec une intensité déchirante.

Son cœur battit plus vite. Il chercha les mots adéquats, touché par la vulnérabilité de la jeune femme.

— Nous étions jeunes… Elle était ravissante, douce… Et elle m'a été enlevée, par mon père et mon frère, avec l'aide de mon cousin Winthrop, parce qu'on ne la considérait pas assez bien. Alors qu'ils étaient indignes de lui baiser la main ! Ils l'ont tuée, et je ne leur ai jamais pardonné… C'était un amour de jeunesse, un premier amour. Aurait-il été appelé à durer ? Je ne le saurai jamais. C'est arrivé il y a des années, et maintenant, Molly n'est plus. (Ses yeux se voilèrent de tristesse.) J'ai changé depuis. Je ne pensais pas pouvoir aimer à nouveau avec la même ferveur… mais je me suis trompé.

Elle retint son souffle. Il la saisit par les épaules.

— Je vous aime différemment, Jody. Je ne suis plus le même homme… J'aime autrement. Ma douce, belle, sotte petite chérie, je suis prêt à passer la nuit à vous le prouver. Je suis prêt à passer le restant de mes jours à vous le prouver. Je vous aime, *vous*. Je ne pense plus qu'à vous, jour et nuit.

Vous m'obsédez. Vous êtes entrée dans mon cœur, Jody, dans ma tête et dans mon sang...

Il l'attira à lui et posa ses lèvres sur les siennes. Le corps de la jeune femme fut parcouru d'un long frisson. Les lèvres d'Ethan laissaient derrière elles des traînées de feu. Et ses mains...

— Je voudrais tellement vous croire, murmura-t-elle.

— Alors croyez-moi.

— Si c'était un mensonge... je ne pourrais pas le supporter.

— Est-ce un mensonge, ceci ?

Leurs lèvres se frôlaient, brûlantes.

— Et ceci, est-ce un mensonge ?

Il traça le contour de ses seins sous la chemise de nuit, les pressa doucement entre ses doigts. Quand il vit que ses cils frémissaient et qu'elle rejetait le cou en arrière, il sourit.

— Est-ce que ma façon de vous regarder est un mensonge, Jody ?... Regardez-moi ! Regardez mes yeux. Regardez mon amour pour vous...

Elle n'arrivait plus à réfléchir. Dans ses prunelles, elle lisait l'urgence et la tendresse, et quelque chose de plus profond encore : le désir. Elle voyait également brûler la douleur de la solitude. Peut-être l'avait-elle devinée dès leur premier baiser dans le salon du juge ?

Elle y découvrit aussi autre chose. L'amour. L'amour qui faisait frémir le corps puissant d'Ethan Savage, illuminait ses yeux, palpitait dans son cœur.

— Moi aussi, je vous aime, Ethan ! J'ai besoin d'être dans vos bras, d'être serrée contre vous... J'ai besoin de vos baisers.

— Je suis trop heureux de vous servir...

Et voilà qu'il l'embrassait, la déshabillait dans la pénombre de la chambre, glissant la chemise de nuit le long de son buste, la jetant au loin.

Les cheveux de Jody, sombres et sauvages, au parfum délicat, lui effleuraient la poitrine, soulignant la clarté de sa peau opaline.

Ethan contemplait ses seins magnifiques, les mamelons roses, la taille fine, le ventre plat, les rondeurs délicieuses des hanches. Ses jambes étaient longues et satinées, ses épaules sensuelles. Elle était étourdissante de féminité, enivrante de volupté. Et timide. Ses joues étaient aussi roses que l'aurore.

— Vous êtes si belle… souffla-t-il alors qu'elle se coulait dans ses bras, la tête en arrière pour recevoir le nectar de ses baisers.

Il la caressait comme si elle était un objet précieux.

Jody effleura les épaules musclées d'Ethan, émerveillée par son corps splendide. Elle tremblait d'excitation. Elle était emportée par le désir, à tel point qu'elle avait de la peine à tenir debout.

— C'est à votre tour de retirer vos vêtements… murmura-t-elle.

— Mais oui, s'amusa-t-il. Ce n'est que justice, comme je dis toujours…

Il la souleva dans ses bras pour la porter jusqu'au lit. Elle rit doucement.

— Je ne vous ai jamais entendu dire une chose pareille.

Ethan la déposa sur le lit avec une tendresse infinie. La jeune femme accueillait ses baisers avec tant de passion qu'il se demandait comment il pouvait encore attendre.

Mais il devait être patient et doux. Des baisers, des caresses. Même si le désir battait à ses tempes, alors que Jody déboutonnait sa chemise…

Des gouttes de sueur perlaient sur son torse. Ses habits tombèrent par terre. Ils étaient seuls dans la chambre, seuls avec la lumière de la lune et le parfum enivrant de la passion.

Il baisa chacun de ses seins. Doucement, sa langue s'enroula autour d'un mamelon, le caressant, le taquinant jusqu'à ce qu'il se raidisse dans sa bouche.

Il la rendait complètement folle. Elle se cambra, emportée par un plaisir si violent qu'il devenait douloureux. Les cheveux d'Ethan étaient épais et soyeux. Elle aimait son parfum de cognac, de sueur et de cigare. Alors que ses doigts touchaient les muscles de son dos, elle lui abandonna sa dignité, sa fierté, sa timidité… Tout se dissolvait sous les mains magiques de cet homme.

Sans réfléchir, elle l'entoura de ses jambes, attirant son corps vers le sien. Mais quand elle sentit sa virilité dressée, elle fut brusquement saisie de panique.

— Non, Ethan ! Non, je vous en prie…

Elle tenta de le repousser, se débattit pour s'échapper.

Il roula sur le côté, le souffle court. Elle semblait terrifiée et désespérée. Pourquoi ?

— Ne me repoussez pas, ma chérie… Qu'est-ce qui ne va pas ?

Elle ne savait comment lui expliquer. De tout son cœur, elle voulait être dans ses bras, elle voulait être embrassée jusqu'à ce que le monde disparaisse autour d'eux, dans un tourbillon de beauté et de plaisir.

Mais il n'y aurait pas de plaisir si elle le laissait continuer. Il y aurait de la douleur. Une douleur terrible.

— Je vais avoir mal. J'ai peur… je ne veux pas…

Il esquissa un sourire. Il n'avait pas pensé qu'elle était peut-être encore vierge.

Il lui prit la main et la baisa.

— C'est vrai que cela peut faire mal la première fois, Jody, mais je serai doux, ma chérie. Et je vais faire très attention. Je vais aller doucement jusqu'à ce que…

— Non, ça fait toujours mal ! s'écria-t-elle en lui arrachant sa main. Ne me mentez pas !

Stupéfait, il se redressa pour la dévisager.

— Je ne mens pas.

— Si ! La femme souffre toujours… Je vous aime, Ethan, et je vous laisserai faire, si c'est ce que vous souhaitez. Mais…

Ethan n'en revenait pas de la voir aussi tourmentée.

— Qui vous a dit qu'une femme avait toujours mal ? Ce sont des sornettes.

— Personne ne me l'a dit. Je le sais.

Elle s'assit. Ses cheveux tombaient en vagues sombres sur ses épaules. Sa lèvre inférieure tremblait, non plus de passion, mais de colère et de peur.

Ethan sentit sa gorge se serrer. Ses traits se durcirent.

— Comment le savez-vous, Jody ? Racontez-moi…

21

Ethan avait parlé d'une voix douce, mais ferme. Elle s'aperçut qu'il était en colère. « Mon Dieu, qu'ai-je dit ? songea-t-elle. Maintenant, il va apprendre la vérité... »

Hélas, il était impossible de revenir en arrière.

— Snake... avoua-t-elle. Quand Snake... me faisait ça, j'avais toujours très mal. Presque aussi mal que la nuit où il m'a battue. Il...

— Ce bandit a été votre amant ? s'étonna-t-il, puis son expression s'assombrit. Il vous a violée ?

Il évoquait un volcan sur le point d'exploser. Elle eut peur.

— Pas exactement... Il m'a forcée, oui. Je le détestais, mais... nous étions mariés.

Jody sentait son cœur battre si vite qu'elle craignait de s'évanouir.

— Si j'ai bien compris, vous avez épousé un hors-la-loi qui vous battait et vous...

— Il m'a forcée à l'épouser, expliqua-t-elle, honteuse. Il a menacé de tuer Pop Watson, et Pop était comme un père pour moi... Ethan, ne soyez pas en colère contre moi ! Je me suis enfuie après deux semaines. Pop était mort et... Je n'ai jamais aimé

Snake. C'est vous que j'aime, seulement vous. Je vais essayer de me laisser faire et d'y trouver du plaisir. Promis !

— Jody !

Elle n'avait jamais pleuré ouvertement devant quelqu'un. Elle avait l'habitude de garder son chagrin pour ses moments de solitude. Mais cette fois, des larmes amères coulaient sur ses joues, et ses épaules étaient secouées par des sanglots incontrôlables.

— Je vous en prie, ne cessez pas de m'aimer parce que j'ai été mariée à cet homme !

Il la serra contre lui. Il sentait le corps de la jeune femme frissonner. Elle avait si peur d'être rejetée, comme elle l'avait été toute sa vie…

Il la berça sur sa poitrine.

— Doucement, ma chérie… chut…

Elle était agrippée à lui. Elle sanglotait, le visage pressé contre son torse. D'habitude, les larmes des femmes ne le touchaient pas, mais celles-ci le déchiraient.

— Pleurez, si cela vous aide. Le cauchemar est fini. Il est derrière vous maintenant.

Il pensa à la vie de Jody, à sa solitude, à son pénible travail, à sa lutte pour survivre jour après jour, sans personne pour l'aider ou la protéger… Elle avait dû se sentir désespérée d'être à la merci d'une brute comme Snake Barker.

Il ressentit un élan de compassion et d'amour. Ainsi qu'une haine incommensurable.

— Un jour, je retournerai là-bas, Jody. Je traquerai ce fils de chien et je l'expédierai en enfer, murmura-t-il d'une voix rauque. Mais avant de le laisser mourir, je le…

Il s'interrompit. Mieux valait qu'elle ignore le sort qu'il réservait à Snake Barker.

— Non, Ethan, il ne faut pas l'approcher! s'écria-t-elle, effrayée. Vous ne le connaissez pas... Vous ne savez pas de quoi il est capable.

Il fut touché et amusé de cette inquiétude. Il s'était bâti une solide réputation dans l'Ouest américain, et il avait affronté suffisamment d'hommes cruels pour prévoir leurs réactions. Mais il ne voulait pas alarmer Jody en lui parlant de vengeance.

Cela faisait longtemps qu'on ne s'était inquiété pour lui.

— Pour l'instant, je reste ici. Nous avons encore quelques petites choses à régler.

— Quoi donc?

— Votre mariage avec cet homme était-il légal?

Elle hocha la tête en se mordillant la lèvre.

— Un juge de paix nous a mariés. Je portais cette robe bleue, celle que j'avais quand je vous ai fait les poches...

— Y avez-vous mis un terme de façon légale?

Elle secoua la tête.

— Flûte! Alors, vous n'êtes pas ma femme...

— Mais nous pouvons tout de même... J'ai le sentiment d'être votre femme, continua-t-elle en lui caressant la joue. Quand j'étais avec Snake, j'avais le sentiment d'être une cuisinière, une mule de bât ou une prostituée.

Elle laissa retomber ses mains, étouffa un nouveau sanglot. Puis elle repoussa ses cheveux, s'apercevant soudain qu'ils étaient nus tous les deux, recroquevillés au milieu du lit.

— Jody, ce que Snake vous a fait... ce n'était pas de l'amour. Vous ne vouliez pas de lui. C'était un viol. Et dans un avenir proche, je le tuerai pour vous avoir traitée ainsi.

Elle commença à protester, mais il posa une main douce sur ses lèvres et lui sourit.

— Inutile d'en discuter maintenant. Pour l'instant, j'ai une très bonne nouvelle pour vous...

— Je ne comprends pas, Ethan.

— Ce que vous avez connu avec l'immonde Snake ne ressemble pas du tout à ce que nous allons faire cette nuit.

Tout en parlant, il l'incita à s'allonger. Il passa les doigts dans ses cheveux pour les étendre sur l'oreiller. Il la contemplait avec une telle tendresse que le cœur de Jody menaçait d'éclater.

— Nous ferons ce que vous voulez, accepta-t-elle aussitôt. J'aime vos baisers et vos caresses. Je peux apprendre à aimer le reste...

— Avez-vous confiance en moi ?

Elle poussa un soupir.

— Si ce n'était pas le cas, pensez-vous que je vous aurais laissé m'approcher, après ce que j'ai subi ?... Oui, Ethan, j'ai confiance en vous.

— Croyez-moi, je ne vais pas vous faire mal. Jamais je ne vous ferai souffrir volontairement.

— Je vous crois.

Leurs langues se mêlèrent en une danse voluptueuse. Le clair de lune nimbait leurs corps d'une douce clarté. Elle laissa ses mains glisser sur les épaules d'Ethan, le long de son dos, l'invitant à se rapprocher, l'attirant à elle par des caresses magiques.

La confiance absolue qu'il lisait dans ses yeux, le rendit fou de joie.

— Jody, je vais vous aimer jusqu'à ce que vous

ayez compris ce que l'amour peut être, entre une femme et un homme.

Il déposa une traînée de baisers brûlants sur son cou. Il trouva le pouls tremblant à la base de sa nuque, l'effleura de ses lèvres.

— Je vais vous faire tout oublier, promit-il, et elle soupira de plaisir.

Il lui caressa les seins, sans cesser de l'embrasser et de la mordiller. Puis les baisers se firent plus intenses. Il lui caressa le ventre, l'intérieur des cuisses, le triangle de sa féminité.

Jody était perdue. Merveilleusement perdue...

Elle laissa échapper un gémissement qui le fit sourire.

Il éveillait en elle des sensations inconnues. Elle n'en revenait pas. Elle souleva les hanches et retint son souffle quand les doigts d'Ethan la pénétrèrent. Un feu de velours lui léchait les entrailles.

Elle s'agrippa à lui, s'émerveillant de sa chaleur et de sa force, alors que sa bouche explorait de nouveaux territoires.

Elle tremblait sous les assauts répétés de sa langue, de ses lèvres et de ses mains. Elle s'entendit le supplier, mais elle ignora pourquoi.

Elle ne voulait surtout pas qu'il arrête !

Émerveillée, elle le laissa éveiller chaque centimètre de sa peau. Que lui faisait-il ? Au nom du Ciel...

« Le paradis, songea-t-elle soudain. Il m'emmène au paradis... »

Quand il lui prit la main, l'encourageant à toucher sa virilité, elle fut parcourue d'un violent tremblement. Mais ce n'était plus de peur : c'était de désir. Elle le caressa à son tour.

Bientôt, Ethan devina qu'elle était prête. Elle avait atteint le point sans retour. Il avait patienté, maîtrisant son propre désir, mais désormais il n'en pouvait plus. Il la désirait si fort qu'il en avait mal. Sa peau moite et nacrée, son regard brillant, son corps voluptueux...

Elle allait découvrir la différence entre une brute qui utilisait une femme pour son propre plaisir, et un homme qui savait emmener sa bien-aimée au bord de l'extase.

— Ethan, Ethan... murmura-t-elle alors qu'il se plaçait au-dessus d'elle.

— N'aie pas peur, ma chérie... Je ne vais pas te faire mal.

— Je n'ai pas peur... J'ai peur que tu t'arrêtes. Mais j'ai aussi peur de la suite...

— Il est temps que tu découvres le vrai plaisir, murmura-t-il en la contemplant avec amour.

Il la pénétra doucement, sentit son corps l'accueillir.

Il percevait chacun de ses frissons. Les yeux de Jody étaient plus profonds que l'océan. Sa peau humide avait un parfum de fleur, et tandis qu'il la pénétrait, qu'il devenait un avec elle, leurs cœurs se mirent à battre à l'unisson.

Puis ils prirent leur envol. De plus en plus vite, de plus en plus haut, ils franchirent les frontières de l'espace et du temps. Leurs bouches mêlées, ils évoluèrent à travers un doux chaos, dépassèrent les cimes du désir.

Jody avait l'impression d'être aspirée dans un tourbillon de plaisir pur.

Ainsi, c'était cela, le véritable amour...

Puis elle cessa de penser. Les sensations étaient

trop fortes. Ses cuisses enserraient Ethan alors qu'ils bougeaient au rythme d'une danse éternelle. La terre trembla, le monde s'éloigna. Elle tourbillonna avec lui dans un fracas d'étincelles, précipitée vers une lumière éclatante qui ne pouvait être que le paradis. Elle poussa un cri de délivrance et de joie.

Ils entrèrent dans ce paradis. Ensemble... Le souffle court, tremblants, accrochés l'un à l'autre.

Quand Jody se réveilla, l'aube chassait les dernières ombres de la nuit. Une lumière pâle se faufilait à travers les rideaux de sa chambre. Elle éclairait le tapis crème, baignait leurs corps nus.

Sa tête était posée sur le torse d'Ethan. Leurs jambes étaient emmêlées, les draps et les couvertures éparpillés autour du lit.

La jeune femme ne s'était jamais sentie aussi bien.

À côté d'elle, le corps de son amant était doux et chaud. Elle se rappela chaque merveilleux instant de la nuit, et elle sourit.

Elle poussa un soupir de contentement, croyant qu'Ethan dormait. Mais lorsque sa jambe emprisonna les siennes, comme pour la retenir, elle comprit qu'il était lui aussi réveillé.

— Ethan ?

— Je réfléchissais. Tu as gardé toute cette solitude en toi, Jody. Toute cette terrible douleur... Après ce que tu as connu, je ne sais pas comment tu as pu rester si généreuse.

— Toi aussi, tu es généreux. Depuis le début, je le savais. Tu feins d'être quelqu'un d'intransigeant, de méchant et de difficile, mais au fond, tu n'es qu'un petit chat… Aïe !

Elle éclata de rire alors qu'il la renversait sur le dos, la maintenant prisonnière sous son corps puissant.

— Plutôt un tigre, concéda-t-elle en pouffant.

Il l'embrassa avec une fougue qui la laissa pantelante. Puis elle lui mordilla la mâchoire.

— Supposons que je n'aie pas choisi de te voler ce jour-là… Nous ne nous serions jamais rencontrés.

— Tu veux parier ? C'était notre destin, ma chérie, et on ne peut pas échapper à son destin.

Il joua avec une longue mèche satinée. Le soleil matinal y déposait des reflets de bronze.

— Curieusement, je savais qu'il allait se passer quelque chose ce jour-là, poursuivit-il. Je l'avais senti au saloon, avant que Latherby vienne me parler de mon père. Je ne savais pas exactement ce qui allait se passer, mais je savais que ce serait… intense.

Il sourit.

— À vrai dire, je pensais que j'allais me faire descendre.

Elle tressaillit.

— Descendre !

— Oui. C'est curieux qu'en tant d'années, je n'aie jamais reçu une balle. J'ai été poignardé deux fois, souvent assommé… J'ai été traîné derrière un cheval, pourchassé par un ours, mais je n'ai jamais été blessé par balle. J'étais certain que le jour était venu. Je ne me suis pas trompé… Dans la ruelle, j'ai été blessé non par une balle, mais par une flèche.

Elle arqua les sourcils, perplexe.

— Une flèche qui appartenait à un petit fanfaron qui s'appelle Cupidon, précisa-t-il.

Elle sourit. Son visage s'illumina.

— Moi aussi, murmura-t-elle en lui caressant la joue. C'est curieux, mais tu parles comme si tu étais toujours l'autre Ethan Savage, le mercenaire.

— Je le suis.

— Une partie de toi est encore attachée à l'Amérique. L'Ouest te manque ?

— C'était la belle vie, la liberté. Chevaucher dans des montagnes qui tutoient le ciel, dormir dans des canyons d'une beauté à couper le souffle, écouter les coyotes hurler dans le lointain. Regarder les aigles planer dans ce ciel infini, les chevaux sauvages se désaltérer dans une rivière... Mais depuis que je suis revenu... je ne pensais jamais le dire, mais l'Angleterre me plaît aussi. Tout a changé désormais. Peut-être parce que tu es là.

Elle rougit de plaisir.

— Jody, dis-moi. Es-tu heureuse ici ?

— J'apprends à aimer ce pays. Je ne pensais pas m'y sentir aussi bien. J'aime surtout Stonecliff Park. Il y a quelque chose de magique là-bas. J'ai le sentiment que... que je suis à la maison. C'est étrange, mais je m'y sens plus chez moi que nulle part ailleurs.

Il lui caressa les seins.

— Puis-je espérer que les personnes autour de toi y sont pour quelque chose ?

Elle feignit de réfléchir.

— Tu veux dire Clara ? Elle est si gentille. Et lady Tattersall... je l'aime bien... Oh, Ethan ! cria-t-elle alors qu'il la chatouillait.

— Alors ? fit-il en riant.

— Oui… Bien sûr que tu y es pour quelque chose.

Elle frissonna de plaisir tandis qu'il lui mordillait l'oreille.

Et dans la lumière du matin, elle eut le bonheur d'être aimée une nouvelle fois.

22

Le soleil brillait dans un ciel d'été sans nuages. Le valet de pied aida Jody à descendre de l'attelage dans Belgravia Square. Aucun souffle de brise ne venait taquiner les feuilles des arbres. La rue était paisible et élégante. Les arbres procuraient de l'ombre pour les passants, et de magnifiques rhododendrons se dressaient derrière la barrière qui encerclait le jardin.

La gorge nouée, elle leva les yeux sur la belle demeure.

Alors que l'attelage la conduisait à l'adresse que lui avait donnée lady Cartwright la veille, Jody avait ressenti une myriade de sentiments divers : l'excitation, la crainte, l'espoir, et la peur d'être déçue. Mais désormais, alors qu'elle contemplait l'élégant portique et les hautes fenêtres, elle était surtout portée par l'espoir.

« Peut-être que ma chance tourne enfin, se dit-elle. J'ai trouvé Ethan, et il m'aime… Il m'aime ! Peut-être vais-je enfin découvrir qui je suis, et d'où je viens ? »

— Dois-je attendre, madame la comtesse ?

— Oui. Promenez un peu les chevaux, Rupert. Je ne pense pas être longue.

Et s'il n'y avait personne à la maison ? songea-t-elle, nerveuse, en gravissant les marches. S'ils refusaient de la recevoir. Si...

La porte fut ouverte par un majordome immense.

— Oui, madame ? demanda-t-il poliment, examinant la belle robe en soie bleue avec sa traîne en dentelle, le chapeau coquet et l'ombrelle.

Elle lui donna la carte de visite bordée d'or, qu'Ethan lui avait fait faire.

— J'aimerais voir Mlle Denby, dit-elle en essayant de cacher sa nervosité.

Elle s'attendait à ce qu'il lui dise que personne de ce nom n'habitait là, que Mlle Denby n'existait pas, même si lady Cartwright la connaissait !

— Veuillez patienter au salon, lady Stonecliff. Je vais prévenir mademoiselle.

Le cœur battant, elle arpenta le salon. Dans son réticule, elle avait apporté la broche, et la bague de la jeune inconnue. Au moins, elle pourrait la lui rendre...

Mais comment expliquer qu'elle avait en sa possession les objets qu'on lui avait dérobés dans une diligence à l'autre bout du monde ?

Jody se mordilla la lèvre et s'approcha de la fenêtre, d'où l'on voyait les rhododendrons et les haies de buis bien taillées. Elle était folle ! Il lui sembla que la jolie pièce tournait autour d'elle. Et si Alicia Denby était aussi odieuse et prétentieuse que Rosamund Crenshaw ? Si elle lui posait des questions humiliantes pour elle et pour Ethan ?

Pourquoi n'en avait-elle pas discuté auparavant avec son mari ? Pourquoi cette hâte, après toutes ces années de patience ?

Ethan avait dû partir tôt pour ses affaires. On

l'avait invité à prendre sa place au Parlement, et il avait rendez-vous avec plusieurs lords influents. Jody était en train de prendre son bain quand il était venu la voir. Elle avait à peine eu le temps de l'embrasser. Elle n'avait pas pu lui parler des bijoux qu'elle avait cachés, ni de son intention de rencontrer la mystérieuse Alicia Denby…

« Lorsqu'il reviendra cet après-midi, nous prendrons le thé tous les deux. Je lui raconterai tout, se promit-elle. Peut-être saurai-je alors qui je suis ? »

De toute façon, cela lui serait indifférent. Le plus merveilleux, c'était qu'il l'aimait pour elle. Quoi qu'elle apprît désormais, elle savait que cela ne changerait rien pour lui.

Mais elle voulait savoir ! C'était essentiel de savoir enfin.

La porte s'ouvrit. Jody se retourna, anxieuse. Une jeune femme hésitait dans l'embrasure.

Elle avait peut-être deux ou trois ans de plus que Jody, et elle était un peu plus élancée. Elle ressemblait à une fleur de soie, pâle et délicate. Elle portait une robe simple, et ses boucles blondes brillaient au soleil. Dans son visage de porcelaine, empreint de douceur, ses yeux étaient d'un bleu lumineux.

— Est-ce que je vous connais, lady Stonecliff ? demanda-t-elle, un sourire aux lèvres, en entrant dans le salon.

— Non, mademoiselle Denby, nous ne nous sommes jamais rencontrées, répliqua doucement Jody, essayant de la mettre à l'aise.

Alicia Denby semblait aussi timide qu'une souris ! Bien qu'elle fût accueillante et amicale, on aurait dit qu'elle n'avait pas l'habitude d'avoir de la visite.

— Lady Cartwright est l'une de mes amies. C'est elle qui m'a donné votre adresse.

— Mais pourquoi ? s'étonna la jeune femme. Pardonnez-moi… Je ne veux pas être impolie, mais je ne sors pas souvent en société… (Elle rougit.) Veuillez vous asseoir, et dites-moi ce que je peux faire pour vous.

— Ma question risque de vous paraître étrange, mais auriez-vous été dans une diligence attaquée par des bandits en Amérique, il y a quelques mois ?

Alicia Denby agrippa les bras de son fauteuil.

— Comment le savez-vous ?

— Parce que… Oh, mer… je veux dire, flûte… Je crois que j'ai vos bijoux. Est-ce qu'ils vous appartiennent ?

D'une main tremblante, Jody retira de son réticule la bourse en velours. Elle en sortit la bague d'opale, le bracelet et le morceau de lettre. La jeune femme blonde resta interloquée.

— Mais oui ! Ils sont à moi ! s'exclama-t-elle, enchantée. C'est merveilleux… Comme c'est gentil à vous de me les rapporter ! Mais… comment est-ce possible ? Le shérif a-t-il rattrapé ces bandits ? Mais non, ce n'est pas ça. Il ne vous aurait pas envoyée, vous.

— Je les ai trouvés. Pour être tout à fait sincère, je les ai dérobés aux bandits.

Un sourire éclatant rayonnait sur le visage de Jody. Son cœur était rempli d'espoir.

— Quand j'ai vu le portrait de votre mère hier soir chez lady Cartwright, j'ai remarqué que sa broche appartenait à la même parure que cette bague.

— En effet.

— Je vous cherchais pour vous rendre la bague, et j'ai demandé à lady Cartwright le nom de la personne du tableau. Elle m'a dit que votre mère était sa cousine… J'ai autre chose à vous montrer, mademoiselle, ajouta-t-elle en sortant la broche du réticule.

Maintenant que le moment fatidique était venu, elle se sentait étrangement calme.

— Cette broche ressemble à celle du portrait. Celle que portait votre mère. Mais… mais elle m'appartient.

La jeune femme semblait estomaquée, comme si l'on venait de lui renverser un seau d'eau froide sur la tête.

— Mademoiselle Denby ? s'écria Jody. Est-ce que ça va ?

— Vous… vous… Où avez-vous eu cette broche ?

— J'ai grandi dans un orphelinat. La directrice m'a expliqué que cette broche avait été accrochée à mes vêtements de bébé, le jour où j'ai été trouvée.

Alicia blêmit. On aurait dit qu'elle allait s'évanouir. Elle étudia attentivement Jody.

Elle se leva, chancelant un peu.

— Doux Jésus… c'est vous…

Tout son corps se mit à trembler. Puis elle s'avança d'un mouvement si rapide que Jody se raidit. Alicia Denby la saisit par les poignets.

— Lady Stonecliff… vous devez être… À moins que ce ne soit une terrible erreur… vous devez être…

— Qui ? croassa Jody. Je vous en prie, dites-le-moi ! J'ai cherché à le savoir toute ma vie !

— *Joséphine…*

— Oui, c'est mon nom, en effet. Il y avait un mot avec la broche qui disait : « Bébé Joséphine. »

Alicia Denby la scrutait, à la fois heureuse et bouleversée.

— Vous êtes ma sœur !

23

Un oiseau poussa quelques trilles dans le jardin. Son chant résonna dans le salon. Pour la première fois de sa vie, Jody était restée muette. Choquée, elle contemplait le visage d'Alicia Denby, illuminé de bonheur.

— Comment le savez-vous ? demanda-t-elle enfin.

— J'en suis certaine, lady Stonecliff. Regardez vos cheveux… ils sont de la même teinte que ceux de notre papa. Moi, je ressemble davantage à maman, mais nous avons les mêmes yeux, un peu étirés vers les tempes. Vous ne voyez pas ?

Elle posa ses paumes l'une contre l'autre, dans un geste de prière, comme si ce cadeau du Ciel risquait de lui être enlevé à tout moment.

— Joséphine, je n'arrive pas à le croire. C'est extraordinaire !… Grand-père ! ajouta-t-elle, serrant le bras de Jody. Nous devons le dire à grand-père. Viens vite, nous parlerons plus tard… Tu me raconteras tout, et je te dirai comment nous avons été séparées, et tous les efforts désespérés que nous avons faits pour te retrouver.

— Vous m'avez cherchée ? s'exclama Jody, incrédule. Mes parents… mes parents me désiraient ? Je n'ai pas été abandonnée ?

— Abandonnée ? Grands dieux, jamais ! C'était à cause de la guerre, la guerre de Sécession… Je n'avais que trois ans, mais on m'a rapatriée en Angleterre alors que toi, tu n'étais qu'un bébé… Je promets de tout t'expliquer, mais il faut prévenir grand-père. Il avait abandonné tout espoir de te retrouver. Il est âgé, et fatigué. Nous devons lui dire tout de suite. Il sera si heureux…

— J'ai un grand-père. Et une sœur.

Jody n'en revenait pas. Elle était si bouleversée qu'elle avait mal au cœur.

— Êtes-vous certaine que ce n'est pas une erreur ? Je ne voudrais pas le décevoir…

— Tu as la broche. La broche de notre maman. Et puis, on ne peut pas nier la ressemblance… Maintenant que je sais, ça saute aux yeux. Viens !

Avec une détermination qui contrastait avec sa timidité précédente, Alicia l'entraîna. Elles traversèrent le vestibule et entrèrent dans un salon de musique, superbement meublé avec de profonds canapés, des fauteuils confortables, et un piano placé sous une peinture.

— Regarde… dit Alicia en lui montrant le portrait.

Il s'agissait d'un couple. Auprès de la même femme que Jody avait vue chez lady Cartwright, se tenait un homme élancé et élégant, avec des boucles châtains et un visage viril. Un sourire espiègle jouait sur ses lèvres.

— Tu as les yeux de maman et les cheveux de papa, murmura Alicia, la voix pleine d'émotion, alors qu'elle regardait tour à tour le tableau et sa sœur.

Elle chassa une larme et poursuivit :

— Toute ma vie, j'ai étudié leurs portraits. Je sais exactement comment ils avaient l'air. Et tu es un fascinant mélange de tous les deux… C'est la vérité, Joséphine. Nous habitions en Georgie, sur une plantation. Notre famille a tout perdu pendant la guerre. Papa a été tué à la bataille de Chickamauga, et maman est morte avant d'avoir pu te mettre en sécurité. Tu as été perdue pendant de si longues années… Grand-père et moi, on avait presque perdu l'espoir de te retrouver.

— Et c'est moi qui vous ai trouvés.

Jody s'accrocha à la main d'Alicia, osant à peine y croire.

— S'il n'y avait pas eu l'attaque de la diligence, et ta lettre…

Une voix grave l'interrompit :

— Alicia, ma chérie, que se passe-t-il ?

Elles se tournèrent vers le vieux monsieur. Appuyé sur une canne, il entra dans le salon. Il marchait lentement, mais se tenait très droit.

Le cœur de Jody fit un bond dans sa poitrine. Cet homme mince, distingué, aux beaux cheveux blancs, avec son nez aquilin, ses yeux bleus délavés… était-il vraiment son grand-père ?

— Grand-père ! Entrez… Une chose merveilleuse vient d'arriver.

Le vieux monsieur se mouvait avec grâce, même si sa main tremblait sur le pommeau de sa canne.

Quand il posa les yeux sur Jody, quelque chose le troubla et il fronça les sourcils.

La jeune femme se sentit détaillée avec attention. Elle vit l'espoir, puis le doute passer sur son visage.

— Peux-tu me présenter à cette dame ?

— C'est ça qui est merveilleux, grand-père. C'est Joséphine ! Notre Joséphine... Après toutes ces années, c'est elle qui nous a trouvés.

Alicia se mit à expliquer l'histoire de la broche, l'orphelinat, les années de recherches inutiles. Le visage du vieux monsieur s'épanouissait comme une fleur.

— Vous ressemblez à Winston... et à ma fille. Je croyais bien reconnaître un air de famille... Mais est-ce possible ? Alicia...

Celle-ci vint lui prendre le bras.

— C'est la vérité. Vos yeux et votre cœur vous le confirment, grand-père. Notre Joséphine est revenue à la maison !

C'est alors que le vieux monsieur, si distingué et élégant, ouvrit les bras à Jody et se mit à pleurer.

Elle passa trois heures dans la maison de Belgravia, à découvrir ses origines et ce qui était arrivé, tant d'années auparavant.

Un valet avait renvoyé Rupert et l'attelage, car le grand-père de Jody avait exigé que sa propre voiture la ramène lorsqu'elle serait prête. Mais elle devait rester aussi longtemps qu'elle le désirait, avait insisté le vieil homme : cette maison était la sienne.

Son grand-père s'appelait Hugh Althorpe, duc de Bennington. Sa mère, Charlotte, avait été une grande beauté, éduquée à Londres et au château de Bennington dans le Kent. Elle était tombée amoureuse d'un Américain, propriétaire d'une plantation en Georgie, Winston Denby, qu'elle avait épousé quelques années avant la guerre de Sécession.

Alicia était née la première. Elle avait grandi dans leur belle maison de Twelve Trees, où habitait aussi le père de Winston. Quand la Confédération avait commencé à recruter des soldats en 1862, Winston avait été obligé de quitter sa femme et sa petite fille. Il était devenu officier de l'armée des Confédérés, il avait combattu avec bravoure, et avait été plusieurs fois décoré.

— Winston est rentré à Twelve Trees en permission à la fin de l'été 1863, raconta le duc alors qu'ils prenaient le thé. Il avait peur pour Charlotte et Alicia. La situation était dramatique dans le Sud, et elle ne faisait qu'empirer. Il voulait que Charlotte rentre en Angleterre. Si seulement elle l'avait écouté... ajouta-t-il tristement. Mais ma fille ne voulait pas abandonner son beau-père, un homme obstiné et fier qui avait juré de mourir sur ses terres, plutôt que de les abandonner aux Yankees. Ma fille était butée, elle aussi. Elle considérait que c'était son devoir de rester sur les terres de sa belle-famille, à s'occuper des gens et du bétail, à veiller sur les récoltes.

— Elle était courageuse, murmura Jody.

Elle avait souvent entendu parler des terribles privations que le Sud avait dû endurer. La situation était désespérée. Les vêtements, les fournitures, la nourriture, les médicaments étaient rares. Les femmes et les enfants qui étaient restés avaient sacrifié leur confort, et bien davantage encore.

— Au moins, Charlotte et Winston ont eu le bon sens de ne pas garder leur fille dans un pays déchiré par la guerre, poursuivit le vieux duc avec un soupir. Ils ne voulaient pas qu'Alicia connaisse la faim, les privations et la peur. Par-dessus tout, ils voulaient qu'elle soit en sécurité si jamais les Yankees remportaient la guerre. Pendant sa permission, Winston s'est organisé pour qu'Alicia soit emmenée vers le nord, et de là en Angleterre, accompagnée par un couple d'esclaves dévoués aux Denby. Nous étions si soulagés et heureux de l'accueillir. Nous pensions que ce serait une situation temporaire, une longue visite. Hélas, nous avions tort...

Alicia avait les larmes aux yeux. Son grand-père détourna la tête pour regarder par la fenêtre. Elle poursuivit l'histoire :

— Pendant sa permission, quand papa a retrouvé maman... Bref, tu es née neuf mois plus tard. Hélas, maman est tombée malade. Elle et son beau-père ont attrapé la variole. Et les troupes du général Sherman continuaient à avancer...

Après la guerre, le duc avait appris la naissance de sa seconde petite-fille et la mort de sa fille Charlotte, décédée en même temps que son beau-père à la plantation, parmi le chaos de la guerre, alors que les soldats de Sherman pillaient et détruisaient tout sur leur passage. Mais comble de malheur, le bébé, Joséphine Maud Denby, avait été porté disparu...

En déclinant, le soleil projetait les ombres des arbres sur le tapis. Le temps s'était rafraîchi. Des nuages filaient haut dans le ciel.

Le cœur serré, Jody écoutait le duc raconter comment il avait envoyé des détectives dans tous les orphelinats de Georgie et des États voisins, comment il avait remué ciel et terre pour la retrouver.

— Nous espérions que tu avais été recueillie par une bonne âme, qu'on te trouverait dans une jolie maison ou dans l'un des orphelinats. Mais il y avait tant d'orphelins que la tâche s'est révélée impossible. Nous avons tout essayé, mon enfant, pendant des années… Et puis, l'année dernière, Alicia m'a accompagné en Amérique. Elle voulait chercher elle-même. Ma timide petite-fille, qui n'a pas le courage d'affronter les bals et les soirées, a traversé l'océan pour rechercher sa sœur dans un pays inconnu. Nous avons vérifié les livres, interrogé les gens. En vain.

Le cœur de Jody se gonfla de tendresse pour Alicia. Désormais, elle comprenait le sens de la lettre déchirée, et pourquoi Alicia et son grand-père s'étaient trouvés dans la diligence attaquée par Snake.

C'était probablement le destin qui lui avait permis de retrouver sa famille. Qu'avait dit Ethan, la veille ?

On ne peut pas échapper à son destin…

Elle ravala ses larmes et serra les mains sur son giron. Sa mère l'avait aimée, sa famille l'avait désirée. Elle n'avait pas été abandonnée…

S'il n'y avait pas eu la guerre, des circonstances dramatiques, elle n'aurait pas eu à grandir seule, à la merci d'étrangers. S'il n'y avait pas eu la guerre, elle aurait grandi comme Alicia, choyée, protégée et aimée.

Elle ne ressentait aucune amertume pour ce que le destin lui avait infligé. Mais elle était soulagée de savoir qu'elle avait une famille et un foyer.

— Si seulement nous avions su… murmura Alicia, les larmes aux yeux, tandis que Jody racontait quelques bribes de son passé, leur épargnant les détails les plus sordides.

Le duc poussa un lourd soupir.

— Ma chère enfant, tout ceci me fait une peine immense. Tu n'aurais jamais dû connaître ces épreuves.

D'une main tremblante, il s'essuya le front. Jody regretta d'avoir peut-être été trop franche. Mais elle ne voulait plus de secrets dans sa vie.

— Nous rattraperons le temps perdu, poursuivit-il. Nous avons tant de choses à nous dire… Il faut revenir dîner demain soir avec nous. Nous avons hâte de rencontrer lord Stonecliff, et de mieux vous connaître tous les deux.

Jody sursauta. Elle n'avait pas vu le temps passer. Il était déjà sept heures !

— Je dois rentrer, dit-elle en se levant. Pardonnez-moi d'être restée si longtemps.

— Mon enfant, tu es restée trop longtemps loin de nous. Alicia et moi ne nous lasserons jamais de ta présence.

Elle fut émue par la tendresse du vieux monsieur.

— Tu reviendras demain ? demanda-t-il.

— Oui, bien sûr !

Il sembla soulagé. Jody remarqua alors comme l'excitation de l'après-midi l'avait marqué. Il avait des cernes sous les yeux, il était épuisé.

— Je vais faire avancer l'attelage, s'empressa d'ajouter Alicia, aussi inquiète que sa sœur pour le vieil homme. Il faut aller vous reposer, grand-père.

Quand l'attelage arriva, Jody détailla longuement le visage de la jeune femme… Sa sœur ! Elle se retint de crier de joie, et se contenta de la serrer dans ses bras.

— Tu reviendras demain ? insista Alicia. Nous

pourrions nous promener dans le parc. Je ne sors pas beaucoup en société, parce que j'ai la fâcheuse tendance de bégayer quand je suis nerveuse. Les gens se moquent de moi derrière mon dos... Mais nous pourrions nous promener à cheval, si tu veux.

— Avec joie, répondit Jody, contemplant la broche qu'elle portait désormais à son corsage, puis la bague glissée au doigt d'Alicia. Ta bague était devenue mon trésor, tu sais. Parce qu'elle représentait une vraie piste. Mais maintenant, j'ai quelque chose d'autrement plus précieux à chérir.

— Moi aussi, répliqua Alicia, souriant à travers ses larmes. Nous avons tous trouvé un bonheur inestimable...

Aucune des deux sœurs ne remarqua la silhouette qui les épiait dans la rue. L'attelage de Jody repartit pour Mayfair. La silhouette grimpa dans un fiacre, et prit la même direction.

Quand Jody rentra chez elle, le cœur battant à la pensée de ce qu'elle allait raconter à Ethan, le valet lui expliqua que monsieur le comte regrettait d'être retenu en ville, mais qu'il lui avait fait parvenir un mot.

— Dînerez-vous à la maison ce soir, madame la comtesse ?

— Oui, Edward.

Déçue, elle ouvrit la lettre qu'il lui avait présentée sur un plateau d'argent.

Ethan serait retenu une partie de la soirée, mais il précisait que le rendez-vous avec Grismore était fixé le lendemain comme prévu. Il l'aimait, écrivait-il de son écriture élégante. Et il allait le lui prouver dès qu'il aurait terminé son travail ennuyeux.

Grismore... le lendemain ! L'angoisse lui fit battre le cœur. Elle devait être acceptée par le notaire, pour le bien de tous les deux.

Elle gravit l'escalier au pas de course, impatiente de raconter à Ethan qu'elle avait un grand-père et une sœur en Angleterre. Les mystères, les dissimulations, les recherches... tout cela était fini.

Elle sautilla de joie en approchant de sa chambre.

Brusquement, une porte s'ouvrit sur le côté. Elle pensa voir apparaître une femme de chambre, mais une silhouette massive se jeta sur elle. Une main se plaqua sur sa bouche, des bras puissants l'encerclèrent.

Avant qu'elle pût pousser un cri, Jody fut arrachée du corridor et traînée dans une pièce vide. La porte fut refermée d'un coup de pied.

Dans le noir, elle entendit un rire.

— Jody, mon chou, tu ne pensais tout de même pas que j'allais te laisser t'enfuir ? Tu m'as tellement manqué, ma chérie. Et je vais te le prouver... Je vais si bien te le prouver que tu ne m'oublieras jamais.

Snake Barker ricanait en soufflant dans son oreille.

Puis quelque chose la frappa à la tête. Elle ressentit une douleur fulgurante, vit miroiter des étincelles, mais il n'y eut bientôt plus qu'un froid polaire qui se répandait dans son corps et l'entraînait vers un abîme de ténèbres.

24

Elle lutta pour quitter ce monde noir et froid. Elle avait mal partout. La pluie tambourinait contre des vitres. Il y eut comme un éclair derrière ses paupières closes.

« Que m'est-il arrivé ? » se demanda Jody. Puis elle entendit une porte s'ouvrir, des éclats de voix, le martèlement de pieds bottés. Les souvenirs refluèrent et avec eux, la peur.

— On dirait qu'elle se réveille, les gars... Snake, je te parie vingt dollars qu'elle sait qu'on est là.

C'était la voix de Deck. Jody essaya de rester immobile, de ralentir sa respiration. Elle sentit quelqu'un se dresser au-dessus d'elle, et devina que c'était Snake.

— Réveille-toi, petite Jody.

Une vive douleur lui vrilla le crâne quand il la saisit brutalement par les cheveux.

Elle ouvrit les yeux. Avec un grognement, elle essaya de le repousser, mais il se contenta de rire. Il lui tira encore plus fortement les cheveux.

— T'as été une bien mauvaise fille, Jody. J'ai dû traverser l'océan pour te retrouver. Deck a été malade comme un chien. Ça n'a pas été un voyage très agréable.

— Quel dommage que votre bateau n'ait pas coulé, lança-t-elle, les larmes lui piquant les yeux, bien qu'elle fît de son mieux pour cacher sa douleur.

Ils rirent tous de bon cœur.

— Tu le regretteras d'autant plus quand j'en aurai fini avec toi, menaça-t-il d'un air cruel en la relâchant. Mais avant de nous amuser, nous avons à discuter.

Elle s'assit sur le lit. Sa tête semblait peser une tonne. Avec quoi l'avait-il assommée ? Elle fit une grimace en effleurant la bosse sur son crâne.

Où était-elle ? Comment était-elle arrivée là ? Est-ce que quelqu'un savait qu'elle avait été enlevée ?

Elle se trouvait dans une petite pièce qui sentait le renfermé. Une auberge, devina-t-elle. Pas une auberge respectable fréquentée par la noblesse, mais une taverne des bas-fonds. Le lit, le tabouret et la vieille table étaient de mauvaise qualité. L'édredon était sale et rapiécé, des loques de rideaux rouges pendaient à la fenêtre, le sol nu n'avait pas été balayé depuis des jours, et la lampe à paraffine dégageait une lueur jaunâtre.

— Quelque chose me dit que nous ne sommes pas au Grand Hôtel…

— Loin de là, chérie ! ricana Snake. Bienvenue dans les taudis de Londres. Personne ne viendra te chercher ici. Il y a des kilomètres de ruelles, des dizaines de maisons de passe et de tavernes entre toi et cette jolie demeure où je t'ai trouvée. Les rats grouillent partout, sans parler des voleurs, des mendiants et des assassins, qui n'hésiteront pas à te trancher le cou pour te prendre ta jolie broche. Ainsi que ta bague en or.

Snake lui arracha la bague du doigt, puis la broche de son corsage.

— Non ! Salaud ! Rends-les-moi !

Elle essaya de lui reprendre le bijou, mais il la repoussa sans ménagement sur le lit.

— Tu as beaucoup de dettes envers moi, Jody. Tu nous a pris notre butin, tu te souviens ? Et tous ces beaux bijoux des passagers de la diligence ? Il est temps que tu me rembourses. Pour commencer, on a nettoyé ta chambre et celle de Savage de tous les bijoux qu'on a pu trouver.

Deck sortit une bourse en tissu gris de sa poche. Horrifiée, Jody reconnut le collier de rubis qu'elle avait porté au dîner de lady Tattersall, ainsi que les boucles d'oreilles assorties, et l'épingle à cravate d'Ethan.

— Ça nous rapportera une jolie somme, mais pas assez pour rembourser toutes tes dettes. Il faudra bien plus que de l'argent et des bijoux pour que tu sois quitte, poupée.

Jody entendit à peine la menace voilée. Snake voulait se venger. Il ne serait satisfait que lorsqu'il aurait prouvé son pouvoir sur elle en la faisant souffrir.

Deck remit la bourse dans sa poche. Ces rubis avaient appartenu à la mère d'Ethan, se dit la jeune femme en se mordant la lèvre. Quand il s'apercevrait qu'elle s'était envolée de la maison, remarquerait-il que les bijoux aussi avaient disparu ? Penserait-il qu'elle les avait volés avant de s'enfuir ? Qu'il n'y avait eu entre eux que des mensonges ?

— Il faut me laisser partir, exigea-t-elle.

— Tu vas tout de même pas me donner des ordres, ma fille ! grommela Snake en lui saisissant le poignet. Tu ferais bien de te montrer un peu plus soumise.

Elle jeta un coup d'œil en direction de la fenêtre. Dehors, il faisait nuit. Ethan était-il déjà revenu à la maison ? Savait-il qu'elle avait disparu ?

Son cœur se serra alors qu'elle l'imaginait découvrant le vol des bijoux.

— Ce n'est pas moi que tu veux, Snake, dit-elle en lui arrachant sa main.

Elle repoussa ses cheveux en arrière, essayant de parler clairement malgré son mal de tête et sa gorge desséchée. Elle se força à le regarder dans les yeux et poursuivit :

— C'est de l'argent que tu veux, pour remplacer le butin que j'ai volé. Assez d'argent pour t'acheter tout ce dont tu as jamais rêvé. Je peux t'en procurer. Ramène-moi et je…

— Et tu demanderas à Savage de te remettre un coffre rempli d'or ? ironisa Snake. Tu me prends pour un crétin, Jody ?

Il la secoua si violemment que ses dents s'entrechoquèrent.

— J'ai une meilleure idée qui va te faire payer, toi et ton soi-disant mari. Et qui va aussi me rendre riche.

— Ça ne marchera pas, Snake. Ethan te trouvera et…

— Oh, mais j'aurai eu le temps de lui tendre un joli petit piège, dans lequel il va tomber comme un innocent. T'as compris ?

Il éclata d'un rire mauvais. Spooner, Noah et

Deck l'imitèrent. Ils se tenaient en rond devant la jeune femme, qui les considéra avec effroi.

— Tu es trop stupide pour doubler Ethan, dit-elle, espérant le pousser à lui révéler son plan, afin qu'elle ait un moyen de l'empêcher.

Snake lui donna une gifle retentissante.

— J'en ai assez de tes mauvaises manières, compris ?

Il regarda d'un air satisfait l'empreinte de ses doigts sur la joue de Jody.

— En Amérique, j'étais déjà le meilleur. Depuis que je suis à Londres, je me débrouille tout aussi bien. Moi et les gars, on s'en sort à merveille. On s'est trouvé de nouveaux partenaires, et d'autres victimes. Ces « aristos », comme les appellent nos nouveaux copains, ils ont beaucoup d'argent et la plupart se promènent la nuit couverts de bijoux. C'est facile comme tout d'alléger leur fardeau, si tu vois ce que je veux dire, chérie.

— Ethan ne se laissera pas voler aussi facilement, marmonna-t-elle.

Mais elle avait peur pour lui. Elle était paniquée à l'idée qu'il fût agressé en revenant de son club ou d'un dîner.

— Vous feriez mieux de le laisser tranquille, ajouta-t-elle. Si vous ne me croyez pas, demandez à Pete le Pirate, le bandit le plus redoutable d'Angleterre !

— Bonne idée, plaisanta Snake.

Comme s'il n'avait attendu que cet instant, Spooner ouvrit une porte qui donnait dans une autre pièce.

La bande échangea des sourires complices. Un homme imposant avec des yeux noirs fit son apparition, flanqué par un géant au regard curieusement opaque.

Elle comprit qu'il s'agissait de Tiny. Et son compère n'était autre que Pete le Pirate !

— Comme on se retrouve, m'dame, grogna Tiny en s'inclinant d'un air moqueur. Moi et Pete, on avait vraiment envie de vous revoir, lady Stonecliff…

Son sang se figea dans ses veines alors qu'il s'approchait lentement. Mais Snake s'interposa.

— Vous ne l'aurez que lorsque j'en aurai fini avec elle, les gars.

— Que se passe-t-il ? s'écria Jody.

Elle n'arrivait pas à croire que Snake fût devenu l'allié de Pete le Pirate. C'était pire qu'un cauchemar ! Quelques heures auparavant, elle découvrait l'amour dans les bras d'Ethan, avant de rencontrer son grand-père et sa sœur à Belgravia, et maintenant… Maintenant, elle était prisonnière de ces monstres, dans un taudis de Londres.

— Dites-moi ce que vous avez prévu ! hurla-t-elle.

Si elle n'avait pas serré les poings de colère, elle aurait été tentée de griffer le visage de Snake. Comme il ne répondait pas, elle se tourna vers les autres. Ils demeuraient impassibles, excepté Spooner, qui semblait éprouver un peu de compassion pour elle.

— Dites-moi ! supplia-t-elle.

— Rien de tout ça ne serait arrivé si lord Stonecliff n'avait pas tué Lucian et tout gâché cette nuit-là, expliqua Pete. Il a aggravé son cas en offrant une récompense pour nos têtes. Fallait pas vous attaquer à nous. On a des réputations à défendre.

Le cœur au bord des lèvres, Jody scruta leurs

visages cruels. Snake paraissait se délecter de sa terreur.

« Qu'ils aillent au diable ! » se dit-elle. Elle n'allait pas rester les bras croisés pendant qu'ils complotaient pour tuer Ethan. Il devait y avoir un moyen de sortir d'ici.

— Les gars, il est temps de me laisser seul avec ma jolie petite femme, déclara Snake. On a des choses à se dire… Noah, il faut que tu te prépares.

— D'accord, Snake, répliqua Noah en se frottant la moustache.

— Vous autres, allez boire une pinte à ma santé. C'est ma tournée.

Pete le Pirate ne bougea pas.

— Il te faut peut-être un coup de main pour lui faire comprendre les choses. Je m'y connais avec les filles.

Snake lui jeta un regard meurtrier.

— Je sais me débrouiller, grommela-t-il.

— L'aristo pensait qu'elle était sa femme à lui, rétorqua Pete. On dirait qu'elle est changeante…

— Elle ne m'échappera pas cette fois, insista Snake en portant une main à son revolver glissé dans sa ceinture. Laissez-nous, ou je vous fiche dehors.

Pete le Pirate eut un rire amusé.

— Comme si tu le pouvais… Mais t'énerve pas, mon vieux. Je m'en vais.

Il fit un clin d'œil à Jody, et suivit les autres qui quittaient la pièce.

La porte se referma derrière eux. Snake écouta les pas descendre l'escalier.

— Fallait pas me quitter, Jody. Toi et Savage vous allez payer. Personne ne me prend ma femme, personne ne me ridiculise, tu comprends ? Il va payer d'abord avec son argent, puis avec sa vie. Quant à toi... j'ai pas encore décidé de ton sort. Je me demande si je dois te garder un peu pour m'amuser, ou te donner à Pete et à Tiny dès qu'on aura fini notre coup. Ça dépendra de toi...

Jody ne put retenir un cri de frayeur lorsqu'il lui saisit brusquement le menton. Le bandit esquissa un sourire.

— N'aie pas peur, chérie. Je suis ton mari, tu te souviens ? On a été trop longtemps séparés. Beaucoup trop longtemps.

— Tu commets une grave erreur.

Jody enfonçait ses ongles dans ses paumes pour ne pas hurler de terreur et succomber à la panique.

— Tu crois, ma chérie ? Tu te trompes. Je sais exactement ce que je fais.

Il s'assit au bord du lit.

— Tu as eu tort de me kidnapper. Ethan va demander à la police de me chercher. Ils te trouveront et te jetteront en prison. On m'a dit que les prisons anglaises ne sont pas très agréables.

— Moi et Pete, on les fait tourner en bourrique, ces policiers. On les a tous bernés. Ils fouillent les taudis et la moitié du pays à la recherche de Pete et de Tiny, mais c'est pas demain la veille qu'ils mettront la main dessus.

Son haleine empestait le gin.

— On s'est dégoté une bonne cachette ici, chez Beetle Bob. Aucun policier ne se risquera jusqu'ici. Personne ne va nous dénoncer malgré la récompense : ils savent qu'ils seraient morts avant d'y toucher. J'ai participé à quelques cambriolages, masqué et déguisé en Pete le Pirate. Spooner s'est fait passer pour Tiny. Maintenant tu comprends mieux, s'amusa-t-il en remarquant sa stupéfaction. Quand on s'habille pareil, Pete et moi, on se ressemble. Spooner est plus petit que Tiny, mais les gens ont tellement la frousse qu'ils n'y voient que du feu. Les policiers perdent la tête à force de nous chercher en même temps à Londres et à la campagne. On s'est fait un joli magot.

Il éclata de rire. Dehors, la pluie redoublait de plus belle.

Elle devait l'encourager à parler. Tant qu'il se vantait de ses exploits, il ne pensait pas à lui faire du mal.

— Comment as-tu rencontré Pete ?

— Un coup de chance. On vous cherchait, toi et ce vaurien de Savage. On a découvert qu'il s'appelait lord Stonecliff ici. On s'est installés dans le quartier, on s'est fait des amis... Puis un soir, on a croisé Pete et Tiny dans une ruelle. On les a entendus discuter. Ils avaient prévu de poignarder un aristo appelé lord Stonecliff. Parce qu'il avait tué leur copain et qu'il avait mis leurs têtes à prix. Ils étaient très remontés contre lui.

Poignarder Ethan... Seigneur ! Jody essaya de ne pas paniquer. Elle devait s'échapper pour le prévenir.

Snake s'était levé et arpentait la petite pièce. Malheureusement, il se trouvait toujours à deux pas de la fenêtre ou de la porte.

— Quand j'ai entendu le nom, j'ai su que la chance me souriait. Je savais que tu l'avais épousé avant de quitter Abilene.

— Mais comment ?

— Ça ne te regarde pas. Ce qui compte, c'est

qu'on soit à nouveau ensemble. Et Savage va payer pour m'avoir pris ma femme.

Brusquement, il attira Jody à lui et plaqua ses lèvres sur les siennes. Elle se débattit de son mieux, mais Snake lui arracha un baiser.

— N'oublie pas que tu es encore ma femme, Jody.

Il toucha ses seins et la rejeta sur le lit en riant.

Dégoûtée, la jeune femme s'essuya les lèvres. Elle tenta de se lever du lit, mais il l'en empêcha.

— Tu veux pas connaître mon plan, chérie ? Moi et Pete, on a imaginé un truc génial. Tu veux savoir ce qu'on va faire ?

— Tu vas me le dire, que je le veuille ou non ! s'écria-t-elle, furieuse.

Snake était ravi de la voir effrayée et en colère, de la savoir entièrement à sa merci.

— D'abord, je vais écrire un gentil petit mot à Savage, lui disant que tu seras morte à l'aube s'il n'obéit pas. S'il veut te revoir en vie et aussi jolie que la dernière fois, il devra m'apporter une grosse somme d'argent.

— C'est du chantage !

— Noah apportera le mot ce soir avec la bague en or, pour prouver notre bonne foi, continua Snake en lui serrant cruellement le bras.

— Et s'il s'en fiche ? S'il ignore le mot ?

Le bandit ricana.

— Jody, comment un homme peut-il se ficher de toi ? Moi, je n'ai pas supporté que tu me quittes, pas vrai ? Pete m'a raconté comment Savage s'est battu pour te défendre, la nuit du cambriolage. Il croit que tu lui appartiens, fit-il avec une grimace de haine. Il viendra. Mais quand il apportera l'argent, il aura une petite surprise... Toi, tu restes avec moi, jusqu'à ce que je te donne à Tiny, s'amusa-t-il. Savage viendra avec l'argent, puis on le passera à tabac. Il n'oubliera jamais la leçon. De toute façon, il sera mort.

— Non !

Snake se pencha vers elle. Ses lèvres gluantes frôlaient les siennes.

— Mais si, ma chérie, et tu ne peux rien empêcher...

Il vit passer la terreur, la douleur et l'angoisse sur son beau visage. Avec un sourire sardonique, il lui caressa la joue.

— On va tous s'offrir un peu de bon temps avec lui, conclut-il. Avant de l'achever comme un chien.

25

Les têtes se tournèrent pour regarder le comte de Stonecliff gravir à longues enjambées l'escalier de l'opéra de Covent Garden. C'était l'entracte ; le foyer était bondé. Il faillit renverser plusieurs personnes alors qu'il se dirigeait d'un pas déterminé vers les loges.

— Bon sang, que diable est-il arrivé à Stonecliff ? demanda lord Cavenleigh d'un air nerveux à son ami Willowton.

— Peut-être cherche-t-il lady Stonecliff ? suggéra la jeune femme pendue au bras de Willowton, avec un sourire narquois. Si ce que m'a raconté Mlle Crenshaw est vrai, le cher Stonecliff aura du mal à suivre cette *dame*...

Sa manière d'ironiser sur la comtesse de Stonecliff fit sourire les deux hommes, mais en présence de son mari, ils s'abstinrent de faire une remarque.

Ethan n'avait pas connu une frayeur aussi grande depuis la nuit où Molly était morte, cette terrible nuit où il avait appris son accident, traversant la ville pour la trouver sur son lit de mort dans un hôpital sinistre.

Alors qu'il se rendait à l'opéra, il s'était répété

que rien de semblable n'était arrivé à Jody, mais cela n'avait pas empêché une peur panique de se loger au creux de son ventre.

Il était rentré chez lui pour trouver la maisonnée sens dessus dessous. La comtesse était revenue à la maison, en effet. On lui avait remis sa lettre. Elle était montée se changer pour le dîner.

Et depuis, personne ne l'avait vue.

Leurs chambres avaient été trouvées en désordre. Ethan avait tout de suite remarqué que les bijoux qu'elle gardait dans un coffret avaient disparu. Il avait aussi noté la disparition d'épingles à cravate, d'une canne à pommeau d'or, d'une boîte à priser ayant appartenu à son grand-père…

Il était resté immobile au milieu de la pièce, paralysé par l'émotion.

— J'ai trouvé ceci sur le tapis de l'entrée, monsieur le comte, avait dit une femme de chambre. Peut-être que madame la comtesse l'a laissé tomber ?

C'était sa lettre, celle qui confirmait leur rendez-vous du lendemain avec Grismore.

C'est alors que la pluie s'était mise à tomber, battant contre les vitres d'un bruit monotone.

Jody avait-elle paniqué ? S'était-elle enfuie avec les bijoux et les objets de valeur, de peur d'affronter Grismore ?

Avait-elle tout prévu depuis le premier jour ?

Il s'était rappelé leur nuit d'amour, leurs baisers, sa manière spontanée de s'offrir entièrement à lui.

— Elle n'est pas coupable, avait-il murmuré.

— Pardon, monsieur le comte ? s'était inquiétée la jeune servante en se tordant les mains.

— Je sors. Si madame revient en mon absence…

Il n'avait pas terminé sa phrase. Il savait déjà que Jody ne reviendrait pas d'elle-même. Il s'était passé quelque chose de grave.

Il avait tout de suite pensé à Oliver Winthrop.

Puis à Ham.

— Lord Stonecliff ! s'exclama Clara Perry quand il se précipita dans la loge qu'elle partageait avec Mlle Crenshaw, M. Winthrop et le colonel Hamring.

Mais son sourire s'effaça lorsqu'elle vit le visage tourmenté d'Ethan.

Winthrop recula d'un pas, effrayé, et faillit renverser une chaise. Ethan le saisit par les revers de son habit.

— Où est-elle ? Qu'en as-tu fait ?

— Qui ? Je ne sais pas de quoi tu parles...

Les mains d'Ethan se refermèrent autour du cou de son cousin, mais le colonel Hamring s'interposa. Clara Perry s'approcha à son tour.

— Lord Stonecliff, ce comportement n'est pas digne de vous... Je vous en prie, pensez au scandale... Lady Stonecliff risque d'en souffrir... Je vous en prie !

La colère qui enflammait Ethan se dissipa. Il s'aperçut que tous les visages étaient tournés vers eux, que l'assemblée silencieuse l'observait d'un air choqué. Lentement, il relâcha Winthrop.

— Dehors, espèce de vermine ! murmura-t-il d'un ton menaçant, tout en esquissant un sourire pour la galerie. Sors d'ici, avant que je ne t'empoigne à nouveau.

Lorsqu'ils eurent quitté la loge, il entraîna

Winthrop dans une alcôve à l'abri des regards indiscrets.

— Et maintenant, dis-moi ce que tu as fait d'elle, avant que je ne t'envoie brûler en enfer une fois pour toutes.

— Si tu parles de la comtesse de Stonecliff...

— Évidemment ! s'agaça Ethan en le secouant comme un prunier.

— Je ne l'ai pas vue ! Je n'ai rien fait...

— Selon Latherby, tu as posé des questions à son sujet. Il est venu me voir tout de suite après que tu as proposé de le corrompre, pour qu'il la déshonore devant Grismore. Je lui ai donné le double de la somme que tu lui avais offerte, parce qu'il a eu le bon sens et la loyauté de te renvoyer sans ménagement. Mais tu ne comprends rien à la loyauté et à l'honneur, n'est-ce pas, Winthrop ?

— C'est un mensonge. Je n'ai jamais...

— Tu as fait courir des rumeurs la concernant... des médisances. Tu espères retourner tout Londres contre elle, n'est-ce pas ? Et à mon avis, cela ne t'a pas suffi. Tu as préféré t'en débarrasser autrement.

— Lâche-moi, cousin !

Ethan lui donna un coup de poing. Winthrop s'affaissa le long du mur.

— Tu... tu es fou !

— Je vais compter jusqu'à cinq. Si tu ne me dis pas où elle se trouve... et si par malheur elle est blessée...

Il s'approcha de son cousin, les poings serrés. L'autre blêmit.

— Je ne l'ai pas vue ! Je n'ai rien fait !

— Alors tu as engagé quelqu'un pour faire la sale besogne.

— Mon Dieu, non ! J'avais l'intention de raconter ce que je sais à Grismore… Et je sais beaucoup de choses, ajouta-t-il d'une voix de fausset. Suffisamment pour écarter cette petite traînée. Mais je n'ai rien fait contre elle ! Elle s'est probablement enfuie avec le jardinier ou le palefrenier…

Cette fois-ci, le coup de poing le mit à genoux. Le sang gicla de sa bouche. Il sortit un mouchoir de sa poche.

— Ma dent ! J'ai perdu une dent !

Mais Ethan Savage avait déjà disparu.

Le colonel Hamring et Clara Perry attendaient nerveusement près de l'escalier.

— Lord Stonecliff, je ne sais pas quel est le problème, mais si je peux vous aider… s'affola Clara.

— Je suis à votre disposition, Stonecliff, renchérit d'un air grave le colonel.

— Vous m'avez déjà aidé. Vous m'avez empêché d'assassiner cet ignoble personnage devant des centaines de témoins.

Il les laissa, sans un mot de plus.

Clara leva des yeux inquiets sur le colonel, qui lui sourit.

— Tout va s'arranger pour le mieux, ma chère. Du moins, je l'espère… J'aime bien Stonecliff et son épouse.

— Elle est la meilleure amie que j'aie jamais eue, murmura Clara. Je me demande ce qui s'est passé, et si je peux l'aider.

— Vous avez entendu son mari : sans vous, la situation aurait été beaucoup plus grave. Vous avez été très courageuse de lui parler ainsi, Clara. Je ne connais pas beaucoup de femmes qui oseraient approcher un tel homme en colère.

— Je voulais éviter un scandale qui leur aurait nui à tous les deux, précisa-t-elle en rougissant.

— J'admire une femme qui défend loyalement ses amis et qui ne recule devant rien pour les aider. Dans l'armée, nous apprenons à respecter et à chérir la loyauté…

L'entracte se terminait. Autour d'eux, les femmes en robes de soirée, scintillantes de bijoux, et les hommes élégants regagnaient leurs places.

— Ne devrions-nous pas y retourner ? proposa Clara en souriant.

— Oui… euh, je…

Pour la première fois depuis son adolescence, le colonel Hamring s'était mis à bafouiller. « Ce n'est pas le moment », songea-t-il. Mais alors qu'il regardait Mlle Perry dans le foyer désert, il ne put s'empêcher d'être ému par la douceur de son regard et la caresse de sa main fine posée sur son bras.

Sa femme adorée était décédée quinze ans auparavant, et il n'avait jamais songé à se remarier. Mais Clara Perry était si charmante et gentille… Et jolie à regarder. Elle avait fait preuve de beaucoup de courage. C'était curieux qu'il ne l'eût pas remarquée plus tôt, alors qu'ils avaient souvent assisté aux mêmes soirées, mais elle avait toujours été dans l'ombre de cette insupportable Rosamund Crenshaw.

« Elle mérite une meilleure vie que d'être à la merci de cette mégère égoïste », se dit-il, se rappelant avec quelle condescendance Mlle Crenshaw l'avait traitée lors du premier acte.

Depuis leur mésaventure chez lady Tattersall, il avait souvent pensé à elle.

— Avant de rejoindre notre loge, dit-il d'une voix

un peu tremblante, ma chère mademoiselle Perry, j'ai quelque chose à vous demander...

Lorsque Ethan referma la porte de sa maison, la pluie redoublait de violence. Il était presque onze heures du soir. Il renvoya les valets de pied qui étaient accourus pour le débarrasser de son manteau et de son chapeau.

Dans la bibliothèque, il se versa un cognac.

Où était-elle ? Avait-elle peur ? Pourquoi l'avait-elle quitté ?

Une nouvelle fois, une pensée insidieuse le tenailla. Et si elle avait prévu depuis le début de le quitter ? Furieux, il vida d'une lampée le verre de cognac et s'approcha de la fenêtre, d'où il contempla la nuit noire.

Pendant dix ans, il n'avait plus eu confiance en personne. Il s'était interdit d'éprouver quoi que ce soit pour un être humain, après la mort de Molly. Jusqu'à maintenant.

Un immense poids menaçait de l'étouffer. Il imagina Jody se dépêchant de ramasser les bijoux, avant de s'enfuir comme une voleuse...

« Elle n'est pas une voleuse, se répéta-t-il. Elle ne s'est pas enfuie. »

Ethan ferma les yeux. Si elle était morte, il le sentirait. Si elle s'était enfuie, il le devinerait. À moins que...

La sueur lui perlant sur le front, il se versa un autre verre. Il s'était toujours fié à son instinct, et son instinct lui disait que Jody avait des ennuis.

De graves ennuis.

Il posa le verre brutalement sur la table. Il ne

savait pas où la chercher, mais il ne supporterait pas de rester une minute de plus dans cette maison, à l'abri, alors qu'elle avait besoin d'aide.

Il prendrait l'attelage et fouillerait toutes les rues de Londres. Il commencerait par Mayfair, avant de s'attaquer au Strand, à Trafalgar Square, Hyde Park, aux quais de la Tamise… Il chercherait partout…

Un bruit de verre brisé le fit sursauter, alors qu'il pénétrait dans le vestibule.

— Cela vient d'en haut, annonça-t-il aux domestiques qui étaient accourus.

Ils gravirent l'escalier en courant.

— Une pierre ! Mon Dieu, monsieur le comte…

— Il y a un mot, dit Ethan en dépliant le papier qui entourait la pierre.

La bague en or de Latherby lui glissa dans la main.

Nous l'avons. Vous n'auriez jamais dû mettre nos têtes à prix parce que maintenant nous allons la tuer. Apportez 25 OOO livres à Blackfriars Bridge à minuit demain. Ne soyez pas en retard, sinon elle en payera le prix.

La lettre n'était pas signée. Les mains d'Ethan se crispèrent sur le papier. Les monstres ! Il s'efforça de dominer sa colère, de réfléchir.

La lettre avait dû être envoyée par Pete le Pirate. Mais Ethan doutait que Tiny ou Pete sachent écrire.

Quelqu'un avait rédigé le mot pour eux.

Quelle importance ! songea-t-il, examinant la bague en or. Honteux, il se rappela qu'il avait rechigné à lui donner sa propre bague lors de leur mariage. Désormais, il serait heureux de tout offrir à Joséphine Cooper.

Aucun cadeau n'était assez précieux pour elle.

Sous les regards inquiets des domestiques, il entra dans sa chambre et retira sa veste élégante. La bouche pincée, il prit son revolver, boucla le ceinturon autour de sa taille.

Jody était en danger. Et où diable était passé Ham ?

Soudain, comme en réponse à sa question, quelqu'un tambourina à la porte d'entrée.

— Laissez-moi entrer !… Ethan, mon garçon !

Ethan avait déjà dévalé l'escalier.

Ham avait l'air bouleversé. Ses vêtements étaient sales et déchirés, ses bottes trempées couvertes de boue. Mais une lueur de triomphe brillait dans son regard. Ethan lui saisit le bras.

— Je me suis dépêché… ça n'a pas été facile… Ne t'inquiète pas, mon garçon, fit-il à bout de souffle. Je vais bien et il ne lui arrivera rien, si on se dépêche. Il n'y a pas de temps à perdre. Je l'ai suivie toute la journée, comme tu me l'avais demandé. Tu avais raison d'avoir peur que ces salauds ne s'en prennent à elle. Ne crains rien, mon garçon… Je sais où elle est.

26

Lorsque Spooner et Snake revinrent dans la chambre avec de la nourriture et de la bière, le tonnerre grondait. Ils avaient laissé Jody attachée aux montants du lit. Elle s'était débattue, essayant de défaire les nœuds. En vain.

— Laisse tomber, chérie, s'amusa Snake en la voyant empourprée par ses efforts.

Ses cheveux s'éparpillaient autour de son visage en boucles moites, et sa jolie robe était toute froissée.

— Tu ne réussiras pas à t'enfuir une deuxième fois. Crois-moi, je vais te surveiller comme un aigle.

— Dans ce cas, il ne me reste plus qu'à te tuer, rétorqua-t-elle, mais elle regretta aussitôt ces paroles impulsives, car Snake la contemplait d'un air mauvais.

— Toujours aussi insolente, petite ?

« Ne sois pas idiote », se gronda-t-elle. Elle afficha un air soumis.

— Pardon. Ce n'est pas ce que j'ai voulu dire. Mais…

— Mais quoi ?

— Mon bras me fait mal, Snake. Et je ne me sens pas très bien…

Elle regarda Spooner poser le plateau sur la table bancale près du lit. Il y avait un bol de soupe et un quignon de pain rassis.

— Je n'ai pas dîné ce soir. Tu sais comment je suis, quand j'ai faim.

Elle lui sourit, espérant l'amadouer.

— Tu n'as qu'à manger. Et cesse de te plaindre.

Il ne semblait plus aussi furieux, seulement agacé.

— Est-ce que tu peux me détacher, le temps de manger ? De toute façon, avec toi et Spooner, je n'ai aucune chance de m'échapper.

Snake se laissa tomber sur la chaise. Il fit signe à son compère de la délivrer. Mais dès qu'elle aurait fini, ils la ligoteraient à nouveau, précisa-t-il d'un air méfiant.

Spooner s'acharna quelques minutes sur le nœud compliqué.

— Voilà, Jody, fit-il comme s'il s'excusait.

Elle frotta sa peau endolorie. Elle avait essayé de voir comment il avait défait le nœud, mais elle savait qu'elle n'y arriverait pas avec une seule main. Elle devait trouver un autre moyen…

Se forçant à avaler la mauvaise soupe et à grignoter le pain, elle observa les deux hommes de biais. Snake curait ses ongles avec son couteau. Spooner arpentait la pièce, levant la tête d'un air nerveux chaque fois qu'un coup de tonnerre éclatait dans la nuit.

Enfin, Snake remarqua qu'elle avait fini son repas et qu'elle restait sagement assise, le gobelet de bière entre les mains, à scruter la pièce.

Il rangea le couteau et se leva. Entre deux coups

de tonnerre, on entendait le bruit de la taverne au rez-de-chaussée.

— À quoi penses-tu ? grommela-t-il.

— J'ai une crampe à la jambe. Est-ce que je peux faire quelques pas dans la chambre ?

— Sûr, ma poupée, tant que je te tiens, ironisa-t-il.

Il entoura la taille de Jody de son bras. Elle marcha en boitillant vers la fenêtre. Dehors, la pluie et le vent l'empêchaient d'y voir clair. Elle crut déceler des maisons et des ruelles enchevêtrées, mais elle n'en était pas certaine...

— Laisse tomber ! gronda Snake. Je sais que tu veux savoir où tu es, parce que tu veux t'enfuir. Mais on a un compte à régler, tous les deux, alors tu vas gentiment rester ici, dans mes bras. À ta place.

— Pas question ! rétorqua Jody en essayant de le repousser. Arrête, Snake ! Tu me fais mal.

— C'est toi qui m'as fait mal, chérie. Quand tu t'es tirée, tu m'as fais beaucoup de peine. Pas vrai, Spooner ?

Spooner ravala sa salive en contemplant le sol. Ils entendirent des cris et des craquements, venant de la salle commune.

— Snake... je me disais qu'on ferait bien de descendre. On dirait qu'ils se battent. C'est peut-être Noah et Deck. Ils pensent que Pete le Pirate triche aux cartes. Ils ne vont pas le tolérer. Depuis que Noah est revenu, ils n'ont pas cessé de boire.

— Vas-y. Je suis occupé.

— Moi, ils ne m'écoutent pas. Et tu as dit qu'on devait garder les idées claires pour plus tard...

— Qu'est-ce qui va se passer plus tard ? coupa Jody.

— Tu n'as pas besoin de te tracasser pour ça, ma chérie, ricana Snake.

Son haleine empestait le gin, les oignons et le tabac. Il appuya ses lèvres molles et humides sur les siennes. Écœurée, Jody essaya de détourner son visage.

Quand il la jeta sur le lit et l'écrasa sous son poids, la jeune femme frissonna de dégoût et de terreur. Les gestes maladroits de Snake n'avaient rien à voir avec les caresses d'Ethan.

— Non... Snake ! Je ne te laisserai plus jamais me faire ça...

Il lui pinça cruellement un sein.

— Je fais ce que je veux avec toi. T'as compris ?

Sans hésiter, Jody lui donna un coup de genou de toutes ses forces. Snake hurla. Il se raidit sous l'effet de la douleur, puis se plia en deux.

— Espèce de... salope ! fulmina-t-il. Je vais t'apprendre...

Il y eut un grand bruit au rez-de-chaussée.

— Snake, tu dois faire quelque chose, s'impatienta Spooner. Si nos copains se battent avec Pete et Tiny...

— Bon, d'accord.

Snake grogna en essayant de se redresser.

— Attache-la !

Jody frémit en voyant son air enragé. Spooner lui attacha le poignet au montant du lit. Quand il eut fini, il recula, sans la regarder dans les yeux.

— Je n'en ai pas pour longtemps, promit Snake en se dirigeant vers la porte. Et à mon retour, tu auras droit à la raclée de ta vie !

Jody contempla le plafond en écoutant leurs bottes marteler les marches en bois de l'escalier. La corde s'enfonçait dans la chair de son poignet.

De sa main libre, elle sortit le couteau de Snake qu'elle avait caché dans sa poche.

Heureusement, ses talents de pickpocket ne lui avaient pas fait défaut ! Elle était toujours aussi habile de ses doigts. Résolue, elle se tourna sur le côté et s'attaqua à la corde.

À l'angle de la ruelle, Ham s'arrêta pour reprendre son souffle. Les gouttes de pluie lui coulaient dans les yeux.

— Derrière ce mur se trouve la taverne. C'est le pire endroit des taudis. Jody est dans une chambre d'angle, au premier. Il y a un escalier cassé qui y mène par l'extérieur.

Un bruit retentit derrière eux. Sur le qui-vive, Ethan se retourna. Une silhouette bossue apparut. Mais ce n'était qu'un mendiant ivre, qui leur jeta un regard de ses yeux injectés de sang, avant de s'éloigner en maugréant.

On respirait des relents de pourriture, d'urine et de crasse. Les maisons en ruine reflétaient toute la misère humaine. Ethan frissonna.

Tandis que la pluie tombait à verse, ils se faufilèrent prudemment dans la pénombre de la ruelle.

Jody venait à peine de se libérer, quand elle entendit des pas dans le couloir. Elle se précipita vers la fenêtre et se dépêcha de l'ouvrir.

Elle avait posé une jambe sur le rebord extérieur lorsque la porte s'ouvrit avec fracas.

— Hé ! Qu'est-ce qui se passe ici ? cria Pete.

Tiny ne perdit pas de temps et se précipita vers elle.

La jeune femme lança le couteau de Snake, qui se ficha dans le torse du colosse. Elle vit ses yeux s'écarquiller de surprise.

— Je vais la tuer ! hurla-t-il.

Pete le Pirate attrapa le bras de Jody et la força à revenir dans la pièce. Mais elle saisit le revolver accroché à la ceinture du truand et le pointa sur lui, l'obligeant à lever les mains.

— Reculez ! ordonna-t-elle en armant le pistolet. Si vous n'obéissez pas, je tire !

— T'oseras jamais ! se moqua Tiny en arrachant le couteau de sa poitrine.

La chemise trempée de sang, il avança vers elle, le couteau levé.

Sans hésiter, Jody appuya sur la détente. Le recul de l'arme lui fit mal à l'épaule. Tiny perdit l'équilibre et tomba en arrière.

— T'es folle ! s'écria Pete en se ruant sur elle.

Elle tira une deuxième fois. Pete le Pirate se plia en deux et s'écroula au sol, où il se tordit en gémissant.

Des pas résonnèrent dans le couloir.

Paniquée, elle enjamba la fenêtre, serrant le revolver dans sa main moite de sueur.

— Tu peux pas t'enfuir… hoqueta Pete alors que le sang s'échappait à gros bouillons de sa blessure.

Dehors, elle resta en équilibre sur une légère avancée. Elle entendit les voix de Snake et de sa bande dans la chambre.

— La fenêtre... marmonna Pete. Elle a pris... mon pistolet.

— Nom de Dieu ! Les gars, descendez dans la ruelle. On va la coincer !

Le dos collé au mur, elle descendit les marches pourries, en faisant très attention de ne pas tomber. Elle leva les yeux : Snake essayait à son tour d'enjamber la fenêtre.

Elle leva le pistolet, et tira. Elle manqua sa cible, et le recul de l'arme faillit lui faire perdre l'équilibre. À travers les trombes d'eau, le visage de Snake était tordu de rage.

— Tu as signé ton arrêt de mort, saleté ! Je vais te tuer !

Soulagée, Jody posa le pied par terre et courut vers le bout de la ruelle. Soudain, un bras la saisit. Effrayée, elle se débattit en brandissant le revolver.

— Doucement, ma sauvageonne, lui murmura Ethan à l'oreille. Tu n'en as pas eu assez pour ce soir ?

— Ethan !

Il lui plaqua la main sur la bouche. Elle le serra dans ses bras, s'agrippa à lui, respirant son odeur, se délectant de sa puissance. Il était trempé. La pluie ruisselait sur son visage.

Puis elle aperçut Ham.

— Attention, mon garçon, les voilà, annonça celui-ci alors que les silhouettes de Deck, Spooner et Noah apparaissaient au coin de la ruelle.

— Vous cherchez quelqu'un ? demanda Ethan en se plaçant devant Jody pour la protéger.

Spooner s'immobilisa. Deck et Noah portèrent la main à leurs armes.

Ils n'eurent pas le temps de dégainer. Ethan tira. Les coups de feu résonnèrent dans la ruelle.

Tremblante, la jeune femme vit Spooner faire demi-tour et détaler, Ham sur les talons.

Puis elle entendit un nouveau coup de feu. Snake tirait de l'escalier. Son cœur s'emballa.

Ethan émit un grognement. Il l'entraîna à l'abri, derrière des cageots.

— Ethan, tu es blessé !

— Tu as raison, ma chérie. C'est fou, non ?

Il souriait. Jody n'en revenait pas : il souriait ! Malgré le sang qui s'écoulait d'une blessure au bras, il semblait presque content.

— Ça devait arriver tôt ou tard. Je suis plutôt soulagé que ça soit enfin fait.

— Je t'ai eu, hein ? hurla Snake.

Il avait quitté l'escalier. Il s'approchait lentement.

— La prochaine fois, je t'expédie droit en enfer, Savage... T'entends, Jody ? Il ne restera que nous deux. Moi et ma maudite femme.

— Est-ce qu'il t'a fait mal ? demanda Ethan.

— Non, murmura-t-elle, effrayée de voir comme il était blême.

Sa blessure n'arrêtait pas de saigner.

— Tu mens, souffla-t-il tendrement.

Il éleva la voix pour appeler Snake. Sa voix était aussi coupante qu'une lame d'acier.

— Désormais, elle est ma femme, Barker ! Et tu vas payer pour tous les bleus que tu lui as infligés.

— Ta femme ? Quelle blague ! Légalement, votre mariage ne vaut rien, parce que cette sale menteuse est toujours mariée avec moi !

— Alors je dois en faire une veuve, avant d'en faire mon épouse.

Sans hésiter, Ethan s'écarta du mur et se jeta en

avant. Chancelant, il fit face au bandit sous les trombes d'eau.

— Non… gémit Jody, affolée.

Il y eut deux coups de feu simultanés. Paralysée, elle ne quitta pas Ethan des yeux. Quand il vacilla en baissant son pistolet, elle se précipita vers lui.

— Seigneur, Ethan… Non !

Puis elle vit Snake, étendu mort dans la ruelle, son sang se répandant parmi la boue. Un rat escalada son cadavre pour rejoindre une pile de détritus.

Le bras d'Ethan saignait abondamment, mais il n'avait pas d'autre blessure. Snake avait manqué sa cible.

— Ça va ? demanda-t-il alors qu'elle l'entourait d'un bras pour essayer de le soutenir.

— Moi ? Je n'ai jamais été mieux, mais on doit trouver un docteur pour toi.

— Ham ? appela Ethan d'un ton inquiet.

— Je suis là, répondit le vieil homme. L'autre s'est échappé, mais qu'il aille au diable ! Tu es blessé…

— Ma femme et toi, c'est fou ce que vous êtes perspicaces, plaisanta Ethan alors que Jody pansait la plaie avec un mouchoir. Elle me crée bien des soucis, ma chère épouse, mais elle les vaut bien.

— C'est vrai, répliqua Ham en souriant. Tu peux marcher, petit ?

La gorge nouée, la jeune femme essuya ses mains tachées de sang sur sa jupe.

— Il faut trouver un fiacre et partir d'ici, dit-elle.

— C'est juste, madame. Appuie-toi sur moi, Ethan.

Ils avancèrent lentement parmi les flaques d'eau, contournant le corps de Snake, puis, un peu plus loin, les cadavres de Noah et de Deck.

Lorsque des silhouettes indistinctes apparurent aux fenêtres et parmi les ombres des ruelles, Jody sortit le pistolet.

Elle leva les yeux vers Ethan. L'amour et la crainte se reflétaient sur son beau visage. Pour la rassurer, il se força à sourire et essaya de ne pas chanceler.

— On enverra la police chercher les bijoux que ces bandits ont volés. Pour le moment, il faut ramener ma comtesse à la maison…

27

Le lendemain, à deux heures de l'après-midi, le notaire chauve à petites lunettes les fit entrer dans son bureau. Jody s'était préparée à un affrontement difficile.

Oliver Winthrop était présent, patientant à côté d'un fauteuil en cuir, les mains dans le dos. Elle sentit Ethan se raidir.

— Ne le frappe pas, je t'en prie, murmura-t-elle, alors que Grismore lui avançait un fauteuil.

— Je vais me contenter de le descendre, répliqua Ethan, assez fort pour se faire entendre du notaire et de son cousin.

Winthrop s'empourpra. Grismore observa le fils de son client défunt, son regard s'attardant sur le bras en écharpe.

— Monsieur le comte, je souhaite que cet entretien se déroule de manière civilisée. Sans violence. On dirait que vous avez déjà été suffisamment blessé... J'espère que l'accident n'était pas grave ?

— Ce n'était pas un accident, mais une balle. Ce n'est qu'une blessure superficielle. J'ai perdu un peu de sang, mais j'ai encore assez de force pour jeter mon estimé cousin hors de cette pièce, s'il ne se conduit pas en gentleman.

— C'est scandaleux ! protesta Winthrop. Monsieur Grismore, je vous demande de prendre en main cet entretien. Je refuse d'être menacé !

— Vraiment ? le nargua Ethan avec un sourire moqueur.

Jody se retint de ne pas rire devant l'expression terrifiée de Winthrop.

— Je vous en prie, messieurs, dit-elle d'une voix douce, implorant son mari du regard.

Ethan lui baisa la main, avant de s'asseoir près d'elle.

M. Grismore commença par rappeler les réticences de feu le comte de Stonecliff, qui avait hésité à laisser en héritage sa fortune, ses biens et ses demeures à un fils qui s'était montré irresponsable, et sans aucun respect pour sa position sociale ou sa noble naissance.

— Après le triste décès de votre frère, votre père a pensé qu'une épouse vous ferait le plus grand bien, pour vous habituer à vos nouvelles responsabilités. Une épouse respectable. Une *lady,* précisa le notaire.

Il dévisagea Jody par-dessus ses petites lunettes.

— D'où les stipulations particulières de ce testament.

— Mon père a toujours été un sale tyran, grommela Ethan.

Grismore devint rouge comme une pivoine.

— Monsieur le comte, c'est…

— C'est la vérité. Mais je ne suis pas venu parler de mon père. Il est mort, et le passé est révolu. Je ne peux pas le changer, je ne peux pas le revivre.

Ma femme m'a aidé à comprendre cela. Elle m'a donné de l'espoir, et un certain enthousiasme pour l'avenir.

Jody se tourna vers lui en arquant un sourcil.

— Seulement un *certain* enthousiasme ? soufflat-elle.

Dans ses yeux, Ethan revit les baisers qu'ils avaient échangés la veille, à leur retour à la maison.

Émerveillé par sa beauté, sa vitalité et sa bonté, qu'une vie difficile n'avait pas entamées, il ressentit un élan de désir, de plaisir et de joie si profond qu'il eut envie de la prendre dans ses bras. Elle lui avait raconté son extraordinaire histoire, la veille : les bijoux de la même parure, sa sœur, son grand-père le duc de Bennington…

— Beaucoup d'enthousiasme, se corrigea-t-il dans un murmure, avant de s'adresser à nouveau au notaire. Cette affaire est close, maître Grismore. Vous avez obéi aux demandes de mon père. Vous avez rencontré mon épouse, et vous avez pu juger par vous-même qu'elle est une parfaite lady.

— Je regrette que les choses ne soient pas aussi simples, lord Stonecliff, déclara Grismore d'un air ennuyé.

La ravissante jeune femme était élégante dans sa robe en soie, bordée de dentelle ivoire, ses cheveux ramenés en boucles autour de sa tête, où se perchait un chapeau orné d'une plume d'autruche. Elle bougeait avec grâce, et sa voix était musicale. Il ne trouvait rien à redire à l'éclat de son regard, ni à la sensualité de sa bouche. Mais il ne pouvait ignorer la lettre d'Oliver Winthrop. Si celui-ci avait dit la vérité, cette femme ne pouvait être admise comme comtesse de Stonecliff.

Cependant, Grismore devait prendre ses précautions. Si les assertions de M. Winthrop se révélaient inexactes, sa position vis-à-vis du nouveau comte en serait affectée. Il tenait à respecter ses engagements envers le comte défunt, sans pour autant compromettre sa relation avec son fils.

— M. Winthrop m'a fait parvenir des… des renseignements alarmants. Je regrette, madame, de devoir aborder ce problème, mais je dois connaître la vérité.

— Je comprends.

Jody inspira profondément. Ethan l'avait prévenue que Winthrop savait la vérité, et qu'il avait lancé des rumeurs déplaisantes à son sujet.

Elle n'avait pas le choix : elle devait mentir. Mentir avec assez d'aplomb pour convaincre Grismore de ne pas poursuivre ses investigations en Amérique. Là-bas, il découvrirait facilement que Winthrop avait raison, qu'elle était une pauvre orpheline, une moins que rien qui avait travaillé comme cuisinière et danseuse dans un saloon.

Jody savait qu'Ethan maudissait son père. La veille, il lui avait confié que s'il devait choisir entre elle et son héritage, il renoncerait à sa fortune sans hésiter. Ils retourneraient en Amérique, où ils se bâtiraient une nouvelle vie. Au diable Stonecliff Park et Londres, et le siège de lord au Parlement…

Mais elle savait qu'il était attaché à Stonecliff Park. Elle-même adorait la demeure. Comme il serait facile de tomber amoureuse de ce beau pays aux vertes prairies, de se sentir chez elle dans cette maison…

Une maison. Elle qui en avait été privée toute sa

vie, allait peut-être conduire Ethan à perdre la sienne.

Elle ne pourrait pas le supporter.

— Je répondrai avec plaisir à toutes vos questions.

Elle offrit au notaire le sourire distingué qu'elle avait répété devant le miroir tous les matins, depuis son départ d'Abilene.

— Si vous le permettez, monsieur Grismore, je peux régler cette affaire avec quelques questions simples, intervint Winthrop en venant se placer derrière le bureau, à côté du notaire, hors de portée de son cousin.

Il scruta la jeune femme d'un air grave.

— Madame, avez-vous, oui ou non, été employée en Amérique dans un saloon ? demanda-t-il avec dégoût.

Avant qu'elle pût répondre, on frappa à la porte.

— Entrez, dit Grismore en fronçant les sourcils, mais son expression s'éclaircit aussitôt. Votre Grâce ! Quelle merveilleuse surprise !

Le duc de Bennington avança lentement dans la pièce, au bras d'Alicia Denby.

Bouleversée, Jody se leva d'un bond. Sa sœur lui adressa un chaleureux sourire, et Ethan lui fit un clin d'œil.

— Veuillez pardonner cette interruption, monsieur Grismore, mais je crois avoir compris que vous vouliez interroger ma petite-fille, et je ne pouvais tolérer une pareille impertinence.

— Votre… petite-fille ? bafouilla le notaire, abasourdi.

— C'est exact. Je ne tolérerai pas qu'on l'interroge comme une vulgaire pickpocket arrêtée par la police.

Jody émit un son étranglé. Ethan lui prit la main.

— Mon épouse a été suffisamment insultée pour la journée, vous ne trouvez pas, Grismore ?

— Certes, monsieur le comte, je ne voudrais pas... comment dire... vous ne m'aviez pas précisé que votre épouse était la petite-fille du duc de Bennington. Je suis désolé de ce malentendu. Si c'est le cas, il est évident que...

— C'est un mensonge ! glapit Winthrop qui sautillait sur place d'énervement. Cette danseuse ne peut pas être votre petite-fille, monsieur le duc ! C'est un mensonge... un... un...

Sa voix se brisa dans le silence glacial. Le duc le dévisageait avec mépris. Ethan réprimait un sourire narquois. Alicia Denby prit le bras de Jody. Celle-ci laissa échapper un petit soupir, la tête haute, digne et élégante.

— Je ne comprends pas pourquoi vous me détestez à ce point, monsieur Winthrop, murmura-t-elle, feignant d'être désolée. J'espérais que nous serions amis...

— Mais la raison est évidente, ma chère, intervint Ethan. Vous aussi, vous comprenez, n'est-ce pas, monsieur Grismore ?

Le notaire cilla sous son regard perçant.

— Bien sûr, monsieur le comte... Bien sûr, répéta-t-il plus fermement en croisant le regard sévère du duc.

Confronté au duc de Bennington qui déclarait que cette femme était sa petite-fille, à lord Stonecliff qui avait visiblement l'intention de défendre son épouse, et à la dame elle-même, une beauté distinguée au maintien irréprochable, Grismore devait reconnaître l'éclatante vérité.

L'avidité avait conduit Winthrop à mentir et à salir la réputation de l'épouse de son cousin, pour lui voler l'héritage.

« Et j'ai failli me laisser abuser par sa perfidie, réalisa Grismore avec horreur. J'ai failli commettre une erreur fatale… »

— Lady Stonecliff, veuillez accepter mes plus profondes excuses pour ces désagréments. J'essayais seulement de faire mon devoir envers le défunt comte, de le servir au mieux, comme j'espère vous servir à l'avenir, vous et le comte de Stonecliff…

— Non ! rugit Winthrop.

Dans sa frustration, il saisit le vase posé sur le bureau de Grismore et le jeta contre le mur, où il se fracassa en mille morceaux.

— Latherby ! appela Grismore.

Lucas Latherby apparut aussitôt, ses petites lunettes dorées perchées sur le nez.

— Veuillez raccompagner M. Winthrop.

— Vous ne pouvez pas faire ça ! C'est un mensonge…

Latherby le saisit par le bras.

— Venez, ordonna-t-il d'une voix ferme, et Jody vit qu'il réprimait un sourire.

— Vous avez besoin d'un coup de main ? proposa Ethan.

— Inutile, monsieur le comte.

Si elle n'avait pas été aussi soulagée, Jody aurait presque eu pitié de Winthrop que Latherby traîna, hurlant, jusqu'à la porte d'entrée.

M. Grismore demanda à tout le monde de prendre place.

— Désormais, il ne reste que quelques formalités à accomplir, dit-il. Veuillez m'excuser, madame la comtesse, mais cela ne prendra pas longtemps.

Jody avait attendu toute sa vie que quelqu'un la défende comme Ethan, son grand-père et Alicia venaient de le faire.

Elle rayonnait de bonheur.

— Prenez tout votre temps, répondit-elle en souriant, la main d'Ethan serrée dans la sienne. Je ne suis pas pressée.

Dehors, dans la rue ensoleillée, Jody embrassa le duc et Alicia. Elle leur demanda comment ils avaient été au courant du rendez-vous chez le notaire.

Son grand-père sourit à Ethan.

— Nous avons reçu un mot de ton mari ce matin, nous expliquant ce qui se passait.

— Tu ne m'avais pas prévenue… dit-elle à Ethan.

— Je ne voulais pas te faire une fausse joie, ma chérie. Je n'étais pas sûr que le duc et Mlle Denby viendraient. Mais j'ai voulu mettre toutes les chances de notre côté. Il ne faut jamais être à court de munitions, plaisanta-t-il.

— C'est très généreux à vous d'être venus, murmura-t-elle, émue. Je ne pourrai jamais assez vous remercier…

— C'est la moindre des choses, Jody ! s'exclama Alicia. Tu es de la famille.

— À partir de maintenant, nous serons toujours à tes côtés, ma chérie, ajouta le duc avec tendresse. Les membres d'une même famille doivent se serrer les coudes.

Il regarda Ethan qui se tenait à côté de Jody. Le

jeune lord semblait triste. Tous comprirent à quoi il pensait.

Sa propre famille ne l'avait jamais aidé. Même sur son lit de mort, son père avait posé des conditions, doutant de son jugement, de sa maturité, de son sens des responsabilités. La perfidie de son père avait entraîné l'entretien humiliant de cet après-midi.

— Lord Stonecliff, vous avez ramené ma petite-fille à la maison. Vous avez rendu à Alicia la sœur qu'elle avait toujours espéré retrouver. Nous vous devons tant.

— C'est moi qui vous dois beaucoup, monsieur le duc. Votre présence ici aujourd'hui a renversé la situation.

— Je vois que vous êtes blessé ?

— Une égratignure, ce n'est rien.

— C'est bien plus que cela ! protesta Jody. Il s'est passé tellement de choses, depuis que je vous ai quittés hier. Ethan m'a sauvé la vie.

Le duc et Alicia parurent choqués.

— Venez prendre le thé à la maison, continua la jeune femme. Je vais tout vous raconter. Et nous apprendrons à mieux nous connaître.

— Oh oui, nous avons tant d'années à rattraper, n'est-ce pas, grand-père ? s'exclama Alicia.

— Absolument, renchérit le duc en regardant le jeune couple. Mais désormais, nous sommes tous réunis. Nous formons une famille, conclut-il fermement. Il faut rendre grâce à Dieu. Nous venons prendre le thé, ma petite-fille, mais ce ne sera que le début de nos retrouvailles !

Alors qu'ils rentraient à Mayfair dans leur carrosse, suivis par celui du duc, Jody posa sa tête sur l'épaule d'Ethan. Elle était si heureuse qu'elle craignait que son cœur n'éclate de bonheur. Elle avait un mari merveilleux, et elle avait retrouvé sa famille. L'entretien avec Grismore était terminé, le passé ne recelait plus de dangers ni d'incertitudes…

— Viens, ma chérie, dit Ethan quand les chevaux s'arrêtèrent. Nous sommes arrivés à la maison.

La tendresse de son sourire la toucha jusqu'à l'âme.

C'était un matin idéal pour un mariage.

Le soleil éclairait la chapelle, située à moins de dix kilomètres de Stonecliff Park. On l'avait décorée de fleurs et de bougies. Une grande sérénité émanait des vieux murs de pierre.

La mariée, dans sa robe de satin ivoire, était radieuse.

Jody se croyait dans un rêve.

— Monsieur le comte, acceptez-vous de prendre pour épouse, pour l'aimer et la chérir…

Pour l'aimer et la chérir. Pour toujours.

Le bonheur la faisait chanceler. Elle était si émue qu'elle n'entendit plus les paroles du pasteur. Elle était subjuguée par le sourire d'Ethan, séduisant et élégant, ses cheveux noirs comme le jais, ses yeux brillants de joie.

Le duc et Alicia étaient assis au premier rang, Clara et le colonel Hamring à leur côté, se tenant par la main – ils s'étaient mariés deux semaines auparavant. Et Ham était assis derrière eux, droit comme un militaire dans son habit du dimanche.

Elle leur avait jeté un regard en avançant vers

l'autel, mais elle n'avait d'yeux que pour Ethan. Son cœur – son mari.

Cette fois-ci, c'était pour de vrai !

Les cinq invités – les seuls invités à cette cérémonie – croyaient tous que le couple ne faisait que répéter ses vœux, maintenant qu'ils avaient décidé de s'installer sur le sol anglais.

Seuls Jody et Ethan savaient que c'était vraiment leur cérémonie de mariage, la première n'ayant pas compté.

Ethan avait insisté.

— Mais Snake est mort, avait dit Jody quand il lui en avait parlé. Personne ne saura que j'étais encore sa femme quand je t'ai épousé à Abilene.

— Moi, je le sais. Nous allons nous marier à l'église, officiellement, légalement…

Soudain, la jeune femme réalisa que tous attendaient qu'elle prononce les mots merveilleux.

— Oui, je le veux, dit-elle d'une voix claire.

Puis Ethan lui glissa une bague au doigt.

L'anneau de Latherby lui avait été rendu après l'enlèvement. Ethan avait alors insisté pour qu'elle porte la bague de son grand-père. Mais désormais, il lui avait donné un superbe saphir entouré de brillants.

Elle n'avait jamais pensé recevoir un si beau cadeau. Elle n'avait jamais pensé posséder un centième de ce qu'elle avait trouvé : une vraie famille, un grand-père et une sœur, des amis très chers, et surtout un mari qui l'adorait. Elle n'avait jamais pensé avoir une maison aussi chaleureuse, un endroit qu'elle ne serait jamais obligée de quitter…

Soudain, elle regarda son mari.

— Je connais ce passage, dit-elle. C'est le moment du baiser.

Il sourit et la serra contre lui. Réprimant un petit rire, Jody lui murmura à l'oreille :

— Ethan Savage, combien de fois as-tu encore l'intention de m'épouser ?

Les bras de son mari se refermèrent autour d'elle. Une infinie tendresse rayonnait sur son visage. Sa bouche s'abaissa lentement vers celle de Jody.

— Cette fois-ci me suffira, mon amour. Pour l'éternité.

Ce mois-ci, découvrez également deux nouveaux romans de la collection

Amour et Destin

Le 2 novembre 2000

Mortelle jalousie

de Karen Robards (n° 5695/J)

Depuis quelque temps, Jessica, âgée de quinze ans, mène la vie impossible à sa mère Grace. Un soir, celle-ci découvre que sa fille a une nouvelle fois fait le mur. Croyant l'apercevoir dans le jardin, elle sort, et ne trouve que l'ours en peluche de Jessica... avant que deux policiers ne ramènent l'adolescente à son domicile ivre morte. Grace, convaincue que sa fille est prise dans un engrenage malgré elle, demande de l'aide à l'inspecteur Tony Marino...

Le 22 novembre 2000

Photo de famille

de Sandra Kitt (n° 5696/I)

À la tête d'une célèbre galerie d'art new-yorkaise, mère d'une belle jeune fille et courtisée par un avocat en vogue, Gayla Patton semble avoir tout pour être heureuse. Mais lorsqu'un de ses associés lui propose d'exposer les œuvres d'un jeune artiste prometteur, son passé la rattrape. En effet, celui-ci n'est autre que le jeune Noir orphelin recueilli par la mère de Gayla lorsqu'ils étaient enfants...

5698

Composition Chesteroc International Graphics
Achevé d'imprimer en Europe (France)
par Maury-Eurolivres - 45300 Manchecourt
le 9 octobre 2000.
Dépôt légal octobre 2000. ISBN 2-290-30463-8

Éditions J'ai lu
84, rue de Grenelle, 75007 Paris
Diffusion France et étranger : Flammarion